中共河北省委党史研究室◎编

高宏然　王　戈　李建抓◎著

台城特支

中共第一个农村支部

中国言实出版社　　花山文艺出版社

图书在版编目（CIP）数据

台城特支：中共第一个农村支部 / 中共河北省委党
史研究室编；高宏然，王戈，李建抓著 . -- 北京：中
国言实出版社，2023.5
ISBN 978-7-5171-4380-2

Ⅰ . ①台… Ⅱ . ①中… ②高… ③王… ④李… Ⅲ .
①报告文学—中国—当代 Ⅳ . ① I25

中国国家版本馆 CIP 数据核字（2023）第 027186 号

台城特支——中共第一个农村支部

责任编辑：王战星　温学蕾
责任校对：史会美

出版发行：中国言实出版社
　　　　　地　　址：北京市朝阳区北苑路180号加利大厦5号楼105室
　　　　　邮　　编：100101
　　　　　编辑部：北京市海淀区花园路6号院B座6层
　　　　　邮　　编：100088
　　　　　电　　话：010-64924853（总编室）　010-64924716（发行部）
　　　　　网　　址：www.zgyscbs.cn　电子邮箱：zgyscbs@263.net

经　　销：新华书店
印　　刷：北京铭传印刷有限公司
版　　次：2023年6月第1版　　2023年6月第1次印刷
规　　格：710毫米×1000毫米　1/16　16印张
字　　数：200千字

定　　价：68.00元
书　　号：ISBN 978-7-5171-4380-2

本书编委会

主　　任：孙增武　　冯文礼

副主任：宋学民　　朱艳华　　曹向东　　郝建国

委　　员：孙增武　　冯文礼　　宋学民　　朱艳华

　　　　　阎　丽　　曹向东　　郝建国　　胡振江

　　　　　王林芳　　高宏然　　杨立辉

主　　编：胡振江　　王林芳

撰　　稿：高宏然　　王　戈　　李建抓

让历史告诉未来

陈 晋

人们常说："让历史告诉未来。"党的历史凭什么告诉未来？在我看来，就是经验和精神。凭它积累的宝贵经验教育人，凭它孕育的精神谱系感染人。

《台城特支——中共第一个农村支部》这部书，以翔实的史料、真实的故事、生动的语言，讲述了一段荡气回肠却鲜为人知的革命历史。我读后很受感动，一是感动于弓仲韬等早期中共党员历经磨难而初心不改的革命精神，二是感动于河北省委及衡水市委、安平县委长期以来对挖掘和宣传台城特支所做的不懈努力。为追根溯源，查证历史，各级党史研究部门、宣传和组织部门的很多同志，坚持十几年甚至几十年调查研究，付出了巨大心血。

早在 2008 年，我在全国第十届党员教育电视片观摩评比活动中担任主任评委时，就对反映中共第一个农村支部台城特支的专题片《台城星火》给予了充分肯定，该片当时获得了特别奖。

2023 年是全面贯彻落实党的二十大精神的开局之年，是奋进中国式现代化建设新征程的起步之年，也是实施"十四五"规划承上启下的关键一年，此时，又恰逢台城特支成立百年，中共河北省委党史研究室组织撰写这部《台城特支——中共第一个农村支部》，有着非同寻常的意义。

台城特支的成立，开启了中共在农村建党的漫漫征途，在中共农村党建史上具有里程碑的意义。弓仲韬等中共党员，在实践中创建了党在农村的基层组织，生动诠释了伟大的建党精神，为谱写中国新民主主义革命的历史画卷贡献了力量。

此书注重史料的搜集，较前几年又有很多新的发现；内容真实，语言生动，故事打动人心。政治也好，历史也好，人物也好，一旦有了文化的身姿和灵魂，就拥有了方便人们接受、浸润人们内心世界的温度。人们就会用文化的眼光，来打量党的历史，感悟伟大人物的风范，挖掘党史的经验和智慧。这也是党史学习教育常态化长效化的一个有效途径。

（作者系原中共中央文献研究室副主任，研究员）

一部值得研究和品读的力作

黄修荣

在中共第一个农村支部台城特支成立百年之际，中共河北省委党史研究室组织编写了这部《台城特支——中共第一个农村支部》，我闻之非常高兴，且感慨万千。

我和河北省是有渊源的。1966 年大学毕业后，我曾到基层工作。1977 年到河北省武安的一家铁矿工作近一年。

1978 年我考入中国社会科学院研究生院，才离开河北。十几年前，为了考察中共第一个农村支部台城特支，我曾两赴河北省安平县调研。

今天，看到河北省委党史研究室推出这样一部全景式反映台城特支创立和发展历程的力作，感到既亲切，又欣慰和激动。我有两个没想到。第一个没想到，是书稿内容如此翔实丰富，真实而生动。众所周知，因为年代久远，关于早期农村党组织及早期党员的文字资料非常缺乏。作者为了尽可能还原历史真相，下了很大功夫，除了翻阅档案，采访专家、老党员和革命先辈后人以及老区群众等，他们还另辟蹊径，从纪实性的文学作品、回忆录中，寻找蛛丝马迹，再结合史料记载和采访内容，形成集思想性、真实性和可读性为一体的厚重作品。第二个没想到，是河北省委尤其是各级党史研究部门对这段珍贵红色历史的长期关注和调研，特别是近年来，发现了很多鲜为人知的重要线索和史料证据，填补了党史研究领域的某些空白，为弘扬建党精神，讲好中国故事、传承红色基因付出了巨大心血、智慧和汗水。他们还不辞辛苦，多次来北京看望我，就书稿的一些具体问题进行商讨核实和咨询，这种严谨认真的创作态度亦让我很感动。

本书以史料为基础，擅长用真实感人的故事讲述重大历史事件，是一部可读性很强的爱国主义教育读本，亦是对广大党员、干部进行"不忘初心、牢记使命"主题教育的生动教材，对于教育和引导广大党员干部深入了解党的历史，"知史爱党、知史爱国"，把党史学习教育扎实推进，具有很强的现实意义。总之，该书是一部值得深入研究和仔细品读的力作。

习近平总书记强调："一切向前走，都不能忘记走过的路；走得再远、走到再光辉的未来，也不能忘记走过的过去，不能忘记为什么出发。"值此中共第一个农村支部台城特支成立百年之际，我们通过此书追忆弓仲韬等革命先辈的革命精神，讴歌伟大的中国共产党，以及在党的坚强领导下，不断创造新辉煌的老区人民，可谓正当其时，意义深远。

（作者系原中共中央党史研究室室务委员、第一研究部主任，研究员）

百年历程万卷书

郭　华

20世纪90年代末，我担任衡水市委副书记期间，在原中央党史研究室的支持和安平县委党史研究室的配合下，利用两年业余时间，考证出当年的安平县台城村党支部是中共历史上第一个农村支部。当时许多人，包括一些领导同志问我：你说是第一个党支部，为什么这么多年没有人知道呢？我一直解释说：这里面一个很重要的原因，是党支部的创始人弓仲韬同志较早失去了工作能力，又较早去世。

弓仲韬是李大钊亲自介绍入党的党员，1923年奉李大钊之命回老家发展党的组织，创建了中共台城特别支部，又于第二年创建了中共安平县委。在遭到反动当局通缉之后，转入地下活动。当得知红军长征到达陕北的消息后，他决定去延安，却在走到西安时妻子病亡，他被敌人弄瞎了双眼，后一路乞讨回到冀中。冀中根据地的领导非常尊重他，但他因双目失明已不能工作。新中国成立后到东北跟着大女儿生活，1964年去世。因此，过去我一直认为中共第一个农村支部没有宣传出来，和弓仲韬同志去世较早有关。但是，最近我再一次梳理有关弓仲韬和中共第一个农村支部的资料时，一个新的问号在我心中油然而生：即使弓仲韬同志没有那么早就失去工作能力，也没有那么早去世，他知道自己当年创建的是中国共产党的第一个农村支部吗？他意识到自己做的事在党的历史上是个创举吗？

1955年，中国人民解放军第一次授衔。仪式开始之前，共和国的开国元帅们谈到了南昌起义。陈毅元帅问南昌起义总指挥贺龙元帅："贺老总，你想没有想过今天能当元帅？"贺龙元帅回答："别说想当元帅，那时连打响的是第一枪也没想过呢！就是一心想把那一枪打好！"我敢肯定，就像贺龙当年没有意识到他打响的是第一枪一样，弓仲韬也不知道他创建的是中共第一个农村支部。

保定的留法勤工俭学纪念馆，记载了一页辉煌的历史。20 世纪初，一大批热血青少年，从这里走向法国，寻求救国救民的道路。他们的目的是什么？开国元帅聂荣臻当年就是从保定出发的，他出发时只有一句话：为了四万万同胞有饭吃。这就是贺龙、聂荣臻和弓仲韬的共同信念。虽然他们有着强烈的使命感，并且为不负使命甘愿流血牺牲，但他们从来没有想过要把自己的名字镌刻在历史上。弓仲韬带领两位农民党员宣布成立党支部的时候，他们绝对没有想过有一天后人会为他们修建纪念馆，会向他们鞠躬献花，会满怀崇敬的心情追思他们。他们想到的只是让穷苦百姓不再缺衣少食。

从 1840 年到 1949 年，中国的历史舞台上更换了多少执政者，满清王朝、南方政府、北洋政府到国民政府，中间还夹杂着袁世凯的 83 天"皇帝梦"。更换的结果是中国越来越积贫积弱，任人宰割。包括国民政府在内，它在大陆执政的 20 多年不要说发展，连真正意义上的统一都未能实现。至于治国理政的各种思想、主义，更是千姿百态，流星一样划过历史的天空。从君主立宪到议会制度，从强权政治到独裁统治，许多理念不仅提出过，而且实践过，最后均以碰壁告终。历史是包容的，它不只是给中国共产党提供了舞台，也给其他党派和政治势力提供了机会。历史也是公平的，面对堆积如山的种种难题和诸多选项，在评判了大家的答卷之后，它根据人民的选择，把中国共产党留在台上。历史和人民为什么会做出这样的选择？因为中国共产党从成立的那一天起，就把为中国人民谋幸福、为中华民族谋复兴写在自己的旗帜上，而且，不论是通途还是天堑，是风平浪静还是巨浪滔天，中国共产党始终坚守着自己的初心，牢记着自己的使命。

　　"我们党的百年历史，就是一部践行党的初心使命的历史，就是一部党与人民心连心、同呼吸、共命运的历史。""砍头不要紧，只要主义真。"为了初心和使命，共产党人不怕抛头颅洒热血。我不止一次走进马本斋烈士纪念馆，也不止一次久久地端详着墙上的一幅幅照片、一个个姓名。英雄家乡的一个村子，就出了62名革命烈士。我行走在赣南的土地上，这是一片被共产党人的鲜血浸透的土地。苏区时期，兴国县全县只有23万人，参军参战的有8万多人，为革命捐躯的有5万多人。我站在延安城头，仿佛看到了那些衣衫褴褛，但又斗志昂扬的红军战士。他们从江西出发时有8万多人，到达陕北时只剩了3万多人，那是怎样艰难的征途，那是怎样悲壮的历程！最令人感慨的是在那样的情况下，他们依然为了民族的利益，高举着北上抗日的旗帜，一刻不曾动摇。"粉身碎骨浑不怕，要留清白在人间。"共产党人为了初心和使命，从来不计较付出，也从来不计较回报。东北抗日联军总指挥杨靖宇将军牺牲后，日军将其割头剖腹，结果发现腹中全是树皮、枯草和旧棉絮，没有一粒粮食，连敌人都为之震惊。抗日联军的艰苦是可以理解的，可杨靖宇毕竟是抗日联军的总指挥啊！创建了中共第一个农村支部，又创建了河北省第一个中共县委的弓仲韬，不仅为党的发展做出了不可磨灭的贡献，还为革命牺牲了母亲、妻子、大女儿和儿子，可他一生没有向党伸过手，没有索取过任何荣誉和待遇，最后像一个普通老人那样在女儿家离去。就是靠了这种既不怕牺牲，又不图回报的精神，我们赢得了人民群众的拥戴和支持，带领人民群众摆脱了晚清以来日趋没落的历史，在一穷二白的基础上，发展成为世界第二大经济体，并取得脱贫攻坚的全面胜利，让老百姓过上了梦寐以求的小康生活。

　　"回望过往的奋斗路，眺望前方的奋进路，我们必须把党的历史学习好、总结好，把党的成功经验传承好、发扬好。"习近平总书记十分重视学习党的历史。"我们党的一百年，是矢志践行初心使命的一百年，是筚路蓝缕奠基立业的一百年，是创造辉煌开辟未来的一百年。"党的百年史，可抵万卷书。书中记载着荣光与辉煌，也充满营养和智慧。认真学习党史，可以让我们坚定理想信念，增强道路自信，挺起执政腰板，面对种种"唱衰"的论调和此起彼伏的噪音，拥有"蚂蚁缘槐夸大国，蚍蜉撼树谈何易"的气度，拥有"为国不可以生事，亦不可以畏事"的格局。认真学习党史，可以让我们发扬党的优良传统，力戒形式主义，不尚空谈，不务虚名，在种种难以预见的困难和挑战面前，敢于担当，善于作为！认真学习党史，可以让我们牢记党的初心使命，薪火相传，让我们党的事业更加兴旺发达！

我凝视着弓仲韬的画像，老人连一张正面的照片都没有留下来，可他确实给我们留下了无价的财富。"以史为鉴可以知兴替，以人为鉴可以明得失"，党的历史和书写历史的前辈，都是我们的镜子。

值此台城特支成立一百周年之际，欣闻中共河北省委党史研究室组织编写的《台城特支——中共第一个农村支部》一书即将出版，谨以此文为贺并与编者、读者诸君共勉。

（作者系河北省政协第十一届副主席）

目 录
CONTENTS

第一章　台城特支的前世今生

一、一名共产党员的无悔选择

1937年8月的一天晚上，安平县台城村的土路上，出现三个行色匆匆的身影。在夜色的掩护下，弓仲韬携妻女悄悄离开了故乡。

这是弓仲韬人生的又一次重要选择——去延安找党组织。

他原本是富绅之家的大少爷，自小生活优渥，受过良好的教育，在人生旅途中，比一般的同龄人有更多机会、更多选择，但他却认准了一条路，就是追随着李大钊先生的脚步，做一名坚定的马克思主义、共产主义的信仰者，为中华民族复兴而不懈奋斗。这是一条崇高伟大的理想之路，也是一条布满荆棘的艰辛之路。

中共第一个农村支部纪念馆内李大钊和弓仲韬握手的塑像

自 1923 年 2 月，弓仲韬经李大钊介绍加入中国共产党，就义无反顾地选择了这条路，从此筚路蓝缕，再无回头。入党后不久他奉命返乡，在农村开展革命工作。

安平县档案馆馆藏 1960 年 7 月 28 日由弓仲韬、弓凤洲、弓乃如、李子寿、张志洪五人口述整理的《安平县初期建党情况》记载：

> 弓仲韬同志回乡后，首先在台城村想办法联系群众，寻找目标，进行反帝反封建宣传。在同年 7 月（应是农历——编者注），由弓仲韬同志介绍弓凤洲同志加入中国共产党，继由弓凤洲同志介绍弓成山同志入党。弓仲韬为书记，弓凤洲为组织，弓成山为宣传，直接受北京区委的领导，当时叫特支，就这样成立了安平县党的组织，在安平县扩展党的工作。

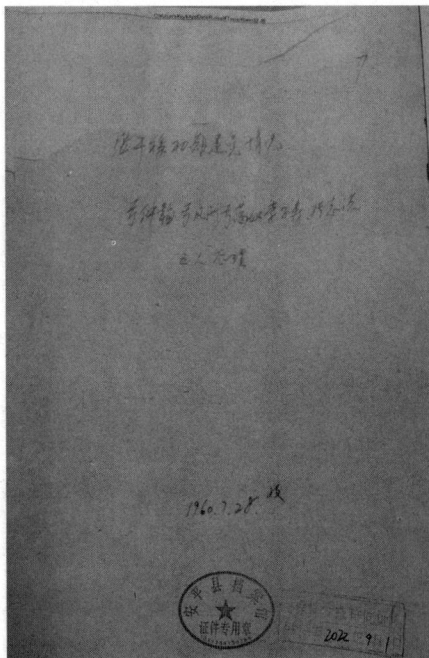

根据弓仲韬等五人口述整理的《安平县初期建党情况》

在弓濯之、王子益、弓乃如于 1984 年共同撰写的《弓仲韬同志回忆录》中，有这样的记载：

> 1923 年，李大钊同志派弓仲韬回乡闹革命，给他的任务是宣传、教育、团结工农大众，建立党的组织。

随着台城特支、安平县委的成立及党组织的扩展，冀中地区的农民斗争得到了快速发展，为后来的反帝反封建革命斗争的开展打下了坚实的基础。1927 年大革命失败后，弓仲韬屡次遭到反动当局的通缉，经常居无定所，但他从来没有放弃为党工作。1933 年秋，保属特委巡视员范克明叛变，党组织遭受严重破坏，在白色恐怖下，以弓仲韬为代表的安平共产党员虽屡遭通缉搜捕，但仍坚持斗争。为了革命事业，弓仲韬倾其所有，甚至家破人亡。根据《弓氏家谱》，弓仲韬有弓潮、弓涛、弓泗三个儿子。加上弓浦、弓乃如两个女儿，弓仲韬共有五个孩子。根据《弓乃如回忆录》及对弓仲韬的堂妹弓彤轩的采访，弓仲韬的父亲在 1924 年安平县召开县委成立会议时，去敬思村找弓仲韬，路上摔了一跤，便半身不遂，于1935 年离世。弓仲韬的大女儿弓浦在北京参加爱国学生运动中身受重伤，回家后不久去世。大儿子弓潮于同年病亡。二儿子于 1931 年被敌人毒死。1935 年，弓仲韬受通缉后外出避险，小儿子被敌人圈禁一周，回家后离世。弓仲韬母亲在敌人不断的搜抄威胁下，加上孙子去世的打击，于弓仲韬小儿子去世三天后便也离开人世。

眼看着一个个挚爱亲人相继惨死，弓仲韬身心俱裂，痛苦不堪，但心中始终不变的共产主义信仰，如寒冷冬夜的一支火把，给他以力量和支撑，让他擦干泪水，依然意志坚定，勇敢前行。

1937 年，在与上级党组织失掉联系后，弓仲韬毅然做出奔赴延安找党组织的决定。

可能预料到这次远离家乡，前路漫漫，吉凶未卜，弓仲韬中途在山西榆次下了火车，去看望在火车站工作的三弟弓季耘。

兄弟俩久别重逢，有说不完的知心话。得知弓仲韬一家要去延安，三弟建议，不如跟他去重庆找老二弓书耕，他在那儿好歹有点根基，兵荒马乱的，兄弟们互相帮衬着，总好过到人生地不熟的地方闯荡。此时得到讯息的弓书耕也发来电报，并寄来钱款，让大哥弓仲韬去重庆定居。可是无论兄弟俩怎么劝说，弓仲韬始终不为所动，坚持去延安找党组织。于是，弓仲韬一家与弓季耘一家在潼关挥手作别，各奔前程。

弓乃如档案中的自述材料，谈到当初一家人去延安找党组织的情况

遗憾的是，弓仲韬并没有如愿到达延安。他们一家人刚到西安，随身行李就被土匪抢走，原本就病弱的妻子病情加重，无法行走。无奈之下，弓仲韬只得留下来照顾病妻，让弓乃如先去了延安。

这段往事，在弓乃如的档案中有这样的记载：

1937年农历八月，"我同我父母逃难出来，目的地是山西榆次我三叔家（当时他在榆次车站任副站长），到榆次与我三叔母及伯祖母姑母同住一月，榆次退出，我们全家又跟着退到潼关。我二叔因公来潼，在潼住一月。由于我二叔要去武汉，我们在潼无人照顾，因此二叔把我们带到河南陕县一个朋友家里，到那里因为我全家人口太多（十多个人）便租了老百姓的房子，在陕县过了旧历年以后，我的伯叔祖母要去武汉找他的儿子（我在潼关时依靠的二叔），我和我父亲愿意到西安向西北发展，找我难于忘记的共产党，在这样的分歧下，各奔西东，我们一家三口便于民国27年旧历二月到达了西安。……家庭生活又一天天的成问题，我母亲的病因此也一天天厉害起来，我有立即找职业的必要，可是在西安的环境下没有朋友哪里有事可做。"后经人介绍我到妇慰会工

作。6 月底，又经人介绍到七贤庄八路军办事处接洽，到陕北中学学习，几年来的愿望可以实现，我很兴奋，8 月 1 日到了陕北分校。

弓季耘的女儿弓慧芬在一篇回忆文章中，有这样的讲述："我们从山西、陕西最后到达四川重庆和我父亲及我二伯父弓书耕会合。在陕西时，我大伯父弓仲韬的女儿弓乃如去了延安。大伯父弓仲韬因为大伯母病重，留在了西安。"

这次放弃重庆而奔赴延安的选择，表达了弓仲韬一心向党的决心，为此他也付出了极为惨痛的代价：多年跟随自己颠沛流离、风雨同舟的妻子，凄惨地客死他乡，原本出身于饶阳县首富之家的千金大小姐，就这么被一张草席草草埋葬在西安郊外的乱坟岗。而弓仲韬因无法通过国民党封锁区而流落到汉中，在一家工厂当伙夫谋生。在如此境遇下，他依然每天晚上用讲故事、教认字的形式，在工人中宣传革命道理，鼓舞他们的抗日热情，后被资本家害瞎双眼。

双目失明后，弓仲韬无法再工作，开始踏上返乡之路。当他历经千难万险，回到阔别六年的故乡时，已是形销骨立，面目全非。

"仲韬哥回到安平县后，是我爹把他接回来台城村的，当时他是爬着回来的，人已经站不起来了，手上、脸上、身上，全是泥，全是伤——我仲韬哥，他遭了大罪了！"对于当年的那一幕，弓仲韬的同族远亲弓玲响至今还印象深刻。谈及此事，她声音哽咽，泪水夺眶而出。

从富家大少爷到瞎眼乞丐，弓仲韬坎坷悲壮的人生经历令人唏嘘感慨，更令人肃然起敬。

"当年，他要不是一门心思非要去延安，或者再往前，他就留在北京教书，不回台城，可能就不会是这样的结果！"

一直到今天，村里还有曾见过弓仲韬的老人这么念叨。

从西安回到故乡台城村，弓仲韬穷困潦倒，家徒四壁。在党组织的关怀照顾下，他身上的伤逐渐好转。待刚能站起来走路时，得知抗日小学缺少教员，他就让人搀扶着，出现在课堂上，给孩子们讲革命历史，讲民族英雄，讲国家兴亡、匹夫有责……虽然他眼睛看不见了，但心却更加明亮，他从未忘记过自己作为一名党员的责任。

这是他的选择！

1946年，中共安平县委对全县的共产党员重新登记，确认了弓仲韬的共产党员身份。

1949年10月1日，新中国成立，弓仲韬喜极而泣。此时，他已经63岁了，虽然双目失明、行动不便，但他积极响应党中央号召，在台城村建起了全县第一个"弓、杨合作社"，让弓姓、杨姓的贫困户和弓姓的富裕户搭配，合作互助，入社农户多达129户。7户富裕户凑钱买了3辆胶皮轮大车和骒马12匹，给不少贫困户提供了帮助。

这是他的选择！

1951年，与弓仲韬分别13年的女儿弓乃如回到安平老家，要接父亲弓仲韬去她的工作地哈尔滨安享晚年。弓仲韬却只提了一个要求：无论去哪儿，他都要把组织关系接续上，一并转过去，于是就有了右图这张转党员关系的证明信，上面写着弓仲韬的入党时间是1923年2月。

黑龙江省委对弓仲韬早年参加革命的经历非常重视，经过大量的调查取证后，确认了弓仲韬在大革命时期从事革命斗争的经历，于1959年做出决定，给予没有工资收入的弓仲韬每月70元

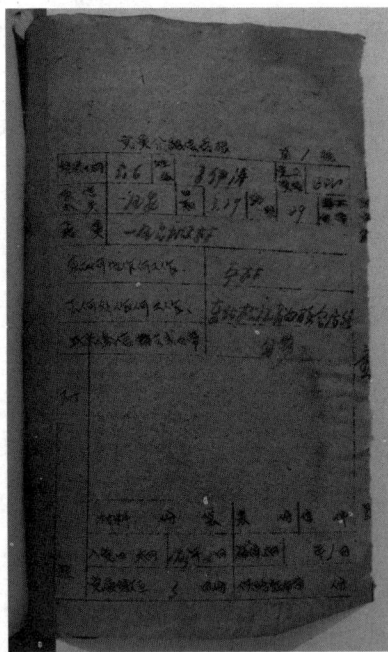

弓仲韬转党组织关系的存根

的生活补助费，以及一些紧缺食品、用品的票证。在当时来说，这是老红军的待遇。遗憾的是，仅仅过了 5 年，即 1964 年 3 月，弓仲韬就因旧病复发，在哈尔滨去世了。临终前，他依然惦记党的事业，叮嘱女儿弓乃如："我攒了一千块钱，你替我都交了党费。"

这是他人生的最后一次选择！

弓仲韬是坚定的共产主义者，无论是在风起云涌的大革命时期，还是在血雨腥风的土地革命战争时期，及至后来的抗日战争时期、解放战争时期，他都始终坚定立场，在人生和事业的几个生死攸关的关键路口，做出了一名共产党员无怨无悔的伟大抉择。为建立和发展壮大党组织，弓仲韬披肝沥胆、耗尽心血，甚至倾家荡产、家破人亡，即使不幸流落异乡，双目失明，仍矢志不渝、赤心向党，为实现共产主义理想献出了一切。正

晚年弓仲韬

如中组部原部长张全景在《冀中星火》一文中所说："亦余心之所善兮，虽九死其犹未悔。这正是弓仲韬一生的真实写照。"

二、台城特支，从岁月深处走来

因为年代久远，很多重要资料遗失，加之弓仲韬去世较早，他的事迹鲜有记载，长期以来，他和他创建的台城特支如滹沱河的沙砾一般被埋没在岁月深处，偶尔被人看到，也因其看起来过于普通而未引起足够的重视。直到 20 世纪 80 年代，在全国范围的组织史调查工作中，台城特支因其成立时间较早才浮出水面。

在《中国共产党组织史资料》（第一卷）的序言中，表述了开展组

织史资料编纂的原因和目的。

中国共产党在 20 世纪可歌可泣有声有色的活动，构成了中国历史乃至世界历史最引人注目的篇章之一。不论当今和后世，要了解 20 世纪的中国和世界，就不能不研究中国共产党的历史。党的组织机构沿革和人事更迭情况，是党史的一个重要组成部分，过去有过一些局部的或专题的散篇叙述，但缺乏全面的系统资料。1984 年 12 月，根据中央领导同志的指示，全国第三次党史资料征集工作会议，正式提出编纂中国共产党组织史资料的任务，并下达了《征集、整理和编纂方案》，开始在全国范围内进行此项工作，以填补这方面的空白。

为了顺利推动这项工作，1986 年 3 月，中共中央党史资料征集委员会牵头，和中共中央组织部、中央档案馆共同组成中央编纂领导小组。同时，召开中国共产党组织史资料全国编纂工作座谈会，提出"广征、核准、精编"（随后增加"严审"）的指导方针，"统一规划，中央、省、地、县四级负责"的编纂原则，讨论通过中共组织史资料《征集、整理和编纂修订方案》和《各省、自治区、直辖市上报中央资料的说明》。同时明确规定收集资料时限，是从 1921 年 7 月党的创建开始，到 1987 年 10 月党的十三次代表大会为止。会后，省、地、县三级普遍建立由党委有关负责人任组长的各级编纂领导小组和工作班子，人民解放军也在原总政治部领导下组建编纂机构。据粗略统计，全国先后从事过组织史资料编纂工作的专职人员有两万多人，兼职人员有 8 万多人。

1988 年，中共中央党史资料征集委员会、中共中央党史研究室撤销，新的中共中央党史研究室成立后，此项工作改由中共中央组织部牵头统管。省、地、县三级除自行编纂出版本地区资料（自编本）外，还为上一级和中央卷提供有关资料（上报本）。

编纂中国共产党组织史资料是一项浩繁的系统工程。自建党以来，经历长期的战争环境，不断的政治运动和社会变革，党的组织在曲折中不断发展、壮大。现存的历史档案资料或残缺不全，或割裂分散，或难以核实，甚至存在矛盾和争议。此项工作无先例可援，无前规可循，编纂人员开创探索，边做边学，不断研究，发现问题，解决问题，逐步完善，提高质量。

征集到尽可能完整的资料，是做好编纂工作的基础。许多省、自治区、直辖市普遍建立了地、县、乡、村四级征集网络，开展中国共产党组织史资料"普征、普查、普访"活动，从历史资料、文献档案、干部履历表、当事人回忆及群众中搜集大量的资料，尤其从老同志处"抢救"了大批珍贵的活资料。据 23 个省、区、市不完全统计，共查阅历史文献和干部档案 736 万多卷，走访老同志 170 万人次，发出调查信函 119 万封，开座谈会近 4 万次，征集的资料约百亿字。全国各级编辑组织普遍建立了资料依据、文献索引等方面的档案卡片，做了大量艰巨细致的资料搜集与整理工作。

在广征的基础上还必须核准。整个编纂过程中，各地都在核准环节上下过苦功。在档案原件与其他文献资料之间、档案文献与回忆资料之间、不同的个人回忆之间，分清主次，相互补充，综合考证，档案为主又不唯档案。对有争议、有分歧的问题，更是不怕麻烦，深入调查研究，从历史事实出发，力求做到核实无误。

为交流情况，总结经验，指导各地和有关单位编纂好自编与上报资料，多年来，中央编纂领导小组除了经常编印《简报》和专题通报外，还召开过十多次全国性和地方性的会议，从而逐步解决一些重要问题，形成了一系列可遵循、可操作的文件。到 1999 年，中央、省、地、县四级编纂的 3067 部组织史资料大多已经出版。2000 年，由中共中央组织部、中共中央党史研究室、中央档案馆三家联合编纂的《中国共产党组织史资料》，由中共党史出版社正式出版，其中在其第一卷中明确记载"台城特支成立于 1923 年 8 月"。

也正是在这次大规模的组织史资料征集、整理和编纂过程中，有人提出 1923 年 8 月创建的台城特支，可能是全国最早的农村党支部。河北省、衡水市、安平县三级联合调研组足迹遍及全国各地，查阅弓凤洲、弓乃如、张志洪等早期党员的档案，采访知情人，经多方考证，确定"台城特支成立于 1923 年 8 月"，而且未曾发现成立时间早于台城特支的农村支部。然后依据《中国共产党组织史资料》（第一卷），通过对全国成立时间较早的农村党支部对比，可以确定，台城特别支部是中国共产党成立最早的农村支部。

《中国共产党组织史资料》（第一卷）

全国成立较早的中共农村支部：

1923 年 8 月　　中共河北省安平县台城特别支部

1923 年冬　　　中共安徽省寿县小甸集特别支部

1924 年 3 月　　中共河北省安平县敬思村支部

1924 年　　　　中共山东省齐河县后里仁庄支部

1924 年 6 月　　中共湖南省益阳县金家堤支部

1925 年 2 月　　中共山东省广饶县延集村支部

1925 年 4 月　中共广东省惠阳县秋溪支部

1925 年春　　中共山东省广饶县刘集村支部

1925 年 6 月　中共湖南省湘潭县韶山支部

1925 年夏　　中共湖北省黄陂县三合店支部

1925 年 8 月　中共湖北省沔阳县石扬湾支部

1925 年秋　　中共河南省石固南寨支部

2001 年 6 月，安平县委办公室信息中心工作人员整理撰写了《建议将安平县"台城特支"确定为全国第一个农村党支部》的报告，上报衡水市委信息中心。市委信息中心立即呈阅给时任市委书记刘德忠等领导同志，时任市委书记刘德忠、副书记郭华等领导同志做出批示，并由市委办公室和市委党史研究室按程序进一步呈报省委和中央有关部门，引起各级领导的关注和重视。

2001 年 9 月，中共中央组织部原部长、时任全国党建研究会会长的张全景专程来到安平县调研指导工作，时任中共中央党史研究室第一研究部主任、研究员黄修荣，时任衡水市委副书记郭华等人陪同调研。张全景询问了台城特别支部建立时间、纪念馆布展设计理念思路等问题，在随后召开的座谈会上，充分肯定了安平县的这项工作，认为很有意义、很有价值，要认真研究、深入挖掘、广泛宣传，充分利用好中共最早的农村支部这一独特党史资源。

2002 年 9 月，张全景到南方调研时，某省的一位省委副书记呈报上一本《党建知识之最》的书稿，请中组部领导审阅，并请张全景作序。张全景翻看后，对书中关于第一个农村党支部在南方某县的说法提出疑问，说：

张全景写的便签

　　从时间上来看，从各地的情况来看，河北省安平县的台城特别支部成立是最早的。

　　他一边说，一边在宾馆的便笺上写下这段文字。那位副书记觉得这很重要，就收藏起来，后经多方辗转，这张字条传到了安平县委组织部，如今放置在中共第一个农村支部纪念馆的展柜里。

　　长期以来，关于中共第一个农村支部的诞生地，一直有不同的说法。对此，河北省委党史研究室副主任宋学民认为，台城特支的成立情况，受当时农村条件、环境的局限，确实没有留下直接的文字资料，但弓凤洲的档案中，他把入党的时间、弓仲韬介绍他入党的过程都写得很清楚。还有在安平县档案馆，有一份记录于 1960 年 7 月 28 日的口述，是根据弓仲韬、弓凤洲、弓乃如、李子寿、张志洪等 5 名早期党员的亲口讲述留存的资料，清晰地写着台城村成立党组织的时间在 1923 年 8 月。这份珍贵的资料，是迄今为止发现的唯一一次弓仲韬直接参与讲述的口述实录，可信度极高。

　　据宋学民介绍，河北省委党史研究室对中共第一个农村支部的研究和认定一直在跟踪进行。十多年前，他和有关同志研讨时提出，台城特支是否为中共第一个农村支部，关键取决于以下因素：一是支部是否建立在农村；二是时间是否最早；三是参加支部的党员是不是农民；四是支部建立后，是否带领农民从事反封建斗争。综合以上因素，宋学民等专家认为，台城特支具备这些条件。

　　虽然安平县在 2002 年就建成了中共第一个农村支部纪念馆，后在 2004 年、2008 年又进行了充实、扩建，但在全国的知名度并不太高。一直到 2017 年，中宣部组织包括人民日报、新华社、中央电视台等央媒及河北日报、河北电视台等省级几十家媒体来到安平县，采访报道了中共第一个农村支部诞生地——台城村，这个滹沱河畔的小村庄以

及弓仲韬这位中共第一个农村支部书
记的故事才广为人知。

同年4月,中共中央组织部原部
长、全国党建研究会会长张全景撰写
的文章《冀中星火——记中国共产党
第一个农村支部》刊发于《学习时
报》,7月,《百年潮》第7期的"本
刊特稿"转发了此篇文章。

在张全景的这篇洋洋万字的文章
中,详细阐述了台城特支的成立经过
及深远影响。

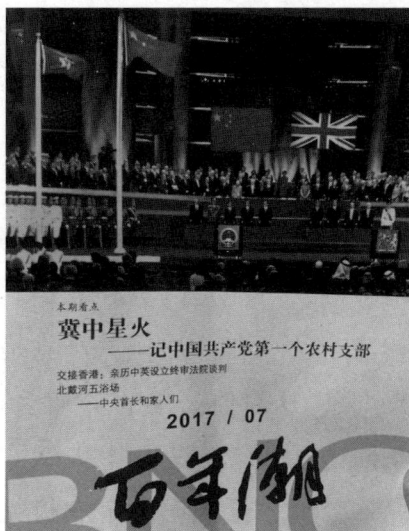

《百年潮》2017年7月刊的封面

2021年,在庆祝中国共产党成立
一百周年前夕,"台城特支是全国第一个农村党支部"被正式写进河北
党史。

由中共河北省委党史研究室所著的最新版本《中国共产党河北历
史》(第一卷)中,有这样一段话:

> 安平县是直隶农村最早建党的地方。安平县最早的党员
> 弓仲韬、李锡九都是李大钊亲自介绍入党的。1919年,弓仲
> 韬在北京沙滩的一所小学任教。其间,他经常到北京大学图
> 书馆阅读进步报刊,因而结识了李大钊。1923年4月(2022
> 年发现的安平县档案馆藏"弓仲韬转党组织关系的存根"记
> 载时间是2月),经李大钊介绍,弓仲韬加入中国共产党。同
> 年暑期,受李大钊派遣,弓仲韬回原籍安平县传播马克思主
> 义,建立党的组织。弓仲韬在安平县台城村,创办了"平民
> 夜校",宣传马克思主义,发展弓凤州、弓成山等人入党,并
> 于1923年8月建立了中共安平县台城特别支部(简称台城特

支）。弓仲韬任书记，弓凤州任组织委员，弓成山任宣传委员。党支部设在弓仲韬家，直接受中共北京区委领导。台城特支是全国第一个农村党支部。

李大钊介绍弓仲韬入党的时间，几份重要的回忆和档案资料不完全一致，可能是因为在农历、公历上存在着回忆的差别，但弓仲韬在1923年春天加入中国共产党是确定的。"台城特支是全国第一个农村党支部"，这看似简单的15个字后面，凝聚着一段鲜为人知的悲壮历史、一曲荡气回肠的铁血壮歌。

今天，全国第一个农村党支部纪念馆已经完成第三次改陈提升工作，但对于这段历史的挖掘整理工作一直没有停止，还在持续进行中。当年，曾支持、关注和参与调研的很多同志，如省、市、县各级党委领导，党史研究人员，组织部、宣传部干部，档案馆工作人员，以及郭华、宋学民、王彦芹、胡业昌、柏川、李建抓等众多同志，从青年变成中年，从中年走到暮年，呕心沥血，无怨无悔，为挖掘和宣传中共第一个农村支部这一河北独有的红色文化，传承红色基因，做出了重要贡献。

三、一波三折的电教片

说到中共第一个农村支部台城特支的考证过程，就不得不提一部电教片。

2008年，为了向党的生日献礼，同时也为了参加中央组织部组织的两年一度的全国第十届党员教育电视片观摩评比活动，河北省委组织部党员电化教育中心决定拍摄一批向党的生日献礼的电教专题片。据时任党员电教处处长李冠熙介绍，在全省170多个县市推荐的众多选题当中，他们发现了安平县提供的有关第一个农村党支部台城特支的素材，觉得这是一个非常好的选题，他们会同衡水市委组织部、安平县委组织部计划一起把它拍成一部有分量的重大题材专题片。

可是在该片的立项阶段就遇到了非常大的困难，因为在专家论证过程当中，有同志提出疑问：

"'台城特支是中国共产党历史上的第一个农村党支部'这个说法，中央有没有定论？如果中央没有定论，你们为什么就敢说这是中国共产党历史上的第一个农村党支部呢？如果没有定论，我们不同意立项，也不同意拍摄！"

怎么办？面对这个绕不过去的问题，电教片的策划小组进行了多次会商。最终，大家决定还是尊重历史，在已有翔实资料的基础上，再通过深入采访，搜集更多证据，按照党史探索片的路子来拍摄。

谈到当年拍摄电教片的经历，李冠熙至今记忆犹新。

"说句实话，当时我作为省委组织部电教处的处长，也是拍摄领导小组的主要负责人，对这种定位的专题片能不能拍好、怎么拍好心里是没底的，把握也不太大。好在我们有一个团结协作、业务素质出众的团队。当时与我搭班子的王永固，来组织部工作之前曾是河北大学的教师，是专门讲授电视片拍摄制作的，业务能力非常强，而且过去也拍摄了多部党员教育专题片，许多作品在全国行业评比中都获过奖。团队中的李琳媛曾在沧州电视台工作，也是这方面的专业人才。这部历史专题片的拍摄制作，历经了近一年的时间，应该讲是非常漫长和曲折的，因为我们要查找相关的历史资料。王永固和安平县委组织部的李建抓一起几次上北京、哈尔滨、西安实地考察调研，寻找当事人。在大方向确定下来之后，王永固加班加点、废寝忘食地用了半个月的时间，写出了脚本的第一稿。经过大家共同讨论修改，确定就按照这个拍摄方向。有了这一个拍摄大纲，我们下一步就可以组织去采访当事人，查阅相关资料，拍摄故事发生的原址、旧址。这个过程也是非常漫长和复杂曲折的。"

为了拍好这部专题片，主创人员奔赴北京，在中央组织部党员电教中心的大力帮助和支持下，拜访了中共中央组织部原部长、全国党建研究会原会长张全景。张全景对这部党史探索专题片给予了极大关注和支持。他耐心细致地听取了摄制小组的拍摄思路及设想，观看了前期拍摄素材和影像资料，对大家的工作态度非常认可。在听完李冠熙他们的工作汇报后，张全景激动地说："你们做了非常有成效的探索，从现有的资料和情况来看，台城特别支部是我们党历史上的第一个农村党支部，这是确定无疑的。"

张全景对摄制组工作的认可，特别是对台城特支历史地位的肯定，给了摄制组成员非常大的信心和勇气。

大家回来后，进行了热烈讨论。在接下来的日子里，摄制组的同志们不辞辛苦，奔赴辗转于天南地北，行程数千里，采访当事人数百人，查阅各种资料数千份，拍摄了大量的影像素材，加班加点进行后期制作。

2008年，这部党史探索专题片参加了全国第十届党员教育电视片观摩评比活动评选，获得特别奖。

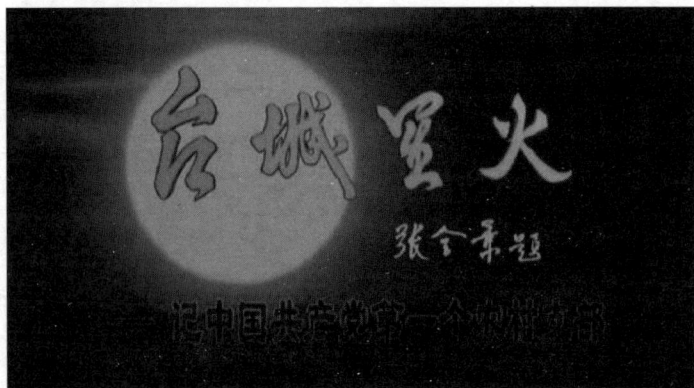

电教片《台城星火——记中国共产党第一个农村支部》

张全景不仅为电教片《台城星火——记中国共产党第一个农村支部》写了片名，而且在片中出镜时肯定地说：

从目前的史料来看，台城村是中国共产党在农村建立的最早的一个党组织。为了弄清这个问题，安平县委做了大量的调查研究，经过和一些在农村建党较早的省市联系、比较来看，在没有新的可靠证据出现之前，这是最早的一个党支部，是确定无疑的。台城村党支部的建立不仅在安平县产生了重大影响，而且对整个河北乃至全国也有重大意义。

主任评委、中央文献研究室副主任陈晋对这部片子给予了高度评价，他说：

这部片子拍得好。这部片子对我们从事文献研究的同志是一个触动，真没想到，组织部门的电教人能对党史进行这么深入的挖掘了解，占有资料这么翔实，这种研究探索的精神值得我们做文献研究、党史研究的同志好好学习，你们的研究成果非常珍贵，对党史文献专业部门的工作也是一个促进。

评委、中组部委员、组织局局长傅思和当场明确表态，《台城星火——记中国共产党第一个农村支部》应该给特别奖。

四、岁月遮掩不住光芒

年代久远，资料奇缺，见证人大都已作古，如何从浩如烟海的百年往事中打捞那段峥嵘岁月，真实再现弓仲韬、弓凤洲等老一辈共产党人的风骨和精神，对于党史研究人员来说，是个不小的难题。而随着广泛调研、深入采访，积累的素材越来越多，忽然有一个意外的发现，那就是，大家苦苦寻找的、以为沉积在岁月长河里难以发现的人物和故事，其实很多并未走远，依然有迹可循。在许多重大历史事件的背景枝蔓中，在大家耳熟能详的文学作品里，在散落民间的故事传说中，在施工工地挖出的锈迹斑斑的枪弹、文物上，以及在荒烟蔓草的原野，那些被风雨侵蚀数十年的有名或无名的墓碑上⋯⋯都能依稀看到弓仲韬等早期共产党人以及第一个农村党支部台城特支的影子。

2022年春天，当五月的鲜花再次开遍原野，位于安平县大子文镇孙辽城村的孙犁故居又迎来了一批参观者。午后的阳光穿过老旧的窗棂，散落在农家土炕上，炕上的方桌，桌上的信笺、钢笔、木质笔筒，仿佛都有了温度，亮白刺眼的阳光也一下子变得柔和含蓄起来。

正如孙犁和他的文章，即使面对最残酷的战场、最锋利的刀枪，他也总能以柔韧之笔，淡定行文，于最艰难困苦中鼓舞士气，传递希望，恰如阳光的非凡力量。

如今，这阳光穿过七十多年的风雨，洒落在我们身上，依然生动美好，充满力量，而孙犁的文章，早已成为影响几代中国人的精神食粮。

认真研读孙犁的重要作品，会发现他笔下的很多人物和故事都来源于抗战期间他在冀中生活和战斗的真实经历——当然，这是众所周知的，并不稀奇，真正带给我们意外和惊喜的是那篇《种谷的人》。如果在网上搜索这篇文章，会看到下面的留言评论中，很多读者对文中那个叫"树人"的年轻人感兴趣，纷纷猜测是不是鲁迅"周树人"。其实，"树人"的原型是冀中九地委书记兼九分区游击纵队政治委员吴立人。关于这点，吴立人生前讲过，其儿子吴淳也证实过。

吴淳在自己撰写的《铁肩担道义，星火再燎原》一文中，这样写道：

> 在土地革命时期，父亲与弓家建立的深厚革命友谊，被孙犁写成小小说《种谷的人》，发表在1948年的《晋察冀日报》上。文中主人公"树人"的原型即为我的父亲吴立人。

显然，按照吴淳的说法，文中描写的那位"从大破落户中"走出来的瞎眼老人，应是以弓仲韬为原型的。在文中，"瞎眼老人"曾担任过小学的校长，他的大女儿在参加爱国学生运动中牺牲。这位"瞎眼老人"原本出身于生活条件优渥的大户之家，为了革命，他倾家荡产，家破人亡，不仅牺牲了女儿，自己也被捕入狱，被敌人害瞎双眼，差点丧命。虽然命运多舛，双目失明，但他积极乐观，关心战事，甚至关心远在陕北的毛泽东主席的身体健康。这位令人敬佩的老人，与台城特支的创建者弓仲韬的人生经历何其相似！

当然，艺术创作与真实人物未必分毫不差，但这篇文章中提到的老人，确实与弓仲韬的相似度太高了。在档案文献史料极为缺乏的情况下，这种同年代、同地域的纪实文学作品，应该是有参考价值的。

说起来，弓仲韬也曾是富家大少爷，但不知为何，没有留下一张年轻时的照片。目前在纪念馆展出的，只有几张他双目失明后的老年照片，他年轻时究竟是啥样的人？他曾说过，共产党人就要舍得了家财，豁得出性命。那么当年，他的家境究竟是怎样的呢？

从他的两个弟弟分别在上海和法兰西求学这点来说，他的父亲弓堪应该是开明和富庶的。在 20 世纪 20 年代以前的北方农村，即使是高门大户，像这样有胸怀有眼界的当家人也是凤毛麟角。而生活优渥、自幼饱读诗书的弓仲韬，想必也是一表人才，否则，饶阳县的商贾大户李家也不会把千金小姐嫁给他。

2022 年 3 月，位于北京崇文门外的西花市街入选"首都功能核心区传统地名保护名录（街巷胡同类第一批）"。在西花市街上，有一家历史上非常有名的布店，叫"协成生布店"。今天，如果我们在搜索引擎上查询，会看到这样一段话：协成生布店，位于崇文门外西花市大街，是由河北饶阳人李姓出资 8000 银圆，于民国初年（1912 年）开办的。当时有职工 20 多人，后增至近百人。最初主要经营装粮食的口袋、被套和马褡子（放在马背上用来装东西的布口袋）及土白布等商品。后来，发展成为花素布匹、洋布土布、丝织绸缎等商品齐全的有名的大布店……协成生经营有方，货色齐全，质量上等。既有河北高阳的白布、市布、标布、双葛丝，山东昌邑的蓝白布、塞子布和大庄布，北京的爱国布，湖南和江西的夏布等，还有日本和欧洲各国进口的花素洋布。既有苏州、杭州的丝绸纱罗，还有进口的呢绒等洋货……

那么，这个李姓大老板是谁呢？经多方考证，确认正是弓仲韬妻子的爷爷李第莱。

在河北省饶阳县大官厅冀中修械所旧址附近，有一座寻常的农家小院，院内的人是当地最普通的农民，粗糙的双手，红黑的面庞，说着质朴的话语。

当年，弓仲韬为躲避反动派的追捕，在这里住了一年多。这里就是他相濡以沫的妻子出生和成长的地方，就是曾护佑他一次次躲过反动军警抓捕的避风港。

受弓仲韬革命思想的影响，其岳丈一家思想进步，保护了很多地下党员。抗战期间，他们利用自家的工厂做掩护，为八路军修复枪械和生产炸药、子弹提供场所，是当时八路军在冀中规模较大的修械所。在1942年日军五一大"扫荡"前夕，修械所被迫转移到山区，李家遭到敌人报复，所有宅院和工厂被一把火烧光。

"大火烧了七天七夜，烟尘飘到了20里地以外……"至今在饶阳县大官厅，还有一些老人清晰地记得当时惨烈的画面。

很多人可能都知道，全面抗战时期，大名鼎鼎的于权伸、常德善曾任冀中军分区司令员。但鲜为人知的是，他们两位竟然是安平的女婿。

于权伸的妻子叫张子辉，是弓仲韬的外甥女、抗战期间安平县游击大队政委张根生的姐姐。张子辉从小就住在台城村，跟着姥姥弓贵珍生活，曾上过弓仲韬办的女子小学，很早就接受了进步思想的教育，为之后走上革命道路打下了思想基础。

常德善的妻子叫弓彤轩，是弓仲韬的堂妹。当年，她受弓仲韬影响，很早就加入了中国共产党，也是台城村第一个报名参加抗日队伍的女青年。抗战时期，弓彤轩在冀中区党委工作时与冀中八分区司令员常德善相识并结为革命伴侣。常德善是1939年1月随贺龙、关向应率部从晋绥到达冀中的，一二〇师离开冀中时，冀中军区领导向贺龙师长要求留下一批有经验的红军干部，以提高冀中抗日武装的政治素质和战斗力，常德善遂被留在了冀中，任三分区（后为八分区）司令员。1942年，在日军进行五一大"扫荡"时，常德善率部转移到肃宁县雪村一带，遭敌人层层包围。他负伤后，用机枪掩护同志们突围，最终身中20多弹，壮烈牺牲。此时，弓彤轩刚刚生下儿子常根，还没有满月，闻听丈夫牺牲的噩耗她悲痛欲绝。

贺龙对常德善的牺牲十分痛惜，后亲自撰写碑文，赞誉"常德善同志是中国共产党的优秀党员，人民军队的坚强干部""功勋卓著，业绩永存"。

　　眼见得敌人已经包抄过来，四处奔逃的乡亲们大呼小叫，乱作一团。此时我俩撤退已经不可能了，我咬紧牙关，叹了口气，握紧手枪。我知道这把撸子里有一颗留给自己的"红屁股"保险子弹。我镇定地告诉警卫员："我们已陷入敌人的重重包围，情况十分危急。我们只有手枪，射程近、子弹少。鬼子马队速度快，冲上来后，咱们先打马后打人。注意节约子弹，把最后一粒子弹留给自己，誓死不当俘虏！"最后一句话，是一字一字从咬紧的牙缝中挤出来的，我清楚地知道自己如被俘意味着什么，子弹打光时，即使不能与敌人同归于尽，自己打死自己也不能落在敌人手里，我随时都准备着这最后的一刻。

这段文字出自《我的一百年》一书。书的作者，即文中这位机智勇敢、带领根据地人民与日军浴血奋战、随时准备牺牲的优秀共产党员，是生前担任过河北省政协副主席、保定地委副书记的严镜波。抗战期间，她曾任武强县委书记、饶阳县县长、深县县长，是冀中平原的第一位女县委书记、抗日女县长。

严镜波于1914年出生在饶阳县，13岁那年，她来到邻县安平的台城女子小学上学。学校就设在弓仲韬家里，也是当时的安（平）饶（阳）深（泽）中心县委机关所在地。弓仲韬兼着学校校长，他的大女儿弓浦是数学教员，妹妹弓惠瞻是语文教员。

在《我的一百年》中，严镜波说，县委负责人为他们讲了第一堂党课并宣布："咱们的学校是中心县委机关，你们每个人是学生，也是掩护机关的同志。"严镜波回忆："那一夜，我在土炕上翻来覆去，怎么也睡不着。沉浸在'终于成了组织的人'的兴奋中。"自那一天起，她没有一刻忘记"我是组织的人"。

正是在弓仲韬家，较早接受革命思想教育的严镜波成了一名共产党员。

相信很多人看过或听说过老电影《野火春风斗古城》，可能也知道这部曾风靡全国的电影改编自作家李英儒的同名小说，但未必知道女主角银环的原型正是李英儒的妻子张淑文。当年，出生于安平县贫苦农家的张淑文，自幼丧母，少人看管，是个顽皮胆大的假小子。弓仲韬的女儿弓乃如到她们村开办女子学校后，手把手教她写字，把她培养成为机智勇敢的儿童团长，多次为我地下党传送秘密情报。后又经弓乃如介绍加入了中国共产党，在革命工作中成长为有思想、有文化、有胆识的优秀侦察员，并受组织委派与李英儒假扮夫妻潜入古城保定做情报工作。两人日久生情，结为革命伉俪。这段难忘的战斗生活经历，为作家提供了创作灵感，构成了小说《野火春风斗古城》的重要素材。

有人曾分析，正是因为安平县党组织成立得早，弓仲韬、李锡九等早期革命人率先在农村开办平民夜校、女子小学，开展反帝反封建活动，使得这些安平的青年女子不同于旧年代很多目不识丁的农村妇女，她们识文断字、思想进步、有胆有识，积极投身革命事业，这无疑为她们后来成长为党的优秀干部奠定了坚实基础。正是基于共同的革命理想，她们才有了能与八路军高级将领相识相知、患难与共的缘分，才有了与军旅作家互相欣赏、共同进步的基础。细细想来，不无道理。

台城特支为革命培养和输出了大批人才。第一个农村党支部书记弓仲韬不仅把自己的一生献给了党和人民的事业，而且他的妹妹弓惠瞻，女儿弓浦、弓乃如以及三个堂妹弓惠诚、弓蕴武、弓彤轩，外甥女张子辉、侄女弓润等均在弓仲韬影响下投身革命。她们在长期的残酷斗争中历经艰险，九死一生而意志坚定，为革命做出了巨大牺牲和贡献。

妹妹弓惠瞻当年协助哥哥弓仲韬办平民夜校和台城女子小学，并在女子小学担任教师，教育和培养了很多农村女孩。这些受过教育的女孩很多都成长为我党的优秀干部。

弓仲韬的大堂妹弓惠诚和丈夫王子益都是早期共产党员，在农村积极开展党的活动，发展了很多党员。在革命最低潮时，他们夫妻俩颠沛流离，几经波折，终于找到党组织，后王子益到八路军一二九师工作。

弓仲韬的二堂妹弓蕴武在家乡参加革命并入党，后参加了冀中的抗日斗争。她的丈夫是位参加过长征的老红军。在一次战斗后，由于音信不通，双方都被告知对方已经牺牲，二人万分悲痛。若干年后，才知道对方还活在世上，却已物是人非，空余嗟叹。在血雨腥风的战争年代，这种"活不见人、死不见尸""一别音容两渺茫"的夫妻并不罕见。为了民族独立和人民解放，太多人牺牲了个人的小家和幸福，甚至留下了终身难以弥补的遗憾。

弓仲韬的三堂妹弓彤轩不仅上过台城小学，而且上过党领导的安平县女子师范学校，从小就追随弓仲韬闹革命。常德善壮烈牺牲后，她在革命工作中认识林铁，结为革命伉俪。林铁是四川省万县人，还在重庆联合中学读书时，就受到中共早期青年运动领导人萧楚女、恽代英的直接影响，积极投身反帝爱国斗争。1925年到北京求学，次年11月加入中国共产党。因革命需要，林铁先后前往巴黎和莫斯科进修学习，以学生身份作掩护，在中国留法学生和工人中开展革命活动。1935年冬奉调回国，负责河北省委军事工作。1937年9月，任省委军事部长，参与领导了冀东抗日大暴动。后任晋察冀省委组织部副部长兼民运部长，北方分局组织部副部长兼民运部长，北岳区党委常委、组织部长兼党校校长等职。1944年10月，任冀中区党委书记兼军区政治委员。新中国成立后，林铁担任过河北省委书记、省政府主席、省军区政治委员等职。

弓仲韬的外甥女、张根生的姐姐张子辉参加革命后，因工作关系结识了冀中七分区司令员于权伸，两人互生爱慕，结为革命伉俪。"冀中子弟兵的母亲"李杏阁曾经在回忆中说，于权伸受伤后，曾和妻子张子辉在她家的地道里休养过一段时间。在战火纷飞的年代，张子辉与丈夫出生入死，留下一段佳话。

弓仲韬的侄女弓润在革命工作中，结识了早期党员李子逊（李锡九侄子）。二人志同道合，结为夫妇，共同为早期农村党组织的发展壮大而奔波。李子逊和弟弟李子寿分别于1929年、1930年到高阳县布里村，以小学教员的身份发展党员，为高蠡暴动培养了骨干。遗憾的是，李子逊在抗战时期壮烈牺牲，年仅37岁。

受弓仲韬的影响，弓家子弟以及曾上过平民夜校或女子小学的村民，很多都走上了革命道路，甚至献出了宝贵的生命。仅台城村的革命烈士就有50多人。据台城村的弓大栓生前回忆，抗日战争全面爆发后，他们8个上过平民夜校的穷学生先后都参了军，有3个在战场上牺牲了。他们分别是：弓乃纯，一二〇师战士，1938年参军，不久牺牲在河间；弓秋恒，抗二团侦察排长，1945年牺牲在郑州市；刘秋本，三纵八旅排长，1948年牺牲在密云县古北口镇。

1946 年，冀中区党委为粉碎国民党反动派的进攻，要求安平县在年底前扩军 500 人。号召一出，全县便掀起轰轰烈烈的参军热潮，最后全县实际报名入伍的就达到 1804 人，县委将独立营改为"安平县农民保家独立团"。

1947 年，因为刚扩建成立的炮兵旅需要文化教员，安平县 70 多名小学教师投笔从戎，占全县教师总数的四分之一（当时安平县没有初中，全县小学教师共约 300 人）。

是什么样的信念，支撑着这样一群普通百姓甘愿做出这样的选择？

是中国共产党一经成立就确立的"为中国人民谋幸福、为中华民族谋复兴"的初心和使命；是中共第一个农村支部的星星之火，最早点燃了冀中人民反压迫的革命热情；是多年来党的宣传教育使安平人民群众有了更高的思想觉悟。

正是在一次次血与火的考验中建立起来的牢不可破的鱼水深情，使广大人民群众确立了对共产党的真心拥护和革命必胜的坚定信念。

从中共台城特别支部的星星之火，到河北省第一个中共县委的成立，再到安（平）饶（阳）联合县委、安（平）饶（阳）深（泽）中心县委的建立，直至抗日战争时期和解放战争时期，一代又一代安平的共产党员和广大人民群众披肝沥胆，不怕牺牲，涌现出无数可歌可泣的英雄事迹。弓仲韬等革命先辈敢为人先、勇于奉献的精神，早已成为安平人不屈不挠、团结一心、奋勇向前的不竭动力。

在中国共产党的坚强领导下，台城星火，始终照亮着人民前行的路。

第二章 冀中平原上的星星之火

一、千年古县话苍茫

安平县地处京津冀腹地、今雄安新区正南50公里，自汉高祖时置县，迄今有2200多年，历史悠久，人文厚重，民风淳朴，人才辈出，涌现出李百药、崔护等众多文化名人。

安平古迹众多，其中最为著名的当数圣姑庙。圣姑庙位于县城的为民街243号，坐落于四五米高的台基之上。台基由青砖砌就，台基上四周砌筑了女儿墙，气势恢宏。台基上的古庙建筑红墙青瓦，古风古韵。古庙群由牌楼、碑亭、磴道、门屋、工字殿、寝宫殿、观稼亭等主体建筑组成，布置在一条中轴线上，与台基最前侧的钟鼓楼左右对称，形成了典型的中国传统寺庙的布局。

相传，圣姑庙是汉光武帝修建，乃方圆百里最大的庙宇建筑。

据康熙二十六年（1687年）《安平县志》记载，"每逢清明佳节，桑妇更夫，虽千百之遥，致香火者如织"。圣姑，字女君，为周代末的安平县会沃村人氏，后以其吮疮救父、智救汉光武帝刘秀等义行善举被传颂为忠孝双全的女圣人，所以安平又有"孝德之乡"的美誉。

圣姑庙在历朝历代都有修缮。元大德十年（1306年）在原庙东侧筑高台重建，明、清两代又多次扩建，形成现在的雏形。可惜在1945年被日军烧毁，不过幸运的是，1935年梁思成慕名来到这里并绘制了结构图。在2010年重修圣姑庙时，就是根据他所绘的图纸复建而成。如今，这里是河北省文物保护单位，来此参观的游客络绎不绝。

古之安平，南有漳、滏、滹沱之险，北有沙、唐、滋河之卫，势为历代用兵者攻防所关。自1840年鸦片战争以后，由于帝国主义列强的入侵，中国逐渐成为半殖民地半封建社会。各派系军阀投靠帝国主义以扩充地盘、争权夺利，使中国陷入了军阀割据和连年混战的乱局。

在祸国殃民的军阀统治下，安平县人民不得平安，受尽帝国主义、封建主义和官僚资本主义的欺凌和压榨，灾难更加深重了。

地主阶级对农民的压榨和剥削手段极端毒辣和残酷，如出租土地"八顶十"（八亩顶十亩）、"四六分"（地六劳四）、"上交租"（先交一部分租）等。佃户辛劳一年，所得无几，每年还要给地主做各种无偿的劳役。向地主借贷要春借秋还，借一还三，"驴打滚""现扣利""出门利"……农民借下这些债，就等于欠下了还不清的阎王债，常常被逼得以田地、房产抵债，甚至卖儿卖女。

"法如虎，税如刀，高利贷压折穷人的腰""节好过，年好过，日子难过；出有门，进有门，择借无门"……这些广为流传的民间俗语，从一个侧面反映了剥削阶级对贫苦百姓的压榨。

随着阶级分化的日趋严重，贫雇农的生活更加艰难，土地等生产资料越来越集中在地主豪绅手里。全县地主富农占农村人口不到10%，却占有近80%的土地。而占农村人口90%以上的劳动人民，仅占有全部土地的20%多。

地方政府横征暴敛，苛捐杂税层出不穷，更加重了劳动人民的负担。反动当局为了弥补财政开支不足，充塞自己的腰包，向人民敲诈勒索兵款、战费，巧立各种名目，以摊派等形式，把"地契税""屠宰税""督察捐""民团捐"等30多种捐税，强加在劳动人民头上。逢遇战时，便以武力抢粮抓丁，甚至预征几十年、上百年以后的钱粮，逼得农民典田当物，卖儿卖女，苦不堪言。台城村的弓春台，当年就因生活所迫，不得不卖掉了自己的两个儿子。

买办资产阶级充当帝国主义的奴才和帮凶，大肆推销洋货，低价收购农产品。加上滹沱河十年九患，一到雨季，河水长驱直下，全县一片汪洋。捐税、战祸、天灾，逼得劳动人民倾家荡产，生活无着，妻离子散，流落异乡。

1922年，安平县大旱，农作物仅收二三成，农民多以树皮、草根、野菜充饥。据说，那年"吃得野菜绝了种、剥得榆树没法活"。

一首流传很广的《逃荒歌》，真实反映了当时农村的惨状。歌中唱道："滹沱河，水滔滔，逃荒的人们好心焦；老的老，少的少，无亲无友无着落！"

除了天灾人祸，男尊女卑、"女子无才便是德"等封建意识以及裹小脚等摧残身心的恶俗也成为束缚人民的枷锁。

李杏彩出生在安平县一个贫苦农家，一直到晚年时，她都清晰地记得五六岁时裹脚的痛苦。当娘抖开六条长长的蓝色裹布，手法娴熟地把她的小趾骨用劲向下推，再将四个脚趾向脚掌内缘使劲压挤时，她听见了咯吱吱仿佛骨节断裂的声音。那种钻心刺骨的疼痛，如同她无从选择、无处逃避的命运，除了咬紧牙关，默默忍耐，别无他法，她甚至连哭都不敢哭出声来。比饥饿更痛苦的，是身体的疼痛；比身体更痛苦的，是精神的摧残。

1917年，俄国十月革命一声炮响，给中国送来了马克思列宁主义。1919年5月4日，在俄国十月革命的巨大影响下，中国爆发了五四爱国运动。五四运动是中国近现代史上具有划时代意义的一个重大事件，标志着新民主主义革命的伟大开端。

为了改变中华民族悲惨屈辱的命运，中国人民和无数仁人志士进行了千辛万苦的探索和不屈不挠的斗争。地主阶级发起洋务运动，农民阶级发动太平天国运动和义和团运动，民族资产阶级改良派、革命派先后发动戊戌变法、辛亥革命，但都最终归于失败。中国共产党就是在这样的历史背景下登上中国政治舞台的。中国共产党是在近代中国社会矛盾的剧烈冲突中、在中国人民反抗封建统治和外来侵略的激烈斗争中、在马克思列宁主义同中国工人运动的紧密结合过程中应运而生的。

二、弓仲韬走上革命之路

中共早期组织最先是由陈独秀、李大钊发起，并分别在上海和北京先后建立的，史称"南陈北李，相约建党"。1921 年，党的一大正式宣告中国共产党成立，陈独秀担负起了中共中央局书记领导全国党的工作的重任，李大钊则负责指导北方地区党的工作。

此时，中国共产党在集中力量领导工人运动的同时，也已经开始到农村开展农民运动。浙江萧山衙前村农民大会于 1921 年 9 月 27 日召开，中国第一个新型的农民组织宣告成立；1922 年 7 月，彭湃在自己的家乡广东海丰县成立了第一个秘密农会；1923 年 4 月，毛泽东派人到湖南衡山岳北白果乡开展农民运动，9 月成立岳北农工会，树起了湖南农民运动的第一面旗帜，之后毛泽东又在韶山一带亲自组织农民协会，开展对地主阶级的斗争。

出身农家的李大钊对农村、农民的状况有着深切的了解，他深知把农民发动起来、组织起来参加革命的重要意义。早在 1919 年 2 月就发表《青年与农村》一文，首次提出了知识分子要与工农群众相结合，号召革命青年到农村去，向广大农民进行民主主义的教育，"去开发他们，使他们知道要求解放，陈说苦痛，脱去愚暗，自己打算自己生活的利病"，从而实现"农民解放"。他还认识到农民是中国革命的依靠力量，明确提出"中国的浩大的农民群众，如果能够组织起来，参加国民革命，中国国民革命的成功就不远了"。他重视农民、农村，号召先进知识分子去做"开发农村的事"。

中国共产党成立以后，在农村建立党组织成为李大钊早期建党活动的重要组成部分，他决定委派一个信仰坚定、不怕吃苦、有能力又有魄力的党员，去农村建立党组织，传播马克思主义，团结和发动更广泛的农民参与到革命队伍。李大钊在物色合适人选时，来自安平农村的知识青年弓仲韬进入李大钊的视野。

弓仲韬出生于安平县台城村一个富庶之家。从明朝初年到清朝末年，说起安平县台城村的大户人家，首屈一指的就是弓家。到清朝后期，弓家家族最鼎盛时曾拥有土地4000多亩，常年雇佣的管家、长工、仆役数十人。清光绪十二年，即公元1886年，弓仲韬就出生在这样一个大户人家。

在弓仲韬的次女弓乃如的档案中，有如下记载："弓仲韬的祖父有八套四合大院，内外装修讲究，吃穿排场，想吃狗不理包子，立马到天津去买……"

弓仲韬的父亲弓堪曾是清朝拔贡，知书达理，思想开明。他年轻时参加科举屡试不第，对封建科举制度极为不满，憎恨腐败没落的清政府，赞成维新主张。

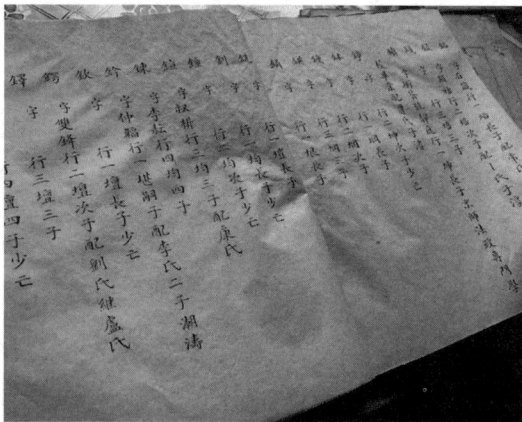

弓仲韬家谱

弓仲韬按家族辈分取名为弓钤，仲韬是他的字，有同父异母的两个弟弟，分别叫弓书耕、弓季耘，还有一个妹妹，叫弓慧瞻。弓仲韬从六岁开始上弓家私塾，学的是《三字经》《百家姓》《千家诗》《增广贤文》等启蒙读物，后热衷于看《三国演义》等历史小说。他聪颖好学，十分得父母喜爱。因为家境殷实，父亲开明，弓仲韬和两个弟弟、一个妹妹都进入了新式学堂读书。后来，二弟弓书耕赴法国勤工俭学，回国后从事兵工制造。三弟弓季耘毕业于国立铁路学院，做过正太铁路阳泉、榆次站的站长和列车长。妹妹弓慧瞻从新式学堂毕业后，曾在弓仲韬办的台城女子小学当教员。

弓仲韬虽然生在富贵人家，从小衣食无忧，又是被父亲看重的"接班人"，但他厌倦封建大家庭的等级森严，更无意沉溺于家庭的烦琐事务。加上耳闻目睹官府的腐败、社会的黑暗、农民的疾苦，他的心中就充满了无法排遣的苦闷。

1911年，弓仲韬考入天津北洋法政专门学堂。

李大钊是1907年考入天津北洋法政专门学堂的，那么李大钊与弓仲韬应为校友，但两人当时是否相识，有过什么交往，目前还没有找到明确的证据。

李大钊在北洋法政专门学堂就读六年，不仅才智过人，而且思想活跃，热心政治，早已在同龄人中脱颖而出。而且，弓仲韬和李大钊均在1912年加入北洋法政学会。所以，按照常理猜测，即使两人当时未正式结交，弓仲韬应该也是知道李大钊的。

在天津的这段求学经历，可以视为弓仲韬此后投身革命的思想动因和精神动力。

北洋法政专门学堂位于天津新开河北岸，于1907年建成开学，全称为"北洋官立法政专门学堂"（后多次更改校名，曾称为北洋法政学堂、北洋法政专门学校等）。当年李大钊考入北洋法政专门学堂，先在该学堂专门科的预科英文甲班学习三年，1910年升入该学堂正科的政治经济科本科学习三年，1913年6月毕业离津。弓仲韬时为该学堂中学班学生。1913年6月编修的《北洋法政专门学校同学录》（直隶教育图书局印书处印刷）载有弓仲韬履历，上面写着：中学第三班学生，弓钤，号仲韬，籍贯为直隶安平县。

北洋法政学会设在北洋法政专门学堂内，以研究法政学术为宗旨，努力传播爱国进步思想，不仅编译书籍，还出版杂志《言治》。李大钊是该学会编辑部部长之一。根据目前已掌握的资料判断，北洋法政学会1912年已存在。据1913年5月1日出版的《言治》月刊第二期所载《北洋法政学会会员名单》统计，北洋法政学会第一年入会者计有李大钊（时名李钊）、弓仲韬（时名弓钤）等169人，第二年入会者计有93人。"第一年入会"当指

弓仲韬在北洋法政专门学校的同学录（选自《李大钊与北洋法政专门学堂》一书）

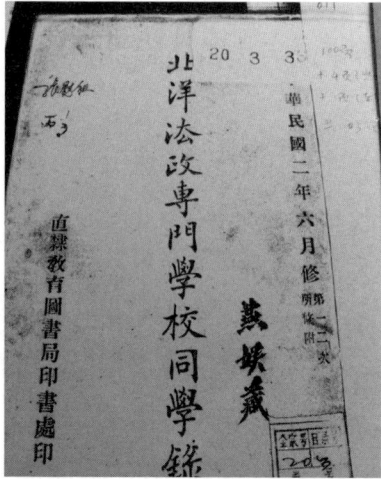

1912年入会；"第二年入会"当指1913年入会。据1913年4月15日《内务部批（第二百七十一号）》所载，官方承认该会，予以立案，北

弓仲韬在天津北洋法政专门学校读书期间的同学录

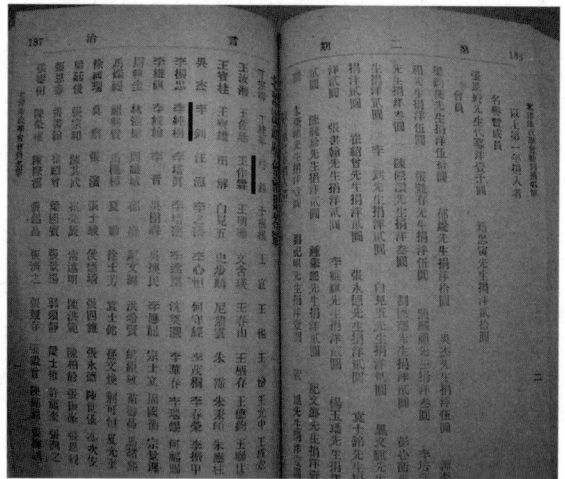

1913年5月1日，《言治》月刊第二期刊登的天津北洋法政学会会员名单

洋法政专门学校校长张恩绶兼任北洋法政学会会长。但是，弓仲韬在该学会的具体活动不详。

经以上征引的史料判断，弓仲韬认识李大钊的时间，应不晚于1912年。而李大钊在津就读六年期间，积极投身爱国运动，参与社会变革实践，在北洋法政学会会员中产生了很大影响。李大钊的思想影响及北洋法政学会的活动，对于同为北洋法政学会会员的弓仲韬影响很大。这也是他后来毅然追随李大钊，参加中国共产党的一个重要动因。

从北洋法政专门学校毕业后，弓仲韬回到故乡安平县台城村。但他并不满足于当一个养尊处优的大少爷，已经接触过新思想的他立志探索振兴国家之良策，追求更有意义的人生价值。

在中共第一个农村支部纪念馆中，有两件珍贵的展品，一个是弓仲韬用过的《中华字典》、一个是刻着弓仲韬名字的书信箱。这是青年弓仲韬勤苦求学的见证。

弓仲韬的书信箱

弓乃如在自传中提到，父亲1914年从天津北洋法政专门学校毕业后，先是在饶阳县立高等小学任教，1916年转至北京沙滩一所小学继续任教。弓仲韬在北京任教的小学距离北京大学图书馆不远，因此他经常到北大图书馆阅读进步书刊。

十月革命爆发后，李大钊率先在国内宣传马克思主义，讴歌十月革命，从1918年7月开始先后发表《法俄革命之比较观》《庶民的胜利》《布尔什维主义的胜利》。1919年，他发表的《我的马克思主义观》，对马克思主义做了比较全面和系统的介绍。

1919年5月4日，弓仲韬参加了轰轰烈烈的五四运动。经受了伟大的五四爱国运动洗礼的弓仲韬，更加自觉地学习、研究、宣传马克思主义，并萌生了成为一名共产党员、为党的事业而奋斗终身的志愿。

在李大钊的启发和引导下，弓仲韬认真学习研究马列主义，经常抽时间到天桥附近了解民情，向工人群众宣传马列主义和革命思想。

通过一段时间的观察和考验，李大钊认为弓仲韬不仅博学多才，有思想、有抱负，而且有能力、有担当，充满革命的热情，遂发展他正式加入了中国共产党。

党史资料记载，从1921年中国共产党成立到1927年大革命失败前，中共没有规定入党誓词，也没有把入党誓词作为发展的必经程序，加入中共组织，没有固定和统一的誓词，只要承认党的纲领，并有一人介绍，经过审查即可入党，主要是通过表决心等方式，表达自己对加入共产党的志愿。

从1923年春正式加入中国共产党，弓仲韬便开始走上了职业革命者的道路。

正是受李大钊坚定的革命信仰和无私奉献、两袖清风的高尚人格影响，弓仲韬义无反顾地投入革命的滚滚洪流中。在以后漫长的风雨岁月中，无论顺境逆境，富裕贫穷，甚至在痛失父母妻儿的情况下，弓仲韬都始终初心不改，信仰坚定。

1923年夏初，弓仲韬根据李大钊的指示，辞去北京的教员工作，返回故乡安平县台城村。

此时的安平县，随处可见破衣烂衫、面黄肌瘦的难民。就在这年，7岁的王仁庆告别瞎眼的母亲，跟父亲奔赴遥远的鸭绿江边。小小少年舍不得母亲，舍不得家乡，但是没办法，跟着父亲去"闯关东"，是他们全家唯一的活路。

14岁的王东沧也是因为生活所迫背井离乡的。他生在贫苦农家，自幼喜欢练武。他准备去天津打工挣钱，听说那里有十里洋场，商铺多，码头多，自然需要卖苦力的人也多。

此时，台城村的弓春台刚刚卖了自己年仅三岁的小儿子弓二锅……

在返回台城的路上，听着看着眼前一幕幕的人间惨剧，弓仲韬内心翻江倒海，痛苦万分。

他从马车上下来，将随身携带的吃食和钱物都分发给难民。

此时，在安平县台城村弓家大院内，弓仲韬的妻子正给公婆请安。

她出生在饶阳县大官厅村，娘家是方圆几百里有名的地主兼商人家庭，在大官厅村拥有一片豪宅。其爷爷和父亲在辽宁赤峰开商号，经营饶阳的土布、口袋、褡裢等棉线类制品，生意兴隆。后来李家又到北京西花市大街开办了协生成布匹店。因为善于经营，恪守诚信，布店很快发展成为西花市大街数一数二的大店。

这个秀外慧中的女人，读过几年私塾，知书达理。自嫁入弓家，上孝敬公婆，下照顾儿女，对丈夫更是关怀体贴，深得弓家上下的敬重和喜爱。

那天，因为娘家在北京西花市大街的布匹店要扩店，家人想让弓仲韬辞去小学教员的工作，帮着打点店铺，同时计划把孩子们也带到北京上学。一家几口正说得高兴处，却见弓仲韬风尘仆仆地走了进来。

对于他的突然辞职返乡，全家人不明就里，但毕竟阖家团圆了，总是件高兴的事。为了欢迎大少爷弓仲韬回家，弓家上下忙作一团，还专门派人去天津采购海货和特色小吃。

那天全家人在一起其乐融融、和谐美好的画面，一直铭刻在弓仲韬的脑海里。在以后漫长而残酷的岁月里，尤其是在历经失去父母妻儿、自己也双目失明的苦痛后，弓仲韬无数次地回忆起那顿丰盛的晚餐和孩子们的笑脸。那温馨美好的画面慰藉着他千疮百孔的心灵，也让他对家人充满了深深的愧疚。但他对党和人民的赤胆忠心，对共产主义信仰的执着追求，一直到生命的终点，都没有丝毫改变。

弓仲韬受李大钊的派遣回台城村后，看到穷苦乡亲们饥寒交迫甚至卖儿卖女的惨状，深感痛心。他做的第一件事是说服父亲弓堪给穷困户放粮，在村口搭粥棚，为路过的难民舍粥，还照顾贫苦人家生计。

据台城村90多岁的老党员白秀君回忆，她小时候家里穷，弓仲韬回来后经常照顾她家，让她爹到弓家地里搬"高粱头（收割下来的成捆高粱穗）"。

弓仲韬回村后对全县农村情况进行了调查研究。他发现，大约不到10%的富人，占有80%的土地，90%的穷人却生活在水深火热之中，农民有强烈的革命要求。

当时安平县正在遭受已持续4年之久的旱灾，为了救济贫苦农民，他在自家祠堂前搭起粥棚，免费发粥，发放布匹，得到贫苦农民的拥护。

同时，针对农民大多不识字的现实，弓仲韬卖掉自家二十几亩地，筹集资金，创办了平民夜校（也称"农民夜校"），作为提高农民文化水平和开展党的工作的阵地。他教学员先识字，以讲故事、说历史的方式，宣传马克思主义的基本道理；他还编写了通俗易懂的教材《平民千字文》。为了这个平民夜校，弓仲韬腾出自己家放农具的三间东屋，购买了桌椅板凳。为了吸引家境困难的农民过来上课，弓仲韬不仅不收学费，还免费送粥。为了不耽误大家的农活儿，他选在晚上上课。夜校规定，农忙时三六九上课，冬春农闲时每晚开课。

在他编写的《平民千字文》中，第一个字就是"人"。

他说，这个"人"字，看起来很简单，其实最不容易。有句老话，人生天地间，庄农最为先。还有句老话，叫'民以食为天'。什么意思呢？就是无论是谁，都得吃饭，所以食物就是人的"天"，而我们吃的粮食是从哪儿来的？当然是我们农民种的。所以说，掌握农时，种好庄稼，是天地间最最要紧的事情。

然后从种庄稼讲到农民，讲到地主和雇农。为什么有的人四体不勤，五谷不分，却享尽荣华富贵，而有的人累死累活，却食不果腹、衣不蔽体？他说没有人天生就是老爷，也没有人天生就是奴才。我泱泱中华，是五千年的文明古国，有着悠久的历史、灿烂的文化，就连我们这个小小的安平，在春秋战国时就出现过以孝德享誉天下的郝女圣姑，还有崔护、李百药等历史名人。而如今，军阀与外国列强相互勾结，使我中华内忧外患，民不聊生，农民不仅要承受官府名目繁多的苛捐杂税，还要受地主资本家的盘剥压榨。多少年来，我们农民为了过上好日子，跪天，跪地，跪神，跪佛，跪圣贤，跪祖宗，跪得腰都直不起来了，可还是免不了要国破家亡！

他说，乡亲们，我们只有先站起来，挺起腰杆做人，才能强起来，进而联起手来改变这个不平等的社会，过上有尊严的人的生活！

在安平县台城村中共第一个农村支部纪念馆的展览中，有弓仲韬编写的平民夜校教材《平民千字文》的部分内容：

> 人生天地间 庄农最为先
> 要记日用账 先把杂字观
> 你若待知道 听我诌一篇
> 开冻先出粪 制下镢和锨
> 扁担槐木解 牛筐草绳拴
> 抬在南场里 捣碎使车搬

就这样，弓仲韬利用自编教材《平民千字文》，从简单的"人、口、手、大、小、多、少"讲起，再讲台城村、直隶省、整个中国的现状，以及穷人为什么穷等革命道理，还有辛亥革命、北洋军阀以及在南方爆发的工人运动和农民运动等，由浅入深、循循善诱，吸引了越来越多的农民到校学习，一度达到五六十人。平民夜校如一盏明灯，照亮了穷苦农民闭塞苦难的心田。

三、台城特别支部的建立

经过培养和教育，1923 年 7 月，弓仲韬在家中介绍思想进步、向往革命的农民弓凤洲、弓成山加入中国共产党。

弓凤洲是弓仲韬介绍发展的第一个共产党员。弓凤洲在 1945 年 6 月的《履历与自传》中记述了弓仲韬引导自己入党的过程：

> 在我 19 岁时，本村有个学生弓仲韬，时常去找我，和我接近，常邀我到他家去玩。过了几个月，他就问我，对国民党、共产党的意见，我不了解，于是他给我讲明……共产党是代表穷人的，中国是个农业国，农民劳苦大众占多数……

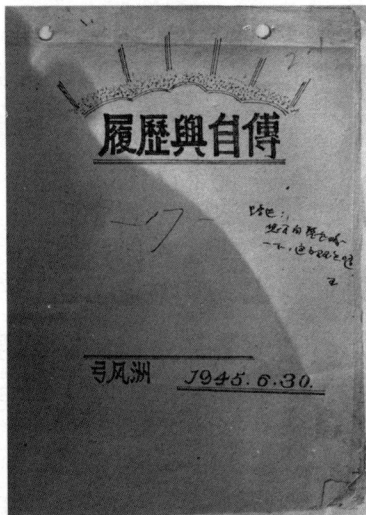

弓凤洲的《履历与自传》

经过几个月艰苦细致的工作，建立农村党组织的时机和条件已经成熟。1923 年 8 月的一个深夜，在弓仲韬的家中，弓仲韬、弓凤洲、弓成山三人围坐在桅灯周围，由弓仲韬主持召开台城村共产党员会议，弓仲韬说，根据中共北京区委负责人李大钊同志的指示，再结合我们台城村革命斗争的实际情况，有必要建立党支部，壮大党在农村的力量。因为直隶省和安平县尚未成立党的组织机构，他们直接受中共北京区委（1925 年 10 月改为中共北方区委）的领导，所以叫台城特别支部。三人经过讨论，一致同意推选弓仲韬为特别支部书记，弓凤洲为组织委员，弓成山担任宣传委员；支部设在弓仲韬家中。中国共产党的第一个农村支部就这样在台城村诞生了。

根据弓仲韬、弓凤洲、弓乃如、李子寿、张志洪 1960 年 7 月《安平县初期建党情况》记载：

> 为了进一步扩大党的组织，在上级党的指示下，三
> 人……研究了当时的地方情况，决定在工农群众和知识分子
> 中同时开展，并做了具体分工。弓仲韬同志负责在知识分子
> 中开展，弓凤洲同志在工农群众中开展，并先后在安平县敬
> 思村、唐贝、安平北关、严疃、黄城、候疃、别村（新民
> 村）、张舍邓村发展党员 30 多名。根据居住情况和工作性质，
> 分别建立了四个支部和几个小组。

弓仲韬在发展党员的同时，继续办好农民夜校，着手组建农会，
发动贫苦农民向村里的地主开展说理斗争和雇工增资斗争。对于弓仲
韬来说，这是在革自己家族的命，也是革自己的命。弓氏家族不少是
村里的富户，弓仲韬自己家就有 300 多亩地。当时，他说服本族富户
的长辈们给雇工和村里的穷人放粮食，增加工资。有的富户坚决抵制，
弓仲韬就发动雇工在需要抢收抢种的大忙季节，向富户提出增资要求，
否则停工，迫使这些富户不得不屈服。每到春节、中秋等重大节日，
弓仲韬就在弓氏祠堂给穷人放粮，发布匹。有些同族长辈觉得他的行
为完全无法理解，百般阻止，一些富户也对他恨之入骨，但弓仲韬不
为所动，依然倾其所有投入革命事业中。

冀中平原上的中共台城特别支部虽然只有三名党员，却有着非同
寻常的意义。它标志着安平人民反封建斗争进入了一个新阶段，也成
为中国共产党领导农民、农村革命斗争的一个标志性事件。

四、早期党员李锡九

其实，弓仲韬并不是安平县第一个共产党员。1922 年，李大钊已
经发展了一名安平籍人士加入了中国共产党，他就是大名鼎鼎的李锡九。

李锡九

李锡九是安平县任庄村人，生于1872年。原名李永声，曾起字"立三"，后因与湖南李立三同名，故登报声明，易名"李锡九"。

李锡九自幼酷爱读书，善于思考，有正义感，对当时腐败的政府极端不满，有志于改造社会，振兴国家。他不满足于中国的旧式传统教育，渴望学习新知识。1905年赴日本留学，结识孙中山先生，加入了中国同盟会。辛亥革命后，任国会议员、非常国会护法委员，进行反对北洋军阀、解散国会、废除《临时约法》的斗争。

俄国十月革命后，马列主义传入中国，李锡九开始研究马克思主义，学习十月革命经验，由一个激进的民主主义者开始向共产主义者转变。

1922年，李锡九在北京结识了中国共产党的主要创始人之一李大钊，并由李大钊介绍加入了中国共产党。他仍保留国民党党籍，以国民党党员的面目出现，秘密开展共产党的工作。

1923年，曹锟贿选总统，想用两万银圆收买李锡九，遭到李锡九的严词拒绝。李锡九在《晨报》上刊登启事，声明拒绝参加贿选，并揭发曹锟扣留国会经费、非法贿买两院议员的无耻行径，痛斥"猪仔议员"趋炎附势的卑鄙行为。

同年10月10日，曹锟通过贿选当上总统，李锡九愤而回乡。在李大钊的指导和支持下，他回到故乡安平县任庄村开展农民斗争，发展共产党员。

1923年，他在任庄村带领农民拆毁旧庙，自筹资金建校舍，购置了黑板、桌椅板凳、灯油炭火等用具，创办了农民夜校和女校，并以此作为宣传马列主义、组织革命斗争的阵地。

同时，李锡九发动进步知识分子李洛擎、李子逊、李纪元等担任教员。他们边教农民文化知识，边宣传革命道理。宣讲的内容多取自《社会科学概论》《莫斯科印象记》《苏俄考察记》《北京晨报》等宣传新文化、传播马列主义的书籍和报刊。夜校还组织过别开生面的音乐会，以寓教于乐的方式进行革命宣传。

为了动员贫苦农民参与学习，李锡九首先让自家的长工和女儿带头入校，并给贫苦学员一定的生活补助。很快，夜校学生就达40多人，女校学生30多人。

后来，因工作需要李锡九离开家乡后，仍十分关心两校情况，每年秋季总要给家里和村里写信，询问"收成如何"，并嘱咐："如收成不好，可用我家的粮食周济贫苦农民，也可把我的地卖掉，供两校费用，无论如何也要把两校办好。"

在李锡九的关心、支持下，两校后来有二三十人加入了中国共产党，不少人成了党的外围组织中的骨干，为第一、二次国内革命战争和抗日战争培养输送了骨干力量。

解放战争时期，李锡九作为傅作义将军的秘密使者，前往西柏坡同党中央商谈北平和平解放事宜，为北平和平解放立了大功。新中国成立后，历任中央人民政府委员会委员、民革中央委员、河北省人民政府副主席等。

1952年3月10日，李锡九病逝于北京，终年80岁。中央人民政府副主席、民革中央主席李济深在追悼会上说，李锡九一生经历了反对清朝政府、反对北洋军阀、反对日本侵略和反对蒋介石独裁的几个历史阶段。在这几个历史转折点上，他总是朝着进步的方向走，这正是他的难能可贵之处。

长期以来，人们只知道李锡九是国民党元老、民革中央委员，很少有人知道他早就加入了中国共产党。直到1980年，李锡九的中共党员身份才正式公之于世。

第三章　滹沱河畔尽燎原

一、中共安平县委成立

随着弓仲韬、李锡九分别回到安平县开办夜校、宣传革命思想，尤其是台城特支的建立，点燃了冀中农村革命的星星之火。

在李大钊的关怀指导下，刚成立不久的台城特支及时研究分析地方社会状况，决定在工农群众和知识分子中同时开展党的工作，并做了具体分工。弓仲韬负责在知识分子中活动，弓凤洲负责在农民中活动。

到1923年底，台城村的弓振明、弓结流、弓偶气等人加入了中国共产党。

1923年12月，李锡九介绍任庄村李幸增、李振庭加入中国共产党，后建立任庄村党小组。

1924年初，李锡九介绍李少楼加入了中国共产党。李少楼又介绍李春耀、张述增加入中国共产党。在李锡九的帮助下，李少楼组织成立了北关高小党支部。

弓仲韬在上级党组织的帮助下，于1924年二三月间与李少楼秘密取得了联系。自此，李大钊在安平播下的两颗火种——任庄的李锡九和台城的弓仲韬，开始有了交集，并合为一股，共同发展党的组织。

1924年3月的一天，弓仲韬又来到北关高小李少楼的住处。他俩同时介绍教育界知名人士敬思村的张麟阁加入了中国共产党。

敬思村与台城村毗邻，相隔三里之遥。张麟阁是教育界知名人士，在本村小学任教，当时思想进步，向往革命。

之后，张麟阁又先后发展了本村农民阮大楞、李更加入了中国共产党。

1924 年 6 月，张麟阁创建了敬思村党支部，并担任党支部书记。

此时，安平县经弓仲韬、李锡九发展的两股革命力量汇集到了一起，已有台城村、北关高小、敬思村 3 个党支部，有党员十余名。

1924 年 8 月，安平县党员发展到近 20 人。李大钊得知此消息，非常高兴。为加强党的统一领导，进一步组织农民群众进行斗争，根据中国共产党第三次全国代表大会制定的《中国共产党第一次修正章程》关于"一地方有十人以上，经中央执行委员会之许可，区执行委员会得派员至该地方召集全体党员大会或代表会由该会推举三人组织该地方执行委员会"的规定，李大钊指示弓仲韬建立安平县委。

接到李大钊的指示，弓仲韬更加坚定了革命的信心。

1924 年 8 月 15 日晚，在敬思村张麟阁家中，安平县第一次共产党员代表会议召开。前来参加会议的有弓仲韬、李少楼、张麟阁、弓凤洲、李春耀等 9 名代表。

会议由弓仲韬主持。他首先回顾了一年多来党组织建立的情况，然后宣布了北京区委和李大钊关于建立安平县委的指示。会上，9 名共产党员代表经过充分的讨论酝酿，对弓仲韬、李少楼、张麟阁三名候选人进行了举手表决，由弓仲韬任县委书记，张麟阁为组织委员，李少楼为宣传委员。会议明确了今后的工作任务：发展党的组织，壮大革命力量，启发群众的觉悟，领导群众开展反帝反封建斗争。

安平县委诞生了，直属北京区委领导。县委机关暂驻台城村弓仲韬家。

安平县委成立后，台城特支改名为台城党支部，党支部书记由弓凤洲担任。到 1925 年 11 月，北黄城村的王荣耀、唐贝村的张志洪等也加入了中国共产党；台城村的弓濯之等加入了共产主义青年团。

根据弓仲韬、弓凤洲、弓乃如、李子寿、张志洪口述整理的《安平县初期建党情况》记载：

> 县委正式成立后，立即整顿党的组织。台城村男女两个支部。男支部书记是弓凤洲，下有五个小组。第一组有弓仲韬、弓凤洲、何老正，何老正为组长；第二组是工人组，有张二刁、白秋、马旦，组长是张二刁；第三组有弓成山、弓老屯、弓解留，组长是弓成山；第四组有弓偶气、弓陈基、弓小牌，组长是弓偶气；第五组有王老通、张文立、弓老毕，组长是弓老毕。女支部有党员六人，弓浦、弓润、弓淑慧、弓淑芳、弓凤淑、弓睿，弓浦为支部书记。

在县委的领导下，薛各庄村的李霞远在本村办起了农民夜校，组织了"老人互助会""禁赌会"等群众组织。不久，任庄、彪塚、齐侯疃、唐贝、北黄城、石干、赵庄等村也先后建起了农民协会，马店、齐侯疃等村建起了农民夜校，野营、北王宋等许多村庄成立了"老人互助会""戒烟戒酒会""戒赌会"，还有"哥八会""抗债团"等群众组织。

这一时期创办的平民夜校，是安平党组织领导各村农民，以"平教会"的名义作为公开合法的形式，建立起来的业余教育组织。夜校的学生大多是贫雇农，教员多是共产党员或进步知识分子。党利用这一组织形式向广大贫雇农宣传革命道理，教授文化知识，提高贫雇农的思想觉悟，增强反帝反封建的意识。

台城、任庄等村的平民夜校办得尤为出色，学员多达四五十人。后来，弓仲韬卖掉了自家的20亩地，办起了台城村女子小学，引导妇女学习文化知识和革命道理。弓仲韬在这些学员中物色、培养积极分子，发展党员，其中很多人成长为革命骨干。

弓仲韬的堂妹弓彤轩正是受弓仲韬影响走上革命道路的。曾自述："在小学我是儿童团，高小是青年团，初中就成为共产党员了。"

1926年中共保定地方委员会成立后，为适应革命斗争形势的需要，安平县委由原属北京区委领导改由保定地方委员会领导。

二、安平县基层党团组织的发展

1925年初，安平县在京、津、保大中学校读书的党团员，如台城村的弓浦，任庄村的李子逊、李纪元、张焕墀，谷家左村的孟庆章，赵院村的张志良等人，在寒假期间回到家乡，与安平县党组织取得了联系，并在教育界的知识分子、青年学生和农村贫雇农中进行革命宣传，发展了一些党团员。此后，每年寒暑假他们都回乡活动，有力地配合了安平县党的工作，推动了党团组织的发展。

1925年下半年，共产党员齐景林（铁路工人，天津地委交通员）从唐山回到家乡齐侯疃村，与县委书记弓仲韬取得了组织联系。之后，齐景林积极在本村开展党的工作，到1926年秋，先后发展齐老师等7人加入中国共产党，建立了齐侯疃村党支部，并任党支部书记。

1925年10月，保定支部特派员张鹤亭到台城村弓仲韬家，传达贯彻中国共产党第四次全国代表大会决议，指导安平、饶阳一带党的工作。1925年秋，李少楼在北关高级小学发展了几名团员，建立了北关高小团支部，支部书记由李少楼兼任。1926年春，发展任庄村的李子寿、李芝瑞和彪塚村的韩振坤等加入共青团。秋后，又发展李庆长、徐振树、李宗周、徐庆西等十多名团员，团支部书记改由李庆长担任，副书记由徐振树担任，团支部常在圣姑庙开会，学习上级文件，讨论当前形势。

1925年冬至1927年，台城村列宁小学的学生弓乃如、严素芬、韩秀巧、刘金兰、严淑芳等十几人先后加入共青团。

弓乃如在"1940年7月26日党校三十八班二组"时写的自传中提到：

我7岁入村立女子小学（1925年），9岁因病休学半年
（1927年），10岁入我父亲办的家庭小学（注：即列宁小学），
同年加入共青团（1928年因为这所学校是当时县党委的机关
所在地），是团县委组织的7人一组，中心工作是团结儿童争
取学生，经常活动，以星期日作为竞赛日，各小学进行唱歌、
讲故事以及各种游戏，在这一天我们院子里真成了儿童世界，
这是我最快乐的时候，家庭社会对我没有任何的约束限制，
同时也可以说是给我播下革命种子的时代，从这时起我认识
了革命导师马恩（相片），从这时起我知道了世界上有压迫者
与被压迫者，同时我学会了唱《国际歌》，记住了开会、开训
练班、压迫斗争等词语，而且（因为）我警惕性更高，做了
他们开会的哨兵……

1925年秋，台城村的弓润由弓仲韬、张鹤亭介绍加入中国共产党，
弓浦由团员转为党员，弓淑惠、弓睿、弓林香等加入共青团，建立了
台城女团支部，支部书记由弓乃如担任。之后又发展弓沔、安菊等为
团员。1926年夏，毕改、马庆足加入共青团，弓淑惠、弓睿由团员转
为党员，建立了台城女党支部，简称"台城女支"，支部书记由弓浦担
任。弓浦到北京读书后，由弓润担任支部书记。同年，台城列宁小学
的学生多数发展为共青团员。薛各庄村的李霞远在上海入党后，回乡
开展党的工作，进行党的宣传，发展党的组织。

1926年春，任庄村先后建立党团支部，党支部书记由李幸增担任，
团支部书记由李静庭担任。同时，徐召赵庄团支部建立，赵魁昌任书
记。1927年，彪塚村建立了党支部，支部书记由张老杰担任。县立女
子小学建立了团支部，新发展的团员有北侯疃村的齐亚南，任庄村的
李练达，西侯疃村的翟纪鑫，大寨村的翟韵锋，北关高小的刘其恒、

徐庆彬等人。

到 1927 年底，全县有台城、任庄、彪塚、齐侯疃、敬思、北关高小和台城女支等 7 个党支部；台城、任庄、徐召赵庄、北关高小和县立女子小学五个团支部，党团员共 100 多人。

滹沱河水蜿蜒穿行深泽县、安平县、饶阳县，三县接壤毗邻，人民一衣带水，交往甚多。来自安平的革命星火很快燎原至深泽、饶阳等周边县，乃至整个冀中地区。

三、饶阳、深泽县委的建立

1924 年春，李锡九受李大钊指派来到饶阳县城，介绍好友韩子木参加了中国共产党。在李锡九的指导帮助下，韩子木又在知识分子中发展了一批共产党员，成了饶阳共产党组织的中坚力量。发展的第一个党员翟少痴是小学教员，19 岁。后又发展了王春辉、李永昌、刘金玉、张来欣、罗云甫等。李锡九和韩子木与北京区委有直接关系，他们把《新青年》《向导》等刊物介绍给党员和青年们阅读，对大家影响很大，随后成立了饶阳县第一个党支部——城内支部。刘金玉任书记，韩子木任组织委员，张来欣任宣传委员，直属北京区委领导。党的机关设在韩子木家，活动经费由韩家负担。

深泽县党组织的建立与发展也与台城特支有密切关系。

弓仲韬的堂妹弓惠诚（又名弓凤书），当时在保定育德中学读书，受哥哥影响，思想进步。她的同学王子益和许卜五都是深泽县人，在进步思想的熏陶下，他们开始学习和研究马克思列宁主义。王子益是深泽县河疃村人，1923 年 3 月经育德中学的张廷瑞和宁桂馨二人介绍，加入了中国社会主义青年团，并于 1925 年春转为中共党员。许卜五是深泽县南营村人，1924 年经育德中学的武述文和韩永禄介绍，加入中国社会主义青年团，并于 1925 年上半年转为中共党员。他们利用学校放假的机会，秘密携带《新青年》《向导》等进步书刊回到家乡，向同学和亲友宣传俄国十月革命和马克思列宁主义，宣传穷苦人要翻身就必须团结起来闹革命的道理。

1925年下半年，王子益从保定育德中学毕业后回原籍深泽县发展党组织。

弓惠诚在保定育德中学毕业后先回到本村担任女子小学教员。她向弓仲韬介绍了王子益的情况，表达了想嫁给王子益，并协助其开展工作的心愿。弓仲韬非常高兴，不仅赞成他俩结为夫妻，而且介绍妹妹加入了中国共产党。随后，弓惠诚随夫王子益在深泽县开展党的活动。弓仲韬、王子益两人既是同志又是亲戚，经常就两县党的活动交流沟通。

王子益回到老家后，在河疃高小任教，以教员身份为掩护秘密开展党的工作。这时，许卜五也回到老家南营村，并在本村完小民德小学担任科任教员。与此同时，侯文质从保定第二师范毕业后也来到深泽县，在深泽师范讲习所担任教员。之后，他们三人经常碰头进行联系，并经过一段时间的准备以后，决定先成立一个建党三人核心小组。小组设在南营民德小学，由许卜五任召集人，不定期开会研究工作。

1925年10月，王子益、许卜五、侯文质经过秘密商议，在南营民德小学成立了中共深泽县小组，由王子益任组长，许卜五负责组织工作，侯文质负责宣传工作，隶属于中共保定支部。1926年初，中共深泽县小组改属于刚刚成立的中共保定地委。

当时，北冶庄头村的宋志毅（原名宋又彬）在县立高级师范学校毕业后在马铺村小学任教，由于受王、许二人革命思想的熏陶和影响，思想进步很快。他与许卜五是高小读书时的同班同学，交情很好。王子益、许卜五经过考察和培养，于1925年冬发展宋志毅加入中国共产党，这是深泽县党组织发展的第一个党员。随后，王子益、许卜五又分别在本村及周围村庄陆续发展了一批共产党员。同期被发展入党的还有王子益的哥哥王鹤田。1927年7月中共深泽县委成立后，宋志毅担任县委委员，1929年底任中共深泽县委书记。先后组织发动群众开展拾秋、增资和庙会大宣传等斗争，并通过举办农民运动讲习所和农民夜校，培养了大批革命干部。这些革命干部分布在全县秘密开展党的工作。

王子益、许卜五、宋志毅先后发展北冶庄头村宋志毅的四哥宋老伴（宋半绩）、何福林、孙超，马铺村的段振奎、杜锡章、陆更山，河疃村的王友治等人入党。

四、安饶联合县委和安饶深中心县委的建立

1925年冬，负责指导安平、饶阳一带党的工作的张鹤亭，根据保定地委的指示，把安平县委与饶阳县党组织合并成立安（平）饶（阳）联合县委，负责安平、饶阳两县党的工作。弓仲韬任书记，王春辉、韩子木、刘金玉、张鹤亭、张来欣、李少楼任委员，联合县委机关设在弓仲韬家中，联合县委隶属保定支部，保定地委成立后，改属保定地委。

联合县委建立后，党的领导进一步加强，党团组织迅速扩大，工作更加活跃，来往于弓仲韬家的党团员越来越多。联合县委在弓仲韬家前院开办"列宁小学"，对外称"台城女子私立小学"，其学生大多是党员亲属，有安平县的弓乃如、刘金兰、弓淑惠、弓睿、安菊，饶阳县的韩惠波、韩秀巧、严镜波、阳芳、严玉环、罗梅君等近20人。教员由张鹤亭、弓惠、弓惠瞻担任。办学不仅是为了教授文化知识和革命道理，传播马列主义，培养后备力量，也是为了掩护党的县委机关。办学的一切费用由弓仲韬负责。

1926年4月，深泽县支部建立后，为了进一步推动工农革命运动高潮的到来，保定地委决定，成立安（平）饶（阳）深（泽）三县中心县委，中心县委书记仍由弓仲韬担任。

1926年6月的一天下午，来自饶阳、深泽两县的党组织负责人，冒着酷暑风尘仆仆赶到弓仲韬家中，参加由保定地委特派员张鹤亭主持的三县中心县委成立会议。原定出席会议的每县两个人，加上张鹤

亭共 7 个人，安平县有弓仲韬、弓浦，饶阳县有王春辉、张来欣，深泽县原确定王子益、许卜五两人，因许卜五临时去广州参加农民运动讲习所的培训，所以只来了王子益一个人。

这是一次重要的会议，会议由张鹤亭主持召开。会上，张鹤亭传达了保定地委领导的指示：成立中心县委，将安平县的好经验好做法迅速推广到其他两县，让革命的火种在三县一并燃烧，越烧越旺。

弓仲韬表示，自返乡以来，他感受最深的是开展革命斗争必须精诚团结，一方面是共产党员的团结，另一方面是民众的团结，只有全力促成这两方面的团结，我们的局面才会改观。

会上，三县代表选举弓仲韬为中心县委书记、王春辉为组织委员、王子益为宣传委员、张来欣为农运委员、张鹤亭为青年委员、弓仲韬大女儿弓浦为妇女委员。中心县委机关设在弓仲韬家中。中心县委除领导安平、饶阳、深泽的党组织外，还负责束鹿县（今辛集市）党组织的领导工作。

从台城特支到安平县委、安饶联合县委，再到安饶深中心县委，弓仲韬肩上的担子不断加重，但他始终坚定信念，不惧艰险，勇往直前。

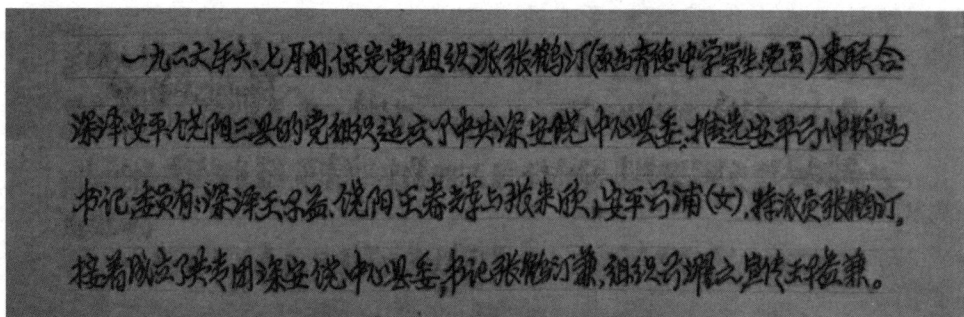

王子益口述资料中关于安饶深中心县委的记录

安饶深中心县委的成立，使得革命力量更加强大，设在弓仲韬家中的中心县委机关比以往更加忙碌了。弓仲韬和保定地委特派员兼青年委员张鹤亭，负责处理各项大事，根据上级指示制定发展党员、组织民众开展斗争的方案，各个委员们各负其责，农民运动、妇女运动、青年工作都有了专人具体抓。而王春辉在饶阳县，王子益在深泽县，则要相对独立地组织开展工作，他们经常来安平县台城村请示汇报。中心县委将三个县的工农革命斗争紧紧连接在一起，在弓仲韬的精心运筹和委员们的积极努力下，安平及周边县的革命斗争逐渐拓宽深入，党组织的发展更加迅猛。

由于县委机关设在弓仲韬家，往来于此的人员日渐增多，为隐蔽起见，弓仲韬斥资500元建起了毛巾厂。在毛巾厂上班的、往来谈生意的，基本都是农会成员和党员。毛巾厂的设备、原料则是来自饶阳县大官厅。因为弓仲韬的岳丈是那儿的，家里有纺织工厂，北京、天津也都有销售门店。

为了发展党的事业，弓仲韬不仅自己卖地散财，还捎带着岳丈家搭了不少钱。因为他的心思不在毛巾厂，更不善于做生意，这个"冒牌"的毛巾厂基本上是入不敷出。为此，弓仲韬没少挨父亲弓堪的斥责。家族长辈也纷纷说他是"败家子"。

从弓仲韬在台城村建立中共第一个农村支部开始，不到四年的时间，革命的星火就沿着滹沱河畔，在冀中大地迅速散播开来。

第四章　党领导下的安平革命斗争

一、长工增资斗争

地主阶级长期剥削农民，长工们一年辛苦劳作，累死累活年薪只有30元，大多数农民靠这微薄的收入难以养家糊口，生活苦不堪言。1924年临近秋收时节，安平县党组织决定趁秋季地主大批用人之际，发动长工进行增资斗争。

增资斗争是有组织、有计划进行的。斗争起点选在台城村。台城村党支部首先启发贫雇农民的阶级觉悟，激发他们的斗争精神，然后组织长工向比较开明的地主提出增资要求。为打开斗争局面，促进斗争迅速发展，县委书记弓仲韬首先给自己家的长工、共产党员何老正增资，然后让何老正在长工中宣传鼓动增资。斗争很快开展起来，长工们以怠工、辞职、说理等多种形式同地主进行斗争。地主因秋收在即、农活儿很忙，地里的庄稼耽误不得，被迫答应长工们的要求，斗争取得了胜利。到年底，台城村的长工工资普遍有所提高，年薪由30元增加到了35元以上，多的达到50元。

台城长工增资斗争胜利后，斗争的浪潮很快波及黄城、敬思、任庄等有党员的村庄。到1925年底，长工的增资斗争形成了全县的群众运动，并且都获得了胜利。

县委为进一步改善雇农长工的生活待遇，提高雇农地位，又发动雇农向地主提出每年过节（春节、端午节、中秋节）要放假并给点儿过节费，因忙不放假的除给过节费外发双倍工资。此外，长工除年薪外，每年给两匹土布、两双布鞋，以补生活之不足。由于这些要求符合广大雇农利益，又合情合理，受到广大农民的热烈拥护。大家纷纷加入斗争行列，斗争迅速蔓延到全县。经过两三个月的斗争，雇农最终取得了胜利。

二、短工罢市斗争

1925年麦收时，县委又领导了短工的罢市增资斗争。地主剥削农民，除雇佣长工外，每逢夏秋农活儿繁忙季节，还要临时雇佣短工，一些没地或少地的农民这时便去打短工。于是，一些地主多的大村镇便日渐有了短工市，每到农忙季节，便有贫苦农民前去"上市"。短工的工资也很低，每集（5天）才7角钱。

为确保斗争取得成效，党组织进行了周密的安排，决定首先在台城村、敬思村等有党组织的地方开展，然后以此为中心，向附近村庄乃至全县发展。台城村由支部书记弓凤洲负责领导，敬思村由张麟阁负责组织。各支部把党员分为三个部分：一部分党员带领积极分子，分别到台城、黄城、满正、大良、河漕等村的短工市场进行鼓动宣传，提出"不增资、不下地"的口号；一部分由有斗争经验的党员组成，深入各短工市场，在地主被迫答应增资的情况下，相机出面调停，保证斗争有理、有利、有节地开展；还有一部分由家有土地、有雇工的党员组成，在短工提出要求时，雇工的党员首先答应增资，以便突破缺口迅速打开局面。

经过斗争，地主、富农怕耽误农时，只好答应短工们的要求。这场斗争很快在全县蓬勃开展起来，并取得了胜利。短工工资由原来的每集（5天）7角增到一元以上，有的增到两元左右。

三、小学教员增资斗争

党组织领导贫苦农民进行的增资罢市斗争，在全县200多名小学教员中产生了强烈反响，他们要求政治自由、提高社会地位和经济待遇的呼声越来越强烈。于是，安饶深中心县委决定：以小学教员中的党员和党的积极分子为骨干，成立一个群众组织——小学教员联合会，把全县小学教员组织起来，团结到党的周围，发动小学教员进行增资斗争。

为了保证斗争有组织地进行，县委派张麟阁领导这场斗争，由共产党员李子逊和进步教师闫子元起草《小学教员联合会章程（草案）》，并具体负责联合会的组织和筹建工作。

经过半年多的组织串联，于1926年7月7日，趁安平庙会之机，组织100多名小学教员在城内高级小学召开了小学教员联合会成立大会，通过了《小学教员联合会简章》；选举王席征、李光甲、闫子元、乔式模、崔兰亭、刘宗甫、张国发等7人为教联会常务委员，王席征为主席；并通过了立即向县政府教育局要求增资的决议。

大会闭幕后，以王席征、闫子元等7名委员为代表，以小学教员联合会的名义到县政府教育局提出增资要求并进行交涉，提出"如不答应增资，全县教员即行罢课"。

慑于全县小学教员组织起来的力量，县政府答应将小学教师的年薪增加40元，由原来的80元、90元、100元，增至120元、130元、140元。这次增资斗争的胜利，极大地鼓舞了全县小学教员，没有入会的纷纷要求入会。

1928年8月，国民党安平县党部趁暑假开办了一期小学教员训练班，借宣传"三民主义"，加强对教师队伍的控制，进行反共宣传，并从中发展国民党党员。训练班一开始，国民党党部即派杜砥之和段振声等人筹备成立了一个所谓的学友会，企图以此取代小学教员联合会。安平县党组织为保住小学教员联合会这一阵地，分析了时局，研究了对策，指示小学教员联合会要抓住时机，揭露国民党反动派投靠帝国主义叛变革命的罪行，动员教员们抵制参加学友会，牢牢掌握群众组织的领导权。当杜砥之、段振声抛出学友会章程和 9 名委员名单叫大家讨论时，党员教师首先提出反驳意见，坚持以 15 人为委员。杜、段二人以势压人，强迫教员同意他们的提案。小学教员们都非常气愤，大家一哄而起，拍桌子、打板凳，纷纷质问杜、段，是强迫还是让大家讨论。

双方互相争吵，致使会议无法进行下去，结果反动的学友会没有组成，小学教员更加紧密地团结在小学教员联合会的周围，对国民党反动派的嘴脸有了更清楚的认识。当杜、段二人让大家填写"是否赞成国民党，是否想参加国民党"的表格时，大家都挥笔写上"不赞成""不想参加"的字样，使国民党拉拢小学教员加入国民党的阴谋未能得逞。

小学教员的革命斗争情绪越来越高，斗争也越来越活跃。共产党员李洪振、乔式模、乔志亭等和暑假回家的平、津、保的进步学生一起编排揭露国民党反动派叛变革命、投降帝国主义的讽刺话剧《打倒投机分子》《夫妻对话》《假革命真叛变》等节目，在安平县天足会成立庆祝大会上进行了演出。其中有这样一个场面：

> 一个身穿礼服的国民党官员，胸前挂着一个牌子，上写"革命尚未成功，同志仍需努力"，背过一段冠冕堂皇的台词之后，一回身，背上画着个大乌龟，上写"贪污腐化，祸国殃民"。

这些节目将国民党平时包揽诉讼、敲诈民财、为非作歹的丑态活现于舞台上，使反动派原形毕露。台下群众无不拍手称快。反动当局垂头丧气，恨得咬牙切齿，却故作不知，甚至连面都不敢露。

在训练班即将结束之时，县委乘势发动了第二次小学教员的增资斗争。由李洪振、闫子元、刘宗甫、崔兰亭、乔式模、王席征、张国发等在城内公立小学召开会议，向全县教师进行阶级斗争教育，使教师深刻认识到自己在政治上受压迫、生活上无保障，产生了强烈的增资要求，一致通过了要求增资的请愿书，并递交到国民党县党部。然后，组织发动全体集训的200多名教师整队游行示威，最后聚集于县政府大门口，高呼口号，要求增加工资，改善生活待遇，并纷纷表示"不达目的决不罢休"。

大家推选李洪振、闫子元、刘宗甫、崔兰亭、乔式模、王席征、张国发7人为代表，与国民党县长交涉，迫使县长张树楷答应"教师有言论自由，年薪由原来的120元、130元、140元，分别增到150元、160元和180元"，从而获得了第二次增资斗争的胜利。

自此，全县小学教师更加紧密地团结在党的周围，成为反帝反封建的重要力量。

四、女子师范学生就业斗争

受弓仲韬和李锡九分别在家乡台城村和任庄村建立女子小学的影响，1923年后，安平县其他大点儿的村子也相继建立了女子小学。

1924年中共安平县委建立后，考虑到在全县教师中需要配备女教师，在1924年冬，在安平县北关高小校长李少楼的倡导下，设立了女子师范讲习所，招收女学生20人。

1930年，女子师范讲习所改名为女子师范班（简称女子师范），招收女学生40人。女子师范仍设在北关高小，由校长李少楼领导，很快建立了中共女子师范党支部，支部书记由弓仲韬的女儿弓乃如担任，先后发展崔孟弼、孙武、弓东占、张林川等为中共党员。党组织成立后，女子师范的中共党员在反动政府的仇视和抓捕下，冒着生命危险，毅然开展党的活动。多次组织学生，宣传动员广大群众，开展反封建势力、反压迫等革命斗争，取得了一个又一个的胜利，同时为安平县锤炼和培养了一大批妇女干部。

1933 年 6 月，安平县女子师范第二期学生即将毕业了，但教育局以各村女子小学还没建立起来为由，对学生不进行分配，40 多名毕业生极为气愤。在这种情况下，县委宣传委员马金生代表县委与保属特委巡视员范克明到弓仲韬家中，向女子师范党支部书记弓乃如布置了在女子师范学生中发动学生开展要求就业斗争的任务。经女子师范党支部研究决定，由学生会出面领导这场斗争。他们还为此充实了学生

弓乃如

会领导，由弓乃如任主席，靳玉藏等三人任副主席。为了加强同学之间的团结，共同奋斗，大家互赠纪念品，印制了同学录。7 月下旬，女子师范开始罢课。教育局为瓦解这次斗争提前放了假。在放假时，学生会号召同学们回家，各自做家长的工作，争取家长支持这次斗争，同时印发传单进行宣传，争取社会舆论的声援。放假期间，学生会组织 30 多名女子师范的学生，到城里南街张春沽家开会，讨论研究开展就业斗争的问题，会上推选出了弓乃如、安菊、张凤举、谢沛波、李淑和、何清溪等在放秋假时，找教育局长交涉，最终实现了一人一校分配工作，取得了斗争的彻底胜利。这一胜利对安平县女子小学教育的发展起到了很大的推动作用，全县新建女子小学 30 多所。

弓乃如在 1952 年 12 月 20 日填写的《干部自传书》中记载：

1933 年秋，是我们师范毕业的时候，失学失业的危险威胁着每一个同学，找职业是全班学生的共同愿望。党便于暑假期间，派一姓樊的领导着我（当时我是党的小组长），发动了要求职业的斗争。首先组织学生会（我被选为学生会主席），在学生会领导下，选派了请愿团，向当地伪政府请愿，历时约一个月左右，取得了胜利。9 月，全班 40 多名，均派

到农村当小学教员。我被派到野营村立小学校任教员。

安平女子师范由于党支部建立得较早，党组织坚强有力，大批毕业学员在土地革命战争、抗日战争、解放战争以及社会主义革命和建设等时期，担任领导职务。她们不忘初心、牢记使命，为中国的解放和建设事业做出了重要贡献。安平女子师范从 1924 年创办到 1937 年停办，共招收三个班，正式毕业生 100 人。

五、反禁烧、禁运小盐的斗争

20 世纪 30 年代初期，滹沱河连年发大水，庄稼被淹，粮食歉收，广大农民生活极端贫困。为了养家糊口，不少农民便以刮盐土淋烧小盐或贩运小盐维持生计。县城以及黄城、唐贝、油子、武营、段左等村庄是安平县淋烧小盐的主要地区，仅油子一个村，每天产盐就达万斤以上。这些小盐小部分自己食用，大部分则通过贩运小盐的盐民运往安国、深泽、束鹿等地销售。小盐的大量生产和外运，使封建统治者出售的高价官盐滞销。反动政府为了限制农民运烧小盐，成立了盐务缉私队，豢养了一大批盐巡，规定了罚款章程。盐巡们时常结队骑马到各村搜查，见到盐锅、盐具就砸，找到小盐就抢走，见熬盐的人就抓起来罚款。

1930 年，保属特委根据形势需要，指示各县党组织要维护盐民的利益，发动盐民进行斗争。按照这一指示，县委做出决议：淋烧小盐的村庄要组织群众进行联防，不让盐巡糟蹋东西和逮捕人；贩盐的人要成帮搭伙、互相照顾，遇上盐巡就打，不叫盐巡捉住人，不损失东西；加强宣传，让盐民充分认识到，盐巡人少，有枪不敢打人，盐民有几千人，联合起来就能搞好自卫。在党组织的领导下，淋浇贩运小盐的村庄相继建立起了自己的自卫组织——齐心会、运盐队等。周刘庄村组织的齐心会，制定了章程，明确了联络信号等。齐心会规定：

以户为单位参加，全村人互相帮助，有事大家挡；盐兵来了不叫他砸锅、抢东西、捉人，若是打起来大家齐动手；盐民受工伤全村养活，死了大家出钱买棺材；打伤或打死盐巡后打官司由周老宏出面，费用全村负担；发现盐巡就放两响炮，全村合伙打盐巡；等等。后来，段左、东刘店、寺店等附近五六个村庄也加入齐心会，组成了村村联防。1932 年秋后，东刘店的陈老更在扫盐土时与盐巡打起来，把盐巡狠狠揍了一顿。盐巡逃回安平城里，到盐务缉私队告了一状。盐务缉私队出动 15 个人，荷枪实弹骑马到东刘店来抓人。他们刚到村东不远的地方，村里就响起了两响炮，拥出几十个手持棍棒、镰刀、扁担的人准备与盐巡搏斗。同时周围各村也有手持棍棒的人群向盐巡拥来，盐巡见势不妙，扭转马头灰溜溜地逃跑了。

东黄城与店子头两村组织的运盐队有 50 多人，是北黄城村共产党员李大运、李中兴、祝延年等人在党的领导下，联合东黄城和店子头两村的盐民组成的。盐民们成帮同行，互相照应，共同对付盐巡，保护了盐民的财产和人身安全。一次，运盐队走到安平城东北角，遇到十四五个盐巡挡路。四五十个运盐的盐民立即把盐袋放在一起，留一半人看守，一半人去对付盐巡，把盐巡全部吓跑了。

1933 年冬季，付各庄庙会期间，安平、饶阳、博野、蠡县四个县的 50 个盐巡，骑马尾追三辆贩运小盐的车。盐巡进村后，钻进一家茶馆休息。庙会上的群众看到盐巡非常愤怒，成百上千的人拥到茶馆来。盐巡吓得心惊胆战，想跑又跑不出去，只好哀求掌柜找来村长，请求群众放他们回去。在说了很多好话后，群众才放他们走了。

党领导盐民进行反禁烧、禁运小盐的斗争，狠狠地打击了反动统治者的嚣张气焰，保护了盐民的利益，鼓舞了广大农民反抗统治者的勇气，同时团结了群众，扩大了党的影响。

第五章　白色恐怖下的农村党组织

一、李大钊牺牲

1927年4月12日，蒋介石在上海发动了震惊中外的四一二反革命政变。在北方，奉系军阀大肆屠杀共产党人和革命群众。国共合作全面破裂，大革命宣告失败，大批优秀儿女倒在了反革命的血雨腥风之中。据不完全统计，从1927年3月到1928年上半年，全国被杀害的共产党员和革命群众达31万多人，白色恐怖笼罩全国。

1927年4月28日，李大钊被军阀张作霖杀害。此后的一天，弓仲韬正在家中召集党员开会，突然从报纸上得知李大钊被害的消息。"军法会审昨日开庭，判决党人二十名死刑，一律在看守所绞决，李大钊首登绞刑台。"

念至此，在场的党员都流下了眼泪。

当时正在台城女子小学读书的严镜波，后来在她的自传《我的一百年》中回忆道：

> 之前听到大哥严瑞生和台城女子小学老师张鹤亭一次次讲到牺牲，还未经历过生死考验、年仅十三岁的我并不觉得害怕，只觉得为革命牺牲光荣。李大钊同志的牺牲，让我真正感到了斗争的残酷。当时教室里沉闷了很久，师生们都流下了眼泪。义愤中的张鹤亭突然提高嗓音，坚定地说："同志们，不要难过，为革命牺牲光荣！我们每个人都可能被捕、

牺牲，被捕后就是被杀头也不能泄露党的机密，泄密就是叛党，怕死就不要入党！"看着张鹤亭严厉的目光，我懂得了牺牲的真正含义，也更加真切地认识到革命斗争的严峻。

这一年，安平县党组织在县委书记弓仲韬的领导下，克服重重困难，坚持开展工作。弓仲韬和弓凤洲等曾几次遭反动政府抓捕。随着白色恐怖形势的严峻，弓仲韬和时任台城村党支部书记的弓凤洲等已经暴露身份的党员不得不到外地隐蔽，弓凤洲被迫和几个同村人去了东北。

1927年3月至5月，杨丰年担任台城村党支部书记，不久他的身份也暴露了。1927年6月以后由李国安接任书记，继续领导群众进行斗争。

1927年夏，闫怀骋改组联合县委，建立中心县委。此时革命形势处于低潮，党组织活动更加隐蔽，工作以发展党团组织、保存力量为主。

1928年，深泽、安平、饶阳各县的国民党县党部对中共地方组织大肆破坏。弓仲韬遭到军阀政权与国民党当局的多次搜捕，中心县委机关转移到王子益家。

1929年，上级调张鹤亭离开中心县委工作。同年，国民党破坏群众组织、解散夜校、搜查农会和捕捉共产党人等活动日益频繁。国共两党斗争更趋尖锐。在这种情况下，上级决定撤销中心县委，分设安平、饶阳、深泽县委。

二、在残酷环境下坚持斗争

1930年春，国民党政府在全县张贴通缉令，捉拿弓仲韬。通缉令上写着：

缉拿共产党首领弓仲韬。查弓仲韬为共产党派遣来安平之首领，妖言惑众，宣传赤化，于城乡间聚众犯科滋事，乡民池鱼受害，不胜其扰，今特奉上峰指示缉拿，望各方志士协助捕获叛亡。有窝藏者，知情不报者，一律同罪。

为使党的工作不受损失，弓仲韬便委托弓濯之负责召开安平县党员代表大会。参加会议的有弓彤轩、弓凤书等人。会议主要研究改选县委和布置县委工作。弓濯之转达了弓仲韬的意见，不再担任县委书记。经过反复讨论，大家同意了弓仲韬的意见，由李洪振、韩振坤等同志负责党的工作，但一致要求遇有重大问题，由李洪振商请弓仲韬拿主意。县委还决定：当前党的工作仍是巩固发展党团组织，对党员、团员进行教育。

1931年九一八事变后，全国人民掀起了抗日救亡热潮，而国民党反动派却顽固坚持"攘外必先安内"的政策，在南方加紧"围剿"革命根据地，在北方进一步加大对共产党人的镇压，加上受到"左"倾错误的影响，党的活动遇到极大困难。1931年这一年中，中共河北省委就遭到三次大破坏。1933年，遭到连续破坏。1933年秋至1934年春，保属特委因叛徒出卖连续遭到5次破坏。

1933年春，国民党中央军事委员会在保定设立行营。它是专门镇压共产党人革命活动的特务机构，保定形势更加恶化。6月，保属特委书记刘铁牛、特委委员李洪振被捕并被解往武汉杀害。河北省委又派贝仲选任特委书记，陆治国、范克明等为特委委员。鉴于保定的白色恐怖严重，特委转移到安平、深县一带开展工作，并派巡视员到各地视察工作，发展组织。安平县是共产党人开展活动较早的地方之一。这一带党的基层组织比较多，革命形势发展很好，因此选择了安平作为保属特委的办公地。

1933年秋，保属特委巡视员范克明（亦被称为范克敏、小范、小樊）叛变。他不顾革命正值低潮、国民党反动政府大肆抓捕共产党的严峻形势，违犯组织纪律，擅自回家结婚而被捕叛变，致使保属机关和保南各县党组织遭到严重破坏。因为范克明经常在安平、饶阳、深县等地活动，熟悉各村党员及活动情况，他叛变后向反动当局供出了党员名单和地下活动情况，并带领敌人到处抓捕共产党员。

当时深县有 8 个党支部、50 名党员，身为直接上级的范克明对深县的家底了如指掌。他带领国民党保卫团疯狂抓人，深县几个党支部均遭破坏，有十几名党员被捕。县委工作中断，县委书记张敬在束鹿县旧城村建立地下交通站，还先后在支李庄、丁家庵小学隐蔽作战，其间秘密发展吴健民（吴振铎）、孟继光（孟繁国）等人为党员。因是主要缉捕对象，张敬又被迫转移到平山县从事地下工作。韩复光、侯玉田等先期党员也背井离乡，秘密转战他地。

保属特委书记贝仲选初到安平时，住在安平县边上的陈屯窑厂。这里窑工较多，容易隐蔽，并且都是穷苦人，容易开展工作。然而，由于范克明的叛变，安平党组织和保属特委受到极大破坏。

1934 年 1 月 19 日，范克明带侦缉队到安平县南两合程村抓捕陆治国。由于在侦缉队任副队长的我地下党员马成瑞做了侦缉队长的工作，故意拖延时间，陆治国得以逃脱。陆治国连夜通知了博野、正定、深泽等党组织，党组织得以迅速转移隐蔽。1 月下旬，敌人到野营村抓捕马金生，到台城抓捕弓仲韬，到南张沃抓捕刘国生，到薛各庄抓捕李霞远。由于我党已有所准备，敌人抓捕落空。由于敌人的活动猖獗，保属特委和河北省委失去了联系。特委书记贝仲选回老家联系党组织，一去不复返。安平县委书记刘国生去了石家庄，马金生受陆治国派遣外出找上级党组织。至此，保属特委就只剩陆治国一个人。

一天，陆治国找到深县的共产党员侯玉田，说现在特委和上级失去了联系，但是我们的活动不能停，现在我任命你为保属特委委员，我们继续工作。

于是二人一边发展组织，一边发展武装，文武并用。陆治国负责发展党的组织，并兼任深泽、饶阳、安平中心县委书记；侯玉田管军事，负责打击叛徒，筹集活动经费。陆治国曾对侯玉田说，咱们一定要保住这一片红区，即使牺牲了也要留下革命的火种。

范克明叛变后不久，陆治国想办法搞到12支枪，成立了"打狗队"，队长是侯玉田。为了继续扩大武装，陆治国瞒着父亲，把家中的100块大洋拿出来，购买了两把撸子、一支六轮子、一支独一撅，在原打狗队的基础上成立了有24支枪的特务队。赵小麦任队长，徐国兴任副队长，队员有周兴、赵砘子以及饶阳、深县等周边县的共产党员和穷苦百姓。

组织有了，队伍有了，这么多人得有隐蔽的地方。陆治国和侯玉田商定后决定，以陆治国的家为秘密办公地点。侯玉田以长工的身份住进陆治国的家，并认陆治国的婶母为干娘。其他队员则以短工、月工的名义来陆治国家吃住，他们经常隐蔽在陆家的梨树林里、打谷场上，昼伏夜出，开展革命活动。

陆治国家的中院成了开会办公的地点，房顶上设了流动哨卡，从里屋挖通了直通墙外的地道，夹道墙上也开了一扇隐门，以防敌人突然袭击。陆治国的家人也里里外外忙活起来，站岗放哨，洗衣做饭，照顾伤病员，等等。后来，共产党员李子寿来到南两合程村小学教书，和陆治国接上了关系。陆治国任命李子寿为保属特委的联络员，以南两合村小学为联络站，外来人员接头必须先到该小学找到李子寿才能和特委人员见面。

从此，以陆治国、侯玉田为首的保属特委在安平、深县、深泽、饶阳、正定、博野、安新一带又扎扎实实地活动起来了。他们一方面发展党员，恢复重建党的组织；另一方面利用自己的武装打击叛徒，打击恶霸地主，打击盐巡，保护盐民，保护劳苦百姓。

1935年9月，中共河北省委在任丘成立了以李菁玉为书记的新的保属特委。1936年初，新保属特委的军委书记牛文仓等六人在高阳孟仲峰村被敌人杀害，保属特委遭到重创。这时，李菁玉听说在安平一带还活动着一个保属特委，并且革命工作开展得有声有色，李菁玉喜出望外，当即决定寻找陆治国、侯玉田这个保属特委。李子寿见到了李菁玉派来的联络员，并向陆治国、侯玉田汇报了情况。二人又喜又忧，喜的是终于找到了组织，忧的是不知这是不是敌人诱捕的圈套。

陆治国、侯玉田二人几经争论，几经协商，最后决定让侯玉田前去接头，并且选择在白洋淀的一只船上见面，因为这只船是陆治国他们发展的一个联络点。后来的事情就简单了，李菁玉请示河北省委，任命陆治国为特委委员、侯玉田为特委委员兼军事部长，从此两个保属特委合并在了一起。不久，侯玉田化装成卖葡萄的小贩，单枪匹马，处决了告密牛文仓的叛徒。

特委活动顺利了，特务队也壮大起来了，后来这支队伍足足有一个连的兵员。他们继续活跃在冀中一带。七七事变后，他们又投入了伟大的全民族抗日斗争中。陆治国、侯玉田组成的保属特委坚持在安平活动，使得革命的火种得以保存，为后来孟庆山来冀中组织抗日队伍、吕正操在冀中易帜抗日以及组织号称"十万大军"的河北游击军打下了良好的群众基础，做出了不可磨灭的贡献。

叛徒势必会遭到严惩。1937年冬，我党根据情报得知范克明藏在肃宁老家，河北游击军第一路军派刘俊生率部包围范克明藏身之地，最终将其抓获。饶阳党组织负责人焦守健、路铁岭把范克明从肃宁带到饶阳。广大党员群众群情激愤，强烈要求严惩叛徒。经审讯后，范克明在饶阳西关被处决。布告张贴出来后，人民群众拍手称快。

白色恐怖下，众多党员和革命群众被杀害，弓仲韬因身份暴露也不得不躲避起来。

马金生生前回忆，20世纪30年代初期，国民党反动派大肆屠杀共产党人。当时的安平县委机关遭到严重破坏，很多县级领导被抓，有的暂时躲避。时任安平县区委书记、四县中心团县委书记、宣传委员的马金生，因为与最早的农村党支部创始人弓仲韬来往密切，且弓仲韬小女儿、县女子师范党支部书记弓乃如在马金生家乡的野营村教书，秘密配合马金生开展党的活动、组织革命斗争，早就被国民党盯上了，多次遭受追捕。

后来的县委书记刘国生暴露后，转移到了石家庄。

三、恢复和壮大农村党组织

《中共衡水党史资料》载："弓仲韬于 1935 年底受地下党吴立人领导，与女儿弓乃如恢复了安平、饶阳党的组织。"根据 1925 年入党的老党员弓乃如回忆，吴立人 1935 年 1 月至 8 月曾多次到达安平，秘密开展恢复重建安平县党支部的工作。严镜波（1935 年 4 月任饶阳县委组织委员）在回忆录《我的一百年》第 86 页写道："吴立人恢复饶阳县党组织是在 1935 年 4 月底。"

吴立人，出生于 1915 年，河北行唐县人，1930 年在保定育德中学读书时参加革命。1931 年入党。1932 年参加高蠡暴动，任保属特委反帝同盟委员。1933 年，任保属特委西南地区巡视员。

1934 年秋，考入蔡元培创办的华北大学，继续做党的地下组织工作。至 1935 年秋，参加一二·九学生爱国运动，担任北平西安门地区学运负责人。

1936 年 1 月，也就是一二·九运动后不久，吴立人持李子逊的介绍信来到安平县，冒着随时被逮捕的危险，开展党的组织建设。

吴立人到安平后，选定弓乃如家为秘密联络点。当时一项非常重要的工作，就是找到与组织失联的党员，并对其身份进行认定。根据上级党组织的指示，吴立人很快与一部分党员取得了联系并发展了新的农村党组织。吴立人当时采取的主要方法：一是依靠老党员提供线索，按区村范围进行分工，把失去联系的党员寻找出来；二是由当事人将自己失去联系后的表现向党组织陈述，并经其他党员或可靠人员做证，再经组织研究决定是否恢复党员身份。这种方法，既积极又慎重。

在大豆口村有一家酒厂，党员们平时以酿酒职工和买酒客户为掩护开展党的活动。

吴立人等就是在这个酒厂组建了安平县新一任的县委班子，恢复壮大了党的组织。

在白色恐怖期间，保属特委委员吴立人和在南两合程村教书的李子寿（县抗日救国会主任），曾几次到酒厂找到李存仁，让他联系一些酒厂和周边村的习武人员，参加安平县的"反帝大同盟"，并安排李存仁和酒厂的刘来生、赵同表、刘占山等四人，跟随县委书记安贵普去高阳参加老红军孟庆山举办的抗日干部培训班，学习游击战术和抗日民族统一战线理论。

这期间，安平台城村党支部得以恢复工作，李国安任书记。支部恢复后采取秘密单线联系方式，弓乃如的活动始终处于极其秘密的状态下，对上只与吴立人单线联系。

两个月后，吴立人奉调去了北平开展地下工作。不久，弓乃如收到了吴立人的来信，随即她告别父母，匆匆赶往北平，住在前门外的万福客栈里，与吴立人接上头。按照吴立人的安排，弓乃如的主要工作是为他收转上级党组织和各地的来信，公开身份是北方小学的国文老师。不久，弓乃如搬到了北方小学居住。每次与吴立人接头，弓乃如都按照严格的规定提前约好，地点选择在公园、商店或舞厅，交付信件后就匆匆离去。

一天，弓乃如按照约定与吴立人接头时，等了好久却不见人影。她悄悄赶往吴立人的住处，也没有找到人，暗中打听，才得知吴立人已经被捕。

在这种情况下，根据组织规定，弓乃如马上辞去了北方小学的工作。在客栈里等了几天，仍没有吴立人的消息，也找不到上级党组织，弓乃如无奈先回了安平县，想跟父亲商议下一步的工作。

吴立人被捕后，由于国民党反动当局没有抓住什么实际的把柄，经过打入敌人内部的我地下党员营救，吴立人得以脱身。

回乡后的弓乃如好不容易才找到父亲弓仲韬。为了躲避国民党反动当局的抓捕，弓仲韬平时很少回家，父亲弓堪和母亲弓闫氏也早已去世，此时弓家大院一片寂静，再也没了往日的欢声笑语。

四、弓仲韬家破人亡

作为中共台城特别支部和安平县委的主要创建人，弓仲韬一生对党忠心耿耿。从 1923 年奉李大钊之命返回台城村办夜校，发展农会，建立党支部，成立安平县委，领导农民与恶霸地主反动势力做斗争，他为革命变卖家财土地，殚精竭虑，初心不悔。弓仲韬屡次遭到反动当局的通缉，虽在群众的掩护和帮助下安全脱险，却长期不能在家居住。他历经艰险而意志坚定，唯有一次，就是他最宠爱的小儿子被敌人毒死时，他悲伤不已，痛不欲生。

自参加革命以来，弓仲韬一直无所畏惧，哪怕他为办学校变卖家中的良田，被弓家长辈训斥为"败家子儿"；哪怕他多次为穷人放粮，开粥棚周济灾民，鼓动贫雇农减租增薪，得罪了地主阶层，弓氏族亲联合宣布不认他为弓家子孙，死后不许进祠堂；哪怕多年被反动军警通缉，长年颠沛流离，甚至夜宿坟地……也都没有让他有丝毫退却，唯有这次，他听到了自己心碎的声音。

他太爱孩子了！

据弓仲韬内侄女李纪珍回忆：

> 弓仲韬对孩子特别好，特别有耐心。他在我们家躲避时，住在西厢房，我和娘住在北正房。那时我小，晚上有时爱哭，

他每次都要起来看看，问孩子为什么哭，是不是有什么不舒服。有时白天他也领着我们上街买糖人儿和切糕等好吃的，孩子们都喜欢和他在一起。

对别人的孩子尚且如此，何况是自己的孩子？多么懂事又可爱的小儿子，就这么凄惨地死了，怎能不令他肝肠寸断！

虽然信仰没变，但是极度的痛苦令弓仲韬无法静心工作。他把自己关在屋里，不说话也不见人，甚至从不抽烟的他，也开始拿起了烟斗，想在吞云吐雾中得到片刻解脱。

1937年七七事变后，弓仲韬因与上级党组织失去联系，非常苦恼，他拉上妻子和小女儿离开家乡，踏上了奔赴延安的征程。

至于弓仲韬父女俩为什么选择去延安，应该跟当时的大背景有关。抗战初期，"到延安去"成为最时髦与自豪的时代口号。丁玲1936年10月到达中共中央所在地，1937年发表了长诗《七月的延安》。诗中写道："大伙儿来吧，自己的事，我们自己管。找不到赌场。百事乐业，耕者有田。八小时工作，有各种保险""街衢清洁，植满槐桑；没有乞丐，也没有卖笑的女郎""四方八面来了学生几千，活泼，聪明""七月的延安太好了，青春的心燃烧着"。

数万爱国青年跋山涉水，冲破各种阻力奔赴延安，原因是多种多样的。有学者从抗战初期的形势、中国共产党方针政策及边区建设的成效、左翼文化影响、个人因素等角度做了分析；也有学者从抗日的理想信念力量、党的知识分子政策的吸引、边区生活供给制度的保障、媒体宣传等视角予以探讨。

革命圣地延安吸引了众多知识分子和爱国志士，当时安平县奔赴延安的青年学生、知识分子就有17人。

可是走到西安时，弓仲韬一家随身携带的行李被抢，妻子病情又突然恶化，无法行走。无奈之下，弓仲韬只能留在西安照顾妻子，弓乃如一个人先行去延安。

面对跟着自己颠沛流离、受尽苦难的妻子，弓仲韬心中十分愧疚。1923年，他放弃北京的工作，拒绝岳丈家扶持他负责绸缎庄的好意，返回台城开办学校，给饥民舍粥放粮，给长工们加薪，把弓家最好的那20亩水田给卖了，差点儿把他爹气死。可是贤惠的妻子啥也不说，不仅不埋怨他，还事事帮他兜着，经常偷偷跟娘家拆借。当时有多少人羡慕他呀，说他命好，娶了一个贤惠又能干的好媳妇。可是今天，妻子却跟着他落到这般凄惨境地，让他既愧疚又心疼。为了革命事业，为了不辜负李大钊先生的嘱托，他拼尽全力，筚路蓝缕，成功点燃了冀中农村的革命之火，可是却失去了父母儿女。如今，眼看着自己深爱的妻子也病入膏肓，他的心中似有一把钢刀插入，痛苦而无奈。

1939年冬，弓仲韬的妻子病逝，一贫如洗的弓仲韬含悲忍痛，用草席裹尸将妻草草埋葬。为了筹集路费，他根据报上刊登的招工启事，来到一家工厂当了伙夫。

弓仲韬过去没有学过厨艺，所以只能给大厨打个下手，干点杂活儿。因为有文化，会讲故事，很多工人愿意接近他。他在讲故事的同时，也会穿插着讲革命道理，讲剥削和压迫，抨击不合理的社会制度，这引起了资本家的警觉。

关于弓仲韬的眼睛是怎么瞎的，在弓濯之、王子益、弓乃如共同撰写的《弓仲韬同志回忆录》中，有这样的表述：

> 1939年冬，弓仲韬妻子病逝，仲韬同志用席裹尸，葬于西安，这时西安因国共两党摩擦，国民党封锁陕甘宁边区，他无法去陕北，只得流落西安，靠卖衣物维持生活，后听说族侄弓清源在汉中教书，就一路要饭来到汉中，四一年夏由弓清源介绍到一家工厂食堂当伙夫……他每天给工人讲故事，教认字，宣传资本家剥削工人的道理，在工人中影响很好。

久之，引起资本家注意，警告弓仲韬不许和工人们在一起，不许工人们晚间聚会。1942 年冬恰逢弓仲韬害红眼病，第二天经理通知他到医院看病。到医院后医生未经检查，即在眼球上各扎一针，次日双目失明。厂即以无法劳动为名，将其开除。

在安平籍作家孙犁的那篇《种谷的人》中，描写的那位可敬的瞎眼老人，他的特点、经历，和弓仲韬很相似，而瞎眼的原因，写的是"被捕入狱，受酷刑，双目失明，差点死在狱里"。

孙犁的这篇文章写于 1947 年 6 月，最早发表于《晋察冀日报》。因为是文艺作品，可能有虚构的成分，但从该文章的时间和内容上看，以弓仲韬为原型的可能性还是很大的。

无论什么样的经历，弓仲韬"被害瞎双眼"是肯定的。

行李丢失，身无分文，妻子凄惨地客死他乡，弓仲韬自己又双目失明，这一连串的打击，换了谁也难以承受。但是弓仲韬咬紧牙关，他还有革命工作，还有家乡的父老乡亲。

就这样，弓仲韬决定返乡。他历经五六年时间，一路风餐露宿，历尽艰险，终于于 1943 年回到老家台城村。

重回故里，已是物是人非、家破人亡，弓仲韬心中百感交集。

弓仲韬与安平县委接上关系后，受到县委和冀中区党委的关心和照顾。1951 年，女儿弓乃如从工作地哈尔滨回到故乡台城村，见到双目失明的父亲，泪如雨下。自西安一别，父女俩已经分别了整整 13 年！弓仲韬亦激动万分，喜极而泣。几年后，他被女儿接到哈尔滨安度晚年。

据弓乃如档案记载，按照党的政策，弓仲韬后来恢复了工资，享受老红军待遇，但他常常伤感，有时甚至痛哭流涕。他说："我不能为党工作了，我没有完成党交给的任务。"

弓仲韬与外孙女田晓虹、外孙子田小刚

土地改革时，弓仲韬分得土地五亩，由村公所派人代为耕种，以供弓仲韬衣食之用。

老家是台城村的安平县公安局退休干部弓子平，至今还记得20世纪50年代初在台城村小学读书时，住在附近的弓仲韬经常给小学生们讲故事。

弓仲韬的老宅子归公后，由村公所进行修缮，投入使用，曾经拨出三间北房供一户抗属居住。

后来弓仲韬的老宅子成了村公所驻地，学校也由旧祠堂搬迁过来。新中国成立后，这里成为台城乡、台城公社的办公大院，医院、供销社、信用社等机构也在此处开张经营。现如今的中共第一个农村支部纪念馆所在地，也是在弓家老宅子的原址上建起来的。

1964年3月，中共第一个农村支部创建人弓仲韬病逝于哈尔滨。

在临终前的最后一刻，他心里牵挂的依然是党的事业，叮嘱女儿将他多年积攒下的1000元钱，全部交了党费。

2002年，弓仲韬的骨灰从哈尔滨运回，安葬在他魂牵梦绕、见证了他一生苦难和光荣的故土上。

五、彰显伟大建党精神

台城特支及安平县委的建党实践，是伟大建党精神的生动体现，为谱写中国新民主主义革命的历史画卷贡献了力量。台城特支的成立，开启了中共在农村建党的漫漫征途，在中共农村党建史上具有里程碑的意义。其所彰显的伟大建党精神，在100年后的今天依然熠熠生辉。

坚守理想、坚定信仰的优秀品质

十月革命一声炮响，给中国送来了马克思列宁主义。真理之光照耀到贫弱的中国大地，李大钊等一批先进知识分子选择了马克思主义，并以马克思主义这个真理为理想，而为之奋斗终生。马克思主义的强大感召力，吸引了一批又一批身怀理想的知识青年。

弓仲韬就是在李大钊的影响下接受马克思主义并加入中国共产党的，从此开启了他宣传马克思主义、领导早期农村党建之路，并为实现理想坚守一生，历尽磨难而不悔。还在北京教书期间，他就经常到北京天桥一带工人、市民中宣传马克思主义，动员人们向黑暗的社会宣战。他接受李大钊的指示，放弃城市生活，回到落后的农村创建党组织。他以马克思主义和中国共产党的使命启发农民群众思想觉悟，发展党员，并在较短时间，使党的组织有了大的发展。在台城特支的创建和发展过程中，尽管经历了艰难曲折甚至生死考验，但是弓仲韬从未怀疑过马克思主义，也从未放弃过为之奋斗的共产主义理想。永不熄灭的理想信念之火，成为战胜一切艰险的巨大精神力量。

台城特支成立后，在领导长工增资斗争中，弓仲韬先从自家开刀，说服家人对自家长工增资，进而进行宣传鼓动，使增资斗争局面顺利打开。弓仲韬常说，作为共产党人，就要舍得出家财，豁得出性命。在革命斗争中，他变卖田地解决办学和办公经费，又变卖家产开办工厂解决贫困党员的生活。到1934年时，他的家产几乎所剩无几。可以说，弓仲韬为了党和人民的革命事业倾其所有。没有坚定的理想信念，是不会有这种斗争勇气的。

践行初心、担当使命的崇高风范

中国共产党诞生于中华民族内忧外患之际，以为人民谋幸福、为民族谋复兴作为初心使命。党的一大后，党集中精力组织工人阶级领导工人运动。随着党领导工人斗争的开展，党开始关注农民在中国革命中的重要地位。1922 年 7 月党的二大宣言指出："中国三万万的农民，乃是革命运动中的最大要素。"在农村创建党的组织成为党发动农民斗争的必然要求。

弓仲韬入党回乡，即投入践行初心使命的实践中，把建立党的组织、领导农民斗争作为首要任务，由此开启了党在冀中农村领导农民争取权益、翻身解放的反帝反封建斗争的伟大历程。台城特支成立初期，党组织领导了长工增资斗争、短工罢市斗争、抗税抗捐运动、割穗斗争，并取得了胜利。为了提高贫苦农民的文化水平，弓仲韬卖掉自家的 20 多亩田产筹备经费，开办平民夜校，教农民识字，不仅不收学费，而且所有的学习用具和书本等全部免费。还编写了通俗易懂的《平民千字文》，吸引更多农民自愿参加学习。

随着台城特支、安平县委的成立及党组织的扩展，冀中地区的农民斗争得到了快速发展，并为后来的反帝反封建革命斗争的开展打下了坚实的基础。正是笃信马克思主义政党所肩负的初心使命，才使弓仲韬等人如此义无反顾投身艰苦卓绝的民族独立和人民解放的伟大事业中。

不怕牺牲、无私无畏的高尚情操

台城特支诞生于军阀混战、民生凋敝的社会环境中。党组织刚刚成立时，经费匮乏，人员不足，也没有现成的经验可借鉴。在反动势力的阻挠和威胁下，许多活动不能公开，需要秘密进行。而且农民思想守旧，不易接受新事物。党组织开展工作，面临着各种各样的困难，异常艰难，但都没能阻挡台城特支的成立和发展。

在弓仲韬影响下，其亲属积极投身革命的就有 23 人，其中不少人为党作出贡献甚至牺牲。长女弓浦 1925 年入党后，先后任台城女支书记、安饶深中心县委妇女委员，1931 年在北京参加"纪念九一八"游行时身负重伤，后身亡。次女弓乃如，1925年入团，不久转为党员，曾先后任台城团支部书记、女师党支部书记，亦为党的骨干成员。大堂妹弓惠诚1925年由弓仲韬介绍入党，然后到深泽县帮助其丈夫王子益成立了深泽县第一个党组织。二堂妹弓蕴武、三堂妹弓彤轩后来都参加了革命。

1927年4月，中国共产主义运动先驱李大钊，在军阀屠刀下英勇就义，北方革命斗争转入低潮。奉系军阀大肆屠杀共产党人，制造白色恐怖。1928年，国民党统治北方后，深泽、安平、饶阳各县党组织相继遭到破坏，党的工作由公开转为秘密。弓仲韬不惧牺牲，更加坚定了为党的事业而奋斗的信念。他筹资500元购置数台织机，在家里建起毛巾厂，以此为党的活动作掩护。1935年开始，弓仲韬和女儿弓乃如在保属特委领导下，舍生忘死，为恢复和发展安平、饶阳等县的组织和工作四处奔波。在动荡的岁月里，他们不怕牺牲、勇敢斗争，为党和人民献出了一切。

对党忠诚、严守纪律的政治品格

对党忠诚是中国共产党人最鲜明的政治品格。从台城特支创办人弓仲韬一生经历可见，无论遇到什么样的挫折，他都保持一颗向党的红心。1927年大革命失败后，弓仲韬屡次遭到反动当局的通缉，经常居无定所，但他从来没有放弃为党工作。1937年，与党失掉联系的弓仲韬拉着卧病的妻子，带领女儿弓乃如毅然离开家乡，去西北寻找党组织。1939年冬，他经历了妻子病逝的苦痛，用草席裹尸埋葬妻子后执意奔赴陕北，因无法通过国民党封锁区而流落到汉中，在一家工厂当伙夫谋生。在如此境遇下，他依然每天晚上用讲故事、教认字的形式，在工人中宣传革命道理，鼓舞他们的抗日热情，后被资本家害瞎双眼。他虽双目失明，但对党的忠诚、对人民的热爱始终不变。1943年，历尽千辛万苦返回家乡的弓仲韬，终于与安平县委接上了关系。

遵守党的纪律是对党忠诚的根本要求。中共二大制定的民主革命纲领，规定了党的政治纪律和对党忠诚的要求。弓仲韬严格遵守党的纪律，积极向上级党组织报告和请示党的工作，台城特支的创建一直在李大钊的关怀和指导下秘密开展。晚年的弓仲韬还常常为"不能再为党工作了"而伤感流涕，即使到了弥留之际，他仍然不忘交党费。

弓仲韬等中共党员，在实践中创建了党在农村的基层组织，生动诠释了伟大的建党精神。一百年来，随着岁月长河的流逝，伟大建党精神已经融入中国共产党人的血脉，成为滋养一代又一代中国人民的营养剂。

第六章　英雄儿女功耀千秋

一、冀中区党政军机关在安平成立

卢沟桥在北京西南方向，横跨永定河，雄浑优雅，古朴端庄，被意大利旅行家马可·波罗称为"世界上独一无二的桥"。1937年7月7日，日军炮轰卢沟桥，发动全面侵华战争，这就是震惊中外的七七事变，揭开了全国抗日战争的序幕。

卢沟桥事变发生的第二天，中共中央就向全国发出了通电："平津危急！华北危急！中华民族危急！只有全民族实行抗战，才是我们的出路！"

卢沟桥事变后，冀中、冀南、冀西各地，日军铁蹄所至，和平居民惨遭血腥屠杀。国民党军队向南败退，河北各地国民党旧的统治瓦解，整个社会处于无政府状态的极端混乱中。

在民族危亡时刻，在保属省委的领导下，安平的党组织毅然举起抗日的旗帜，带领全县人民奋起抗战。1937年8月21日，李子寿、边志良等建立了安平县各界抗日救国会，组织和团结各界人士开展抗日斗争。9月，宅后村共产党员安贵普带领张冠中、安春风、张位荣等一批有志青年，去高阳参加由侯玉田协助孟庆山组织开办的抗日干部培训班。据解放军出版社出版的《聂荣臻回忆录》记载：七七事变后，八路军开赴抗日前线的时候，党派孟庆山同志到河北组织抗日武装，开展游击战争。孟庆山原是红军的一个团长，河北人，参加过宁都起义。他从延安出发途经太原，又接受了北方局的指示，同河北省委接上了关系，被委任为保属特委的军事委员。根据省委指示，孟庆山在高阳、安新、任丘、蠡县一带我党群众基础较好的农村地区，开办短期训练班，讲解游击战术，培养武装斗争的骨干力量。

培训结束返回时，段占鳌、刘清言、张宿林（女）等一批外地干部也跟着到了安平，协助开展抗日工作。10月，吴健民受保属省委的派遣，来到安平县恢复建立党组织。不久，在他的指导下，安平县委重建，由安贵普任书记，张孟旭任组织部长，弓濯之任宣传部长，段占鳌任军事部长，孟庆章、可与之任委员。从这一天开始，安平县各项工作开始步入正轨，安平县各界群众抗日热情空前高涨。

新的县委成立后，根据《抗日救国十大纲领》，制定了工作方针：一、号召人民有钱出钱，有枪出枪，有人出人，贯彻党的统一战线政策，动员人民群众一致抗日；二、恢复健全党的组织；三、发展抗日武装，把枪杆子掌握在党的手中；四、改造旧政府。于是，大家奔走在城乡之间，出现在田间地头，发动群众，开展抗日。城内好多开明士绅纷纷捐款捐物支持抗日，多的捐钱3000多元，少的也有100多元。在短短时间内，全县就收到15万多元的捐款，这就为开展抗日斗争筹备了一定的经费。

1937年秋，保属省委的孟庆山、侯玉田来到安平组织抗日武装，安平县委书记安贵普带他们先后到了安平县后赵疃、宅后寺一带村子。由于这里党的力量雄厚，群众基础好，组织武装工作开展得很顺利，很快组织起两支百余人的抗日武装。不久，这两支队伍就编入孟庆山任司令员的河北游击军。在后赵疃村组织抗日武装时，刚刚开始就有20多人报名，后迅速扩编为一个连，号称"赵疃连"，再后来被编为河北游击军特务连。1940年在白沙庄保卫冀中九分区司令部的战斗中，牺牲的指战员中仅后赵疃村的就有20多名，他们的名字至今仍镌刻在后赵疃村二郎庙烈士碑上。

恰在这个时候，安平来了一支抗日队伍。吕正操的人民自卫军第一团团长赵承金率部进驻安平，与安平县委联手组织抗日活动，派部队到安平县的角邱镇一带协同地方同志开展工作。所到之处，青年争相参军参战，抗日武装、政权、群众团体等相继筹建。

人民自卫军是由东北军改编而成的。10月14日，东北军第五十三军第六九一团团长吕正操召集全团官兵在晋县誓师抗日，断绝了同五十三军的一切联系，站到共产党的旗帜下，改称"人民自卫军"，挥师北上抗日，在蠡县与保属省委的孟庆山、侯玉田等人会合。吕正操率队伍打开高阳后，晋察冀军区派孙志远及时到达，开始建立和领导政治部，并对人民自卫军进行改编，然后分赴各地开展游击活动，支持各地开展抗日工作。

在人民自卫军的帮助下，安平县委将邢玉祥为首的维持会改组为县抗日政府，由邢玉祥任县长，李子寿任县政府指导员，开始准备抗日的有关工作。但刚刚一个月的时间，邢玉祥便以身体患病为由提出辞职，然后由曾在旧军队任过师长的开明人士宋永安接任县长。宋永安就任新县长后，取消将原来的保安队改编为人民自卫大队的决定，后改其为人民自卫团，马友民任团长，段占鳌任政治部主任。据《冀中人民抗日斗争资料》第三期中王工学撰写的《河北游击军创建始末》记载：河北游击军第三师是安平人民自卫团发展壮大起来的。师长马友民（事变后王凤斋同志介绍入党），政治部主任安贵普（当时为安平县委书记），下属3个团，约3000多人。

1938年1月，保属省委根据上级指示，改为冀中省委。冀中，即河北省中部，西起平汉路，东至津浦路，北至平津路，南达沧石路，所辖50余县，是我党我军在抗日战争时期创建的一个平原抗日根据地。它没有山，村庄稠密，人口众多，是华北诸省中一个较富庶的地区。

冀中省委调安平县委组织部部长可与之、宣传部部长弓濯之充实河北游击军，加强对河北游击军的领导工作。之后，重新组建了安平县委，阎子元任书记，翟纪鑫任组织部部长，崔子儒任宣传部部长。

1938年3月，冀中省委在安平县城举办了党员训练班，对外称农会训练班，为冀中各县培训了大批干部。

上级党组织鉴于冀中蓬勃发展的形势，急需加强统一领导，形成坚强统一的领导核心，统一军队、统一政权组织和群众组织。于是在中共北方分局的指示下，冀中省委决定召开中共冀中区第一次党代会。

1938年4月21日，在安平由黄敬主持召开了冀中区党的第一次代表大会，地方区以上、部队团以上党组织都有代表参加。据解放军出版社出版的《吕正操回忆录》记载：会议总结了创建冀中根据地以来的各项工作，指出当时存在的问题。并根据上级指示，提出了巩固与扩大冀中根据地的中心任务和解决当前问题的各项重要措施：成立冀中区党委，统一党的领导；成立冀中行政主任公署，统一政权组织；统一整编部队，奉命成立八路军第三纵队、冀中军区和4个军分区；取消战地总动员委员会，建立军区一级群众组织；认真执行减租减息，严禁高利贷，切实改善人民生活，建立统筹统支的财政经济制度；等等。

会议共进行了12天，5月初结束，选举产生冀中省委领导机构（不久改为冀中区党委），黄敬任书记。这次代表大会是冀中党第一次公开举行的大会。会后，根据大会决议，冀中政治主任公署5月1日在安平县城成立，吕正操任主任，李耕涛任副主任。5月4日，人民自卫军和河北游击军统编为八路军第三纵队，成立了冀中军区。八路军第三纵队和冀中军区实行"两个牌子，一套人马"，吕正操任纵队司令员兼军区司令员，孟庆山任副司令员，孙志远任政治部主任。至此，冀中抗日根据地初步形成。

一时间，安平县城成了冀中地区抗日斗争的大本营。这里群英荟萃，将星云集，抗日救国同仇敌忾，热血儿女豪情万丈，抗日救亡运动蓬勃发展。冀中军区在北关高小开办军事训练班，黄敬、吕正操、孙志远等人常去讲课。1938年六七月间，冀中党政军领导机关移至任丘青塔镇，坐镇大清河岸，准备开辟大清河北的工作。

安平县也于 1938 年 5 月建立了 4 个区。在县委的统一领导下，各区区委贯彻党中央关于大量发展党员的决定，以区为单位举办了党员训练班。9 月，阎子元调离，由组织部部长李慕泉代理安平县委书记。据《安平县志》记载：1938 年底，230 个村的安平县就有 205 个村建立了党组织，17 万人的小县有 1972 名党员。1945 年，全县党员人数达到 5537 名。因为党的基础好，群众觉悟高，每个村都有两个以上堡垒户，大部分村建立了党支部。在此前后，安平县工人、农民、青年、妇女、教育等各界抗日救国会也纷纷建立。抗日烈火在安平大地熊熊燃烧。

二、艰苦卓绝的反"扫荡"斗争

全国抗战进入相持阶段后，日军移其主力对付敌后抗日根据地，安平县城于 1939 年 2 月 9 日陷于敌手。敌人经常出城至各村烧杀抢掠，制造骇人听闻的血案。全县军民同仇敌忾，奋起抗击，配合八路军一二〇师第三纵队等广泛开展游击战，并坚壁清野，开展"打狗""砸冰河"运动，摧毁敌建满正桥，围城挖沟封锁城内之敌，使日伪军一度龟缩城内不敢轻举妄动。在对敌斗争中，人民群众和地方武装，锄奸防特，自制武器，以地雷战、麻雀战、村落战等游击战术神出鬼没地打击敌人，出现了"铁打的河漕村""焦土抗战的南胡林"等英雄抗日村庄。

1941 年 3 月，日军对抗日根据地施行"囚笼"政策，在县与县之间、据点与据点之间架电线、修公路、挖封锁沟，企图封锁和分割我抗日根据地。全县军民在县委领导下，进行了针锋相对的斗争，割电线、锯电杆、挖公路、埋地雷，开展破路挖沟运动，打破了敌人的"囚笼"政策。

太平洋战争爆发后，日军于 1942 年 5 月 1 日对冀中抗日根据地发动了空前残酷的五一大"扫荡"。在华北敌首冈村宁次指挥下，日伪军5万余人在飞机、坦克配合下，对冀中一带进行灭绝人性的疯狂"扫荡"。敌人以优势兵力采用拉网、合围等方式"清剿"，妄图摧毁抗日民主政权，消灭党组织，彻底摧毁抗日根据地。

五一大"扫荡"后的抗日战争环境异常残酷，日军强令各村成立政权，推行保甲制度，登记户口，领良民证，扬言："不领良民证就是八路军、共产党，逮住就杀头。"

为了减少不必要的牺牲，保存力量，党支部动员部分党员干部隐蔽转移，留下坚持村工作的群众挖地道，保护青纱帐。入秋后，地里的高秆庄稼没砍秆，村外青纱帐片片相连，村内则挖地道，道道相通。

1942年6月，为了掐断敌人的运输线，削弱和打击日军对滹沱河北村庄的掠夺，安平县在滹沱河上的唯一桥梁——辛营大桥被抗日部队烧毁。敌人修复通行后，增派重兵把守。

1944年春节期间，安平县大队和五区游击队在连克几个敌人岗楼的鼓舞下，组织联合行动，再次派人烧桥。烧桥突击组虽曾冲破层层险阻，接近桥底，点燃火种，但因桥柱已被冰封雪锁，不易燃烧，火势很慢，燃着不久即被敌人发觉并扑灭，只烧断了两根桥柱，对桥梁无大伤害。第二次烧辛营桥没有成功。

1944年6月，滹沱河北广大麦区的小麦即将成熟，丰收在望。敌人对滹沱河北广大麦区虎视眈眈，辛营桥仍是他们过河抢麦的咽喉要路。由于此桥已遭到过两次焚烧，敌人变得更加狡猾，更加小心，增加了对桥梁的全面防务，除增派重兵加强防守力量外，还增设了不少防护措施：在桥的西侧埋下了一排粗大的迎水桩；在桥两侧的河面上，分别拦起了三道铁丝网；把靠桥较近的房屋全部拆毁，烧光了桥边的芦苇和庄稼，使桥的两端全都暴露在开阔地里，没有任何可以隐蔽和藏身的地方；在桥的四周布下雷区；两个桥头堡里增加了兵力和火力配备，除机枪、步枪外，又增加了小炮。因此，烧桥的难度非常大。

为了确保第三次烧桥的胜利，八路军游击队在苏村进行了充分的准备，在分析总结前两次烧桥经验的基础上，制定出新的烧桥战斗方案。前两次没有把桥最后烧毁，主要是带去的燃料不足，这次就设法多运燃料。

为完成这一艰巨任务，大队决定动员几位思想觉悟高、作战勇敢，又会游水的战士组成行动小组，去执行这一光荣任务。经过县大队政委张根生、副政委崔志满等领导认真研究，在大队和二区游击队员中，选出二区游击队班长共产党员吴敬亭，二区游击队战士曹振国，大队侦察员张全来、刘永增、刘增荣这 5 位同志组成烧桥突击组。人选确定之后，县大队政委张根生找 5 位同志谈话，进行战斗动员。突击组接受任务之后，就积极准备起来。为运去更多的燃料，他们从刘兴庄找到一条木船，用马车把船运到辛营桥上游一里多远的一个村子，又找来了几桶煤油和不少硫黄、火硝等引火物，以及很多干草干柴。

6 月 19 日深夜，天上乌云密布，烧桥勇士在辛营桥上游的村子赤着身子，驾着浸透煤油、拌着硫黄火硝的柴草船，向辛营桥悄悄驶来。潜在水中的吴敬亭顺利剪开两道拦河铁丝网，柴草船安然驶到第三道铁丝网前。在吴敬亭剪断第三道铁丝网时，被敌人哨兵发觉，两个桥头堡的敌人立即向柴草船和突击组这边猛烈射击。突击组的勇士不顾枪林弹雨，奋勇战斗，终于冲破第三道铁丝网，把船开到桥下，按计划用铁链把船牢牢拴在桥桩之上，点燃柴草，然后离开桥底向河边撤退。可是，刚刚燃起的火苗，被敌人一阵密集的火力打灭了。已经要撤出战场的勇士见火被熄灭，毫不犹豫又翻身下水，冒着弹雨，泅到桥底，把火重新点燃。瞬间，火光冲天，大桥陷于火海。但火光也把河底照得通明，敌人发现了桥下的游击队员，立即射去密集的弹雨，勇士们只好艰难地匍匐撤退。不幸的是，吴敬亭、张全来两位同志中弹牺牲，刘增荣负伤。

辛营桥上大火熊熊燃烧，碉堡内敌人被强力炮火压住，不能出来救火。眼看烈焰腾空，桥身塌断，辛营桥在烈火中被烧断了。恰好，火势刚停，一阵沉雷过去，就下起了滂沱大雨，一夜之间，滹沱河水暴涨，咆哮的急流把辛营桥残存的桥桩桥板全部卷走，辛营桥荡然无存了。敌人的南北交通完全中断，去滹沱河北抢麦夺粮的交通要路被切断，大灭了敌人的气焰。

抗战胜利之后，安平县委为吴敬亭、张全来两位烈士建了题有"功在国家" 4 个大字的纪念碑。

安平县任庄村党支部书记齐瑶听公爹讲过婆家老姑的英勇故事。婆家老姑叫张蕊，1918 年出生，1925 年在本村女子小学上学，受李锡九影响，思想进步，积极参加抗日战争。1936 年参加本村李子寿领导的县武委会。1937 年入党，1938 年参加冀中军区火线剧社并担任指导员，1939 年英勇牺牲。她出去参加革命后曾三过家门而不入。有一次，她的母亲和弟弟听说她们部队要从郎仁村经过，一大清早就赶到十余里路远的郎仁村等着看她。部队经过郎仁时，张蕊正值口令员。她母亲和弟弟看见张蕊领着同志们飞速赶路，大声呼喊她，她只向亲人点了点头，一句话也没说。这是她和亲人最后一次见面。

1944 年春，随着国际反法西斯战争的节节胜利和抗日军民的英勇奋战，战斗在滹沱河畔的冀中七分区部队不断发展，已拥有 3 个地区队；根据地开始恢复，并且开展了向敌占区的全面进攻，相继攻克、逼退点碉 90 余座，形势大为好转。但不甘失败的日军千方百计寻机报复，杨各庄血战就是在这个时候发生的。

1944 年农历正月二十一，冀中七分区司令员于权伸率领分区机关一部和区连队共计 400 来人，转移到滹沱河以北的安平县杨各庄村宿营。拂晓时分，忽闻村子东北角传出枪声，原来是日军集合了安平、深泽、安国三地兵力从东、西、北三个方向对宿营部队实施围剿，南面则是水流湍急的滹沱河。在这危急关头，分区首长立即做出指示，全体官兵在村西预定地点集合，然后沿街从村北头东口向东南方向撤退。

撤退命令下达后，部队统一向东南方向撤退，欲经位于郎仁村的一座木桥过滹沱河。当部队撤到报子营村村南时，据报前方木桥已在几天前被日军破坏，无法通过。部队首长马上紧急部署，将部队分为掩护部队和突围部队两部分，掩护部队与敌军交战，突围部队强行渡河。这时抗日部队已经进入敌军枪炮射程范围之内，掩护部队同敌军进行激烈枪战。由于敌众我寡，力量悬殊，日军将部队团团围住，掩护分队成员视死如归，与敌人开展近距离刺刀肉搏战，英勇顽强地抗击着敌军。

与此同时，突围部队已赶到滹沱河岸边。眼看追击日军渐渐逼近，在当时敌众我寡、力量悬殊、情况十分危急的情况下，部队选择立即渡河。但河水的深度超出了他们的预想。原来侦察员说"深不没膝"的河水，此时已涨到了一人多深。当时正值冬末初春，气候乍暖还寒，大家跳进冰冷刺骨的河水强行渡河，敌人的炮弹不断地在河水中爆炸，溅起簇簇浪花，有的战士被子弹击中当场牺牲；有的战士脱下棉袄跳进水里，勉强游到对岸；有的战士直接跳到水里，水浸湿了棉袄，增加了身体重量，终因体力不支，被湍流的河水冲走；还有的战士被流动的冰凌撞击后身亡……

"枪弹用完了，就跟敌人拼刺刀；刀没了，就改成肉搏战。"一位叫何东升的老人回忆说，在整个战斗中，有的战士战死，有的跳河身亡，还有的在渡河过程中牺牲，战斗异常惨烈。

安平县东北黄城村的王二超说，他的爷爷王玉清曾亲历过这场血战。王玉清生前曾对子女说，他在抗日战争中曾多次遇险，印象最深的是跟随于权伸司令员在安平县杨各庄战斗中突围。1944年正月二十一，他们军分区400多人的部队被周围县市安国、安平、深泽的几千日伪军包围在滹沱河北边的杨各庄村。枪声密集，炮火猛烈，好多战士都跳河突围。记得那天很冷，河水冰凉刺骨。王玉清把盒子枪别在腰间也准备跳河，这时候于权伸司令员叫住了他，危急时刻，于权伸端着机枪冒着枪林弹雨率领着王玉清等战士突出重围。最后冲出来的就剩大约一个排，大多数战友都牺牲了。

据统计，这次战斗牺牲和失踪人数共计 129 人。为纪念此次战斗中牺牲的英烈，冀中七分区于 1945 年在杨各庄修建了烈士纪念碑，镌刻英雄事迹，弘扬革命精神。此后，安平县委、县政府对烈士陵园进行了修缮和扩建。现陵园占地 10 亩，总投入 200 万元，园内由烈士墓、烈士纪念碑等几部分组成。烈士墓位于陵园北侧，安葬着烈士遗骨。烈士墓南侧石碑镌刻着战役过程和烈士名录等，陵园中央立烈士碑，纪念在杨各庄战役中为国捐躯的革命烈士。

在抗战中有一个名字是必须得提的，那就是弓凤洲。弓凤洲，又名弓庆成，1905 年生于安平县台城村，是弓仲韬介绍入党的第一个农民党员。

弓凤洲曾担任台城村党支部书记，后又担任过冀中七分区农会主任、冀中七分区抗联部长。新中国成立后，历任河北省献县税务局局长、河北省委党校党支部书记、河北省工业厅工会主席等职。

弓凤洲上有兄长，下有一个弟弟和两个妹妹。自小家贫，靠给人扛长活贴补家用。生活的艰辛磨炼了他吃苦耐劳、坚毅果敢的性格。白色恐怖时期，因为身份暴露，弓凤洲与几个同村人踏上了闯关东之路，开始了 3 年的流亡生活。

在吉林省宁安县杨木林子屯，弓凤洲与同村的弓双才、弓更喜给人家当长工，后来合伙买了几十亩地成了自耕农。这期间，弓凤洲怀着满腔的革命热情，想与当地党组织接上关系，可四处打听都未成功。

苦闷之中，他又给弓仲韬写过三次信，信中用暗语表达了寻找党组织的愿望，但是不知什么原因均未接到回信。几番努力都失败后，他成了一只失群的孤雁。

1930 年，弓凤洲带着对家人的思念和对党组织的向往，回到家乡台城村。他终于找到弓仲韬，接上了组织关系。此时，弓仲韬已不再担任县委书记，身份只是普通党员，但是他的名望和影响力仍不小。1932年，反动派到处抓捕共产党员，弓仲韬也在抓捕名单之列。弓凤洲和他紧急外避了一段时间，风声过后才回来。

七七事变后，安平是冀中区党委、冀中行署、冀中军区成立所在地。作为共产党早期活动开展较好的地区，安平县抗日政府成立得也较早。

一天，中共安平县委书记阎子元找到弓凤洲，动员他成立村农会开展抗日斗争，弓凤洲慨然应允。不久，他动员了几十个贫苦农民成立了农会。不久，上级即调弓凤洲到安平县抗日联合会任宣传部部长，之后任安平县委民运部部长、冀中七分区农会主任、冀中十一分区农会改善部长、冀中十一分区促进社主任、冀中七分区抗联组织部部长等职。在艰苦的斗争环境中，弓凤洲领导组织民众开展游击战，为冀中的抗日工作尽心尽力，"模范抗日根据地"的荣誉称号中凝聚着他的智慧和心血。

1941年秋，时任冀中七分区农会主任的弓凤洲奉命去赵县小留村开展抗日工作。小留村是日军据点，村内汉奸势力猖狂，曾为虎作伥杀害抗日干部8人。弓凤洲和战友们装扮成讨饭的乞丐，进村摸清了情况，然后开会严密部署，调集赵县县大队及民兵200多人在夜间突袭，一举抓获了恶贯满盈的汉奸9人，次日公开处决4人。

这次行动震慑了日伪势力，人民群众拍手称快，纷纷奔走相告："想不到几个要饭的，竟然是神八路哩！"

后来，小留村在弓凤洲的领导下成了抗日模范村。

1943年是冀中敌后抗日最为艰苦的一年，一些人意志消沉退缩了，个别人甚至成了叛徒和日军的帮凶。一天，弓凤洲以冀中十一分区促进社主任的身份在安平县察楼（此处有促进社的油坊）开展工作时，突遭伪军包围。弓凤洲他们打倒几个伪军后，钻入地道隐蔽。可是狡猾的敌人发现了地道，弓凤洲被捕。

凶残的敌人使用重刑，将他打昏 7 次，又用大车将其拉往崔岭据点，关在木笼中长达 21 天。其间，伪军队长软硬兼施，威逼利诱，用尽各种手段，想套出弓凤洲是不是八路军干部。弓凤洲只说自己叫弓庆洲，是外地来买油的，始终没有暴露真实身份。后来经中共安平县委书记张亮等人的大力营救才脱险。弓凤洲在狱中机智勇敢、威武不屈的气节，受到了领导和同志们的赞扬。

弓凤洲还有一件可以载入安平人民抗日斗争史册的壮举：大义灭亲。弓凤洲从关东返家后，发现弟弟弓庆来沾染了二流子的习气，不仅好吃懒做，还偷鸡摸狗。弓凤洲严厉训斥他，让他改邪归正，但弓庆来口头答应，实则并无悔改。后来，他和哥哥闹翻，一气之下跑到西北军旧部庞炳勋的杂牌军去当了兵。当兵后，他依然放荡不羁，不过在部队练就了一手好枪法。日本军队占领县城后，弓庆来竟然投靠日本人，成为民族败类，又因他的枪法准，对抗日军民危害极大。

安平县大队负责人找到弓凤洲，商量抓捕他弟弟的办法。弟弟虽然不争气，但毕竟是自己的亲人，所以一直以来，弓凤洲对他也只是说说气话而已。而如今，他竟然当了无耻的汉奸，弓凤洲既震惊又气愤和心痛。作为一名共产党员，在家国大义面前他别无选择。在与县大队负责人一番合计后，弓凤洲专程回家，摆下酒席，请几个同族中的长者相聚，顺便让他们给县城的弟弟弓庆来捎信，说给他找了份挣钱的好差事，约他到城外面谈。

弓庆来果然上当。当他哼着小曲、酒气冲天地出现在约定地点，立刻被早已埋伏在此的县大队战士当场抓获。三天后，汉奸弓庆来被处决。

解放战争期间，弓凤洲任冀中十一分区税务局党总支书记兼副局长、冀中八分区献县税务局局长兼工商科长。

新中国成立后，从事多年经济工作的弓凤洲进入河北省工业厅，任支部书记、工会主席。

由一个贫苦长工成长为中共最早的农民共产党员，而后久经历练又成长为新中国的高级干部，弓凤洲几十年中出生入死，颠沛流离，却始终坚定信仰。

晚年的弓凤洲落叶归根，回到故乡台城村居住，于1972年去世，享年67岁。

和弓凤洲同时入党的弓成山，后来下落不明，有牺牲说，有脱党说，有变节说，但都只是传说，没有确切的证据，至今依然是个谜。

当年的日军"扫荡"有多么残酷、多么疯狂、多么灭绝人性？战争的亲历者、冀中第一个女县委书记严镜波在《我的一百年》中写着这样一段话：

　　日军把全村青年妇女拉到大街上轮奸，然后让她们赤身跳舞，把男青年捉来投到井里，再往下砸碌磗，活活砸死了许多人。在莱村，日军一次推进井里十八人，又把抓到的老百姓吊在敞棚上，一次吊死了很多人，从堤南村向南望去，每个电线杆上都吊着一颗血淋淋的人头！……眼见着尸横遍野、血流成河的惨景，我的心颤抖了。陷于水深火热中的乡亲们，让我这个二十七岁的女县委书记感到肩上担子的沉重。

战争的残酷，敌人的凶残，更加激起了广大军民同仇敌忾的抗日热情，而年轻男女真挚火热的心，也在一次次的生死考验中，越走越近。

在《晋察冀日报》上，曾刊登过一首名为《塞外晚歌》的小诗：

　　如果战友允许
　　我要寄一支歌
　　给一个淳朴的乡村的女儿

月亮照着战壕

忍不住将你思念

谁叫我在织布机旁将你碰见

谁叫那琐碎的日子在我们身边留恋

我埋怨

我在千里之外

就看见了你秋收的镰刀

我埋怨

在哗哗的水声里听见你赤着脚

从河那边走到这边

说不清为什么

今夜我特别想你

这首诗，是魏巍写给妻子刘秋华的。

魏巍曾说："她是最爱我的人。"

著名作家魏巍写的《谁是最可爱的人》家喻户晓，感动和激励了几代人，但是很少有人知道，抗日战争期间，他还写过这么深情浪漫的诗歌。

1938年5月1日，18岁的魏巍在延安加入了中国共产党。不久，他从延安抗大毕业，被分配到晋察冀边区工作。1944年，他来到冀中，一直到抗日战争胜利。

刘秋华是安平县报子营村人，1925年出生于一户贫民农家。她14岁就参加了村里的妇救会工作，工作积极，不怕苦累，做军鞋、洗军衣、洗绷带、开办妇女识字班等妇救会工作，她一直走在前面。同时她还帮助被授予"冀中子弟兵的母亲"光荣称号的同族奶奶李杏阁在家里挖地洞，供八路军伤员隐蔽疗养，给伤员烧水做饭。

刘秋华思想进步，工作认真，16岁加入了中国共产党，19岁担任村妇女自卫队指导员。为开展游击战争，她组织发动妇女破路挖交通沟，站岗放哨，锄奸防特，传递书信情报，和男游击队员一起袭扰敌人，参加战斗。在党的教育和残酷斗争的磨炼中，她成长为优秀的青年妇女干部。

1944 年春节，魏巍和两名战友去采访和慰问李杏阁。还没进门，远远就听见织布机的响声。他们跨进大门，见织布机旁坐着一位年轻姑娘，正神情专注地织着布。见有客人来，姑娘放下手中的梭子，站起身，又是让座，又是倒水，然后把正在外面发动群众做军鞋的李杏阁找了回来。同去的战友告诉魏巍，这位姑娘叫刘秋华，是李杏阁的堂孙女。刘秋华清秀淳朴的面庞、麻利干练的身影，给魏巍留下深刻而美好的印象。

不久，部队驻地搬家，魏巍恰巧被安排住进了刘秋华家。年轻的心总是敏感的，渐渐地，两人都从对方眼中读到了微妙的情感。

刘秋华是家中的长女。17 岁那年，父亲在日军"扫荡"中惨遭杀害，弟妹尚幼，母亲体弱，她便成了家里的顶梁柱，做饭、挑水、洗衣、织布、下田，什么都干，成为里里外外的一把手。后来，魏巍随着部队开赴新的战场。刘秋华也带着弟弟参军了，她被分配到《前线报》做通联工作。之后，魏巍、刘秋华虽然见面机会不是很多，但心中爱情的种子开始破土发芽，渐渐长成思念之树。

1945 年 8 月 16 日，日本投降的第二天，魏巍突然接到命令，让他火速到冀中七分区所在地，那儿正是刘秋华的家乡。恰好刘秋华也要回一次家，于是，两人相约一起上路。皎洁的月光下，他们边走边谈，走了整整一夜，天亮了，魏巍终于走进了刘秋华的心里。

魏巍后来回忆道："那是我一生中最快乐、最美好的一夜。直到那个夜晚，我们才彼此捅破了这层纸。"

1946 年 3 月 19 日，在安平抗日民主政府工作的刘秋华被安平县委派专人送到河北涞源魏巍住处，两人举行了简朴的战地婚礼。几天后，魏巍随着部队踏上了转战的征程。

婚后的很长一段时间，小两口无处为家。虽然都在一个军区，但相聚的机会少得可怜。1947年春节后，刘秋华生下了大女儿魏欣。而此时的魏巍正随着部队攻打石家庄，别说回家，就连个电话都无法打。直到3个月后，魏巍才从部队休整期间抽空赶回家看了女儿一眼。当了父亲的魏巍没有陶醉于小家庭的温暖，他的心依然在战场上。一篇篇诗作在战火中飘飞，鼓舞着战士们奋勇拼杀。这下可苦了刘秋华，她不但要行军打仗，还要带孩子，走到哪里哪里就是家。

1950年5月5日，魏巍奉命调到解放军总政治部工作。不久，中国人民志愿军入朝参战。几个月后，魏巍被派往朝鲜战场了解美军战俘的思想情况。到了朝鲜，调查任务完成后，魏巍来到志愿军前线部队。在这里，他耳闻目睹了动人心魄的英雄故事，决心留下来。

1951年2月，魏巍回国，调解放军文艺杂志社任副主编。走上新的工作岗位，魏巍一边忘我工作，一边抓紧时间赶写朝鲜见闻录。1951年4月11日，《谁是最可爱的人》在《人民日报》头版发表，在全国产生强烈反响。

魏巍说："我的创作一半功劳归老伴儿，如果没有她，就不会有我现在的一切。"他们结婚半个多世纪以来，魏巍一门心思扑在工作和创作上，不知道怎么买米，不知道菜市场在哪里，不知道家里的钱放在什么地方。这些生活琐事都由刘秋华一人操劳，家里家外她都安排得井井有条。

安淑静1927年10月15日出生于河北省安平县西里村。她13岁加入中国共产党，并参加了锄奸防谍工作。安淑静除了是一位德高望重、众口皆碑的老党员、老八路，她还有一个身份：中国人民志愿军在抗美援朝战争中牺牲的最高将领、志愿军第六十七军军长李湘的妻子。

1942年5月，侵华日军对冀中抗日根据地进行残酷的大"扫荡"，推行"三光"政策。当时的党组织正化整为零，处于地下秘密工作状态。组织交给安淑静的任务是作为秘密交通员，与地下党组织单线联系。

那时15岁的安淑静又瘦又小，敌人一般不会注意。8月初的一天，上级领导交给她一封信，要她送到安平县大良村，亲手交给一位姓杜的同志。

第二天一大早，安淑静就手提一个装满枣子的篮子出发了。刚走出村，就遇见敌人包围了村子，她也被截住了。敌人把她赶到一个打谷场，村里男女老少早已集中在那里。鬼子端着刺刀，喝问大家："谁是共产党？谁是八路军？给我站出来！"乡亲们没一个人开口。这时，躲在草垛后面的安淑静立即摸出那封信，塞到嘴里用力咬。敌人发现她正吃东西，朝她走来。她灵机一动，随手抓几个枣，塞进嘴里继续嚼，连枣带信吞咽进了肚里。后来得知，那封信的内容非常重要，若落到敌人手里，后果不堪设想，不仅她自己的身份暴露了，而且地下党组织会遭受很大损失。她这次的处变不惊得到了组织的认可，上级领导夸她是个优秀的交通员。

在战火纷飞的年代，国恨家仇让安淑静成长为一名英勇的抗日战士。她先后任地下党锄奸防谍组组长，区武委会自卫队队长，区小队政治指导员、政治委员，晋察冀中央局团委干事，县武委会委员，华北军大协理员办公室干事。

1947年2月17日，定县解放后，安淑静与李湘结婚了。没有洞房花烛，更没有蜜月，婚后第三天两人就分别了，李湘带领部队投入了保北战役，这一分开就是半年多。

1952年丈夫李湘在朝鲜牺牲时，安淑静才25岁。她带着一双年幼的儿女，凭着忠贞不渝的理想信念，化悲痛为力量，更加努力地工作，曾先后担任过唐山市建筑工程局干部科长、唐山地委组织科科长、天津河北区委组织部部长、天津市第一毛纺织厂党委副书记、天津市民政局副局长、天津市政协委员、原地质矿产部纪检组局级检查员等职，直至 1985 年 12 月离休。

安淑静是个勇敢坚强的共产党员，也是个富有大爱情怀的伟大母亲，除了自己的一双儿女，她还把收养的 6 名烈士子女都培养成才。

三、烈士捐躯赴国难

抗战期间，仅有 17 万人口的小县安平，共有 8689 人参加了八路军或成为地方抗日干部，有 2269 人光荣牺牲，其中共产党员 470 人。牺牲在本县境内 447 人，其中县区干部 59 人。

在这个中共第一个农村支部和河北省第一个县委所在地，各级党组织发挥了坚强的战斗堡垒作用，党员干部带领广大群众与凶残的敌人浴血奋战，不怕牺牲，留下很多可歌可泣的英雄事迹，让我们记住烈士的英名。

王仁庆

烈士王仁庆生前没有留下一张照片，只留下了两件衣服：一件是做工考究、丝绸面料上绣着荷花和飞鸟、镶着粉色花边的裙子；一件是被刺刀刺得千疮百孔、触目惊心的血衣。

2021 年冬天，一个雪花飘飞的午后，安平县城的一处老旧楼房里，王仁庆的女儿、89 岁的王秀沽老人从箱子里拿出那件绣花裙，含泪讲述了父亲王仁庆的故事。

1937 年七七事变后，王仁庆响应共产党号召，积极参加抗日工作，并于当年 9 月经台城村的弓凤洲介绍入了党。1940 年被群众选举为区代表主席，1942 年升任五区区长。那时正值日军"扫荡"最疯狂的时候，他意识到自己随时可能牺牲，有一天就跟妻子说："你记住，无论什么情况下，都不能卖这条裙子，这是我送你的，以后万一······能当个念想。"

1942 年 10 月 31 日，王仁庆和区委干部正在开会时，被汉奸告密，日军和伪军突然包围过来，两名同志突围出去，4 名同志当场牺牲，王仁庆不幸被捕。当时敌人可能已经知道他是区长，就是想抓活的，打枪的过程中一直在喊着"活捉王仁庆"。

后来听一个给监狱送饭的人说，王仁庆在狱中表现得非常英勇，受尽了酷刑，却始终不肯投降，不肯说出地下党组织成员的名单。王仁庆是那年腊月二十八牺牲的，临刑前一天，他将自己的血衣装在送饭的罐子里，托一个好心的狱卒带了出来。那年王秀沾 9 岁，她回忆说，当娘看到血衣时，当场就晕了过去。

王秀沾说："我父亲当区代表主席时，为了号召群众参军抗日，他率先将自己年仅 14 岁的儿子，就是我哥，送到部队青年营。当兵还不到一年，一次在过铁道执行任务时，遭到鬼子袭击，那批青年营的十几个小战士没一个活着回来的。我父亲牺牲了，我哥也牺牲了，我唯一的弟弟在几年后也因病去世了。为了给弟弟治病，母亲几乎变卖了全部家当，唯独剩下了这条裙子。她跟我说：'这个无论如何也不能卖，你爹说过，这是他送给我的，让我留着做个念想……'"

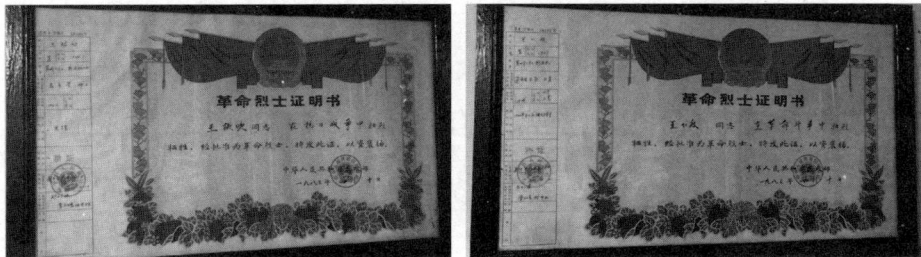

王仁庆的烈士证、其子的烈士证

安贵普

安贵普是安平县宅后寺村人，出生于 1914 年，1940 年在反击日军的一次战斗中光荣牺牲。历任安平县委书记、河北游击军第三师政委、冀中四分区政治处主任。

　　1930 年，安平县委书记李洪振、县委交通站负责人刘宗甫在宅后寺小学以教书为掩护，秘密开展党的工作。安贵普时常去小学与他们议论时局，借阅进步书刊。李洪振看到安贵普有强烈的爱国之心，经过一段时间的培养，便介绍他加入了中国共产党。

　　安贵普入党后，积极在本村开展党的工作，建立党、团组织，壮大革命队伍，不到 3 年时间党员就发展到 20 多人，并建立了贫民会等党的外围组织。

　　1931 年九一八事变后，他领导群众积极进行革命斗争，到处张贴标语，散发传单，宣传党的抗日救国主张。1933 年 1 月，经党组织研究决定，任命安贵普为县城西南片党组织委员。当时全县党的组织发展较快，宅后寺村党的活动也非常活跃。由于此年遇上了天灾，收成无几，许多贫苦农民没饭吃，安贵普便秘密组织广大雇农搞"吃大户"活动，还准备砸抄子文、角邱两村的警察所。由于混进坏分子向反动当局告密，县警察局出动大批巡警逮捕了安贵普。

　　1937 年 8 月，安贵普才被释放出狱。5 年的牢狱生活，使他受尽酷刑，但他始终英勇不屈。

　　1937 年 9 月，保南特委吴立人来安平，组织恢复了安平县委，安贵普任书记。安贵普呕心沥血，夜以继日地工作，领导全县积极发展党组织，开展统战工作，动员群众有人出人，有钱出钱，有枪出枪，保家卫国。他还改造了地主豪绅们组织的维持会，建立了抗日政府和县武装总队。

　　1938 年 1 月，以安平游击队的两个中队为主体，成立了河北游击军第三师，安贵普任政委，转战在冀中各地。2 月，三师开往肃宁、河间一带，归属冀中四分区领导，安贵普任分区司令部政治处主任。1940 年，他奉命率部深入敌后，重创敌人，开辟了清苑、蠡县、博野一带的抗日根据地。

　　4 月的一天，冀中四分区计划在清苑县的西王力村召开会议，冀中军区副司令员孟庆山也来参加。安贵普奉命率特务营做保卫工作。

此事被敌人得知。拂晓，日伪军纠集了十倍于我的队伍，由东往西向分区领导机关驻地西王力村一带包抄过来。安贵普当机立断，令田春芳带队掩护孟司令员及分区领导机关人员迅速转移，自己率特务营一、二连奔大李各庄村迎击敌人。分区机关在三连掩护下，顺利通过交通沟，横渡唐河，安全脱险。一、二连则在行至西王力村和大李各庄交界处与敌人接火。

敌人以重兵包围了一、二连。全体指战员临危不惧，英勇奋战，从早晨战斗到下午4时，打退了敌人一次又一次的进攻。安贵普一边指挥一边战斗，负伤后仍顽强杀敌。在最后突围时，他因抢救战友，再受重伤，跌落沟内。打完最后一颗子弹后，他捣毁武器，高呼"共产党万岁"，壮烈牺牲。

抗日军民含泪将安贵普烈士遗体葬于清苑县西王力村，后移至烈士的故乡——安平县宅后寺村，并在村中央修建了烈士碑，以资纪念。

王东沧

据说当年不仅是在安平县，而且在整个华北平原，都流传着一位威震四方、令鬼子闻风丧胆的游击队队长的传奇故事。他的名字就叫王东沧。王东沧是安平县前子文村人，中共党员，抗日英雄，六集抗日战争电视连续剧《滹沱河风云》的主人公就是以他为原型的。他历任冀中四区抗日游击队队长、安平县抗日大队队长、七分区独立营副营长等职务。王东沧身经百战，出生入死，率领县游击队员巧取日军在角邱村的炮楼，在刘兴庄创造了一日三捷的战例，在李村邢庄一带连续伏击敌人，共歼灭日伪军40多名，击毙了骄横狂妄的日军小队长小森、武田。之后，在蔺岗、宋岗战役中，击毙了三县"剿共"总司令郑国志，攻克了王六市岗楼，火烧了大同新、南寨炮楼，继而又取得了东毛庄、邢庄、侯疃、油子等处的胜利，配合八路军正规部队转战于冀中平原，沉重打击了日伪军。

1944年2月10日，王东沧带领县大队的一个小分队夜宿任家庄。因汉奸告密，日军纠集了驻安平等5处的日伪军，以20倍的兵力向王东沧小分队疯狂进攻。王东沧部突围未果，便迅速抢占了小张庄高房屋据守，从上午一直激战到天黑，共击毙日伪军七八十人。天黑后，王东沧队长和指导员辛志斌分两路突围，途中王东沧队长壮烈牺牲，年仅33岁。

1946年，安平县大子文村西岳王庙附近修建了王东沧的烈士墓和烈士塔。他的战友张根生为他撰写了碑文，他的同学、著名作家孙犁在碑上手书"王东沧烈士之墓"7个大字。

墓碑上，刻着县游击大队政委张根生撰写的碑文：

> 王东沧同志……幼时家贫，居外祖父家读书三年，中辍，去都市谋生，在天津学徒三年，饱受虐待，后流浪上海、河南、山西等地，历尽了旧社会的贫困艰苦。又见日寇以华制华，企图灭亡整个中国，乃愤而投军，立志杀敌报国……抗战后，他亲自指挥大小战斗二百余次……在他的影响带动下，安平县出了大批抗日杀敌的英勇志士，在他为国牺牲精神的昭示下，安平人民永远歌颂着他和中国共产党的英雄故事。东沧同志，你没有死，你永远不死！

张政民

张政民是安平县杨各庄人。1945年8月15日，日本帝国主义宣布投降，但冀中区仍有晋县县城被日伪军盘踞。根据冀中区党委和军区的部署，要拔掉敌人盘踞在晋县的据点。

8月20日，安平县大队、区小队、县机关干部及县抗联主任张政民带领的全县千余名武装民兵，在安平县委书记张根生和县长刘庆祥的率领下，首先解放了旧城、束鹿，继而攻打晋县。在解放晋县的战斗中，张政民率领的民兵队伍冲在了最前面，占据了晋县东周家庄村的一片坟地。由于晋县的日伪军得到了从辛集、旧城逃窜过来的日伪军的增援，张政民带领的民兵队伍腹背受敌，遭到夹击。张政民不幸负伤被捕，虽遭受酷刑但始终坚贞不屈。在刑场上，张政民大义凛然，高呼"打倒日本帝国主义！""共产党万岁！"后英勇就义，时年28岁。

张政民被日伪军杀害后，部队入晋县县城。至此，晋县县城解放，冀中解放区连成了一片。

冀中区党委、安平县委的领导将张政民烈士牺牲的消息告诉他的妻子刘胜彩时，心情沉重地说："政民同志身受极刑，牺牲时非常惨烈，为减轻对家属的刺激，不给亲人心里留下阴影，区、县领导建议不开棺验尸了。"在区、县、村领导和长辈的劝说下，刘胜彩强咽下泪水，同意领导意见，并建议将张政民牺牲的消息暂时不要告诉年迈的婆母。

刘胜彩还给儿子改名叫"铁军"。一是纪念其父张政民在敌人面前像钢铁一样坚强；二是祈愿孩子身体健康，长大以后像钢铁战士一样勇敢坚定。

新中国成立后，刘胜彩响应党和政府"多种棉花，支援前线"的号召，带领群众种棉花，1951年获得了省政府授予的"爱国植棉奖章"。她克服年龄大、家务重、工作多等困难，千方百计地学习文化知识，从一个"文盲妇女"成为一个能写发言稿、能上台讲话的"文化女性"。20世纪50年代，安平县曾两次向她颁发了"速成识字模范纪念章"。

刘胜彩密切联系群众，关心群众疾苦，乐于助人，深得群众爱戴。在20世纪80年代，她谢绝了老县长为她申请特殊待遇的建议，说："有烈属定补，有孩子接济，花项不多，生活过得去，不给领导找麻烦了。"

临终前，刘胜彩写下遗嘱："我去世后不铺张，不浪费，节约下钱交党费。"

王汉杰

"大伯王汉杰当兵时才 14 岁，一走好几年。他参军后最后一次回家是 1942 年，那年刚满 17 岁，我伯祖父和伯祖母嘱咐他要注意安全，王汉杰大伯还举着枪说，'不怕，我们有枪！'他是骑马走的，之后就杳无音信了。新中国成立后家中收到刘世昌将军的一封信，信中说王汉杰已于 1942 年在阜城县的一次战斗中牺牲。家中伯祖父和伯祖母挂念了他一辈子，经常和我父亲提起。一直到 77 年后的 2019 年，才知道他牺牲后埋在阜城县本斋纪念园里。"2021 年 3 月初，在安平县北黄城村村委会，王汉杰烈士的侄子王二超说。

王二超的爷爷王玉清是一名参加过抗日战争、解放战争，获得过"独立自由奖章"和"解放奖章"的老党员。他在世时经常跟儿孙们提起王汉杰最后一次离家的情景。

为掩护刘世昌（马本斋入党介绍人），王汉杰于 1942 年 6 月 2 日牺牲于阜城县高纪庄突围战中。至于他是怎么牺牲的，埋在哪儿，谁也说不清。

前几年，家人从一本名为《回族将领刘世昌将军传记》的书中，知道了王汉杰壮烈牺牲的过程。在回民支队的突围战中，王汉杰将刘世昌推到沟里，刘世昌没有被子弹射中，他自己却中弹倒下了。刘世昌赶紧爬过去，王汉杰已经不行了，鲜血从伤口喷涌而出，他吃力地说："科长，我过不去了，你们走吧！"说完，他从兜里掏出一块儿玉米饼子，玉米饼还是热的，是炊事班给准备的早饭。见此情景，刘世昌的眼泪夺眶而出。王汉杰的手又动了下，往远处指了指，意思是让他快点儿走，不要再停留了。刘世昌舍不得他，想拼着命把他背过去，当他跪在地上把王汉杰往背上挪时，王汉杰已停止了呼吸。刘世昌悲痛万分，大声喊着王汉杰的名字……

2019 年 3 月 26 日，河北阜城县本斋纪念园通过《衡水晚报》发布了一则《为五位安平籍烈士寻亲》的消息。文中说，长眠于阜城县本斋纪念园的抗日英烈中有 30 余位是衡水人，如今尚有 5 位安平籍烈士没找到亲人。纪念园负责人王志杰向报社求助，希望通过《衡水晚报》找到烈士家人，让他们魂归故土。

据王志杰介绍，1942 年 6 月 2 日，在阜城县古城镇纪庄村西，马本斋回民支队进行了一场突出重围、打击日军的战斗。在这场战斗中，全体指战员浴血奋战，重创敌军，歼灭日伪军 300 余人，胜利突破了日军防线，但 88 名英雄在这场战斗中为国捐躯，将热血洒在了这片土地上。

突围战结束后，王志杰的父亲——当时 29 岁的王梦北同乡亲们含泪将烈士的遗体就地掩埋。三天后，马本斋又来到了纪庄。王梦北和村民们同马本斋率领的回民支队为烈士们举行了葬礼，将烈士的遗体集中掩埋在了纪庄村西的空地上。王志杰还说，在王家人为烈士守墓的 70 多年里，从未间断为烈士寻找亲人，现在只剩下这 5 名安平县的烈士还没有找到亲人，他们分别为：

　　王汉杰，安平县原东黄城乡北黄城村人，生于 1920 年，1938 年参军，时任回民支队政治部锄奸科干事。

　　李三昌，安平县原河槽乡东满正村人，生于 1893 年，1938 年参军。

　　张国良，安平县大子文乡邢郭庄人，生于 1907 年，1939 年参军，时任回民支队政治部锄奸科干事。

　　魏振义，安平县大子文乡崔安铺村人，生于 1921 年，1940 年参军。

　　张山堆，安平县马店镇赵院村人，生于 1910 年，1940 年参军。

看到报道后，衡水市退役军人事务局贾立平等人积极行动，及时与安平县退役军人事务局取得联系，根据烈士籍贯信息进行寻找。通过不断努力，5 位烈士的亲属成功找到了。清明节期间，烈士家人纷纷赶到阜城本斋纪念园，为亲人扫墓，寄托哀思。

2019 年 4 月 3 日，张山堆烈士的侄子张建永最先赶到陵园。他们全家现居石家庄，张建永说，家里人一直在寻找张山堆，祖父母临终前念念不忘的也是这个儿子。张山堆烈士兄弟三人，张山堆排行老二，大哥张大天 1977 年去世，张建永就是张大天的儿子。张山堆烈士的弟弟还健在，已是 95 岁高龄。张建永听家人讲，张山堆当兵时只有 16 岁，临走前，给父母磕了一个头，之后便再也没回家。他们全家一直在寻找张山堆的音信，祖父母、父母直到去世还在念叨这件事。得到消息后，全家人激动得热泪盈眶，第一时间赶到陵园。张建永还连夜写了祭文《清明祭叔张山堆》：

> 祖父祖母泣血愿，盼儿回家来团圆，奈何天地两茫茫，音信杳杳难又难……兄嫂念您七十年，年年想弟盼相见，您找爹娘苦又苦，魂归故里终得安。

同年 4 月 7 日，李三昌、魏振义、王汉杰、张国良的亲属也纷纷赶来。李三昌烈士的孙子说，他听说张根生是当时民政部门的主要干部，组织人们参军出去后就再也没有回家。魏振义烈士的女儿已经 77 岁，因为父亲参军时她太小，对父亲都没有什么印象。

战火纷飞的年代，多少年轻的老区儿女告别家乡，奔向血雨腥风的战场，从此杳无音信，与家人天各一方。有的牺牲后，烈士英名留在了墓碑上；有的甚至连名字都没有留下，成为家人一生的思念和等候。

宋永安

宋永安 1883 年出生于安平县徐家町村，幼时家境贫寒，为生活所迫先后学过木匠、炉匠，当过雇工，最后迫于家庭负担，当了兵。曾在旧军队中担任过排长、连长、营长、团长、师长等职。

1937年七七事变后，宋永安和李锡九一道做争取国民党孙殿英部抗日的工作。因国民党主张"攘外必先安内"，孙部不顾民族利益，不思抗日，专与党和抗日群众作对，阻挠党的抗日活动。宋永安遂对国民党部队失去了信心。

在日军侵占冀中时，宋永安看到国民党政府高官个个如丧家之犬仓皇南逃，非常气愤。当国民党县长王凤翔企图要挟军政人员和当地武装南逃时，宋永安受党委派立即奔赴各区，阻止区警察所保安队跟王凤翔逃跑。抗日政府成立时，让宋永安接任抗日政府县长。宋永安为共产党的抗日主张和群众的抗日热情所感动，欣然同意，表示愿为抗日救国尽心尽力。由于宋永安在社会上影响力大，号召力强，安定了民心，使混乱的社会秩序逐渐趋于稳定，促进了抗日工作的顺利开展。他任县长期间，积极靠近党组织，密切配合党工作，在全县范围内迅速开展了轰轰烈烈的抗日救国运动。

1938年4月，宋永安由阎子元、李慕泉介绍加入了中国共产党。同年，宋永安调离县长职务，受党组织委派到武强做争取义勇军段海洲部抗日的工作，在段部任支队长兼段的参谋。这时，一二九师李聚奎任段部政委，与宋永安共同做段部工作，段部于5月改编为一二九师青年纵队。麦子将熟时，部队开赴冀南抗日根据地，驻南宫县。不久，宋永安回到安平，任县军用代办所所长。

1939年秋后，县委为了更好地打击敌人、保护人民，发动了第二次改造地形运动。宋永安同广大人民一起日夜奋战。在一次破路运动中，宋永安不幸于深县程官屯被捕。日军为利用其威望破坏党的抗日工作，妄图引诱其投降，并千方百计迫其当伪县长。宋永安正气凛然，毫不为敌人的利诱所惑，誓不为敌做事。无计可施的敌人将宋永安软禁在安平城内，妄图以此来消磨其斗志，但敌人的阴谋不但没有得逞，反而使宋永安有机会和被捕党员逯开山密谋组织伪军暴动。在暴动准备工作即将就绪时，因奸细告密，未能成功，只有逯开山带几人逃出。

1940年7月，敌人贼心不死，竟采取极其卑劣的手段，以宋永安的名义颁发布告，宣称宋永安当了日军的公安局局长，借以欺骗群众。伪布告发出后在全县引起一阵混乱，不明真相的群众以为宋永安真当了汉奸，一时间人心惶惶。

宋永安得知这一情况后，极为愤慨。为了向全县人民揭穿敌人的阴谋，表白自己抗日救国之忠心，他首先向周围的人讲明，他绝不当汉奸，誓不为日本人做事情，并痛斥日军、汉奸的丑恶行径。尔后，他亲自购置棺木，在城内大仙堂庙自缢殉节。

宋永安以自己的生命为代价，彻底粉碎了敌人精心制造的骗局，坚定了全县人民抗日的决心。

吴兆林

1945年的春天，广袤的冀中平原乍暖还寒，虽然冰雪已经融化，但四野萧条，冷风依然刺骨。在通往安平县付各庄村的土路上，6名八路军战士抬着一架棺木缓缓走来。他们每个人的脸上都是一副凝重悲怆的表情，没人说话，只有一阵阵压抑不住的啜泣声。

领队的是冀中四十四区队政治委员康万聚，像这样送别牺牲的战友，他经历了不知多少次了。八路军打鬼子，哪个不是把脑袋别在裤腰上？但是这次，他的脚步格外沉重，心情格外悲伤，还隐隐地有些忐忑不安。

棺木中躺着的，是烈士吴兆林。

抬棺的战士们进村后，直奔吴家的老墓地。付各庄的村长崔顺通和吴兆林的亲友几十人已在此等候，其中吴兆林的妻子刘兰女一手牵着4岁的女儿，一手抱着仅两个月大的儿子。

看到棺椁，刘兰女以及吴兆林的堂哥吴老创、堂弟吴黑旦等人号啕大哭，扑到棺材上就要打开看烈士最后一眼。

这时，政委康万聚奋力推开人群挡在棺材前，大声喊道："部队有令，不让打开棺材，马上葬埋！"

这句话令极度悲伤的众人骚动起来，他们想不通，兆林已经为国家牺牲了性命，怎么临走前都不能让亲人们看一眼？这是当地的习俗，也是亲友们的心愿，不让开棺太不近人情了吧？！

在一片痛哭声和质疑声中，情绪激动的吴黑旦突然举起木杠，双目圆睁，大声喝道："谁不让打开，我就和他拼命！"

吴兆林4岁的小女儿吴满娟吓得号啕大哭，她扑到棺材上一声声叫着"爹"，一遍遍喊着："你别走啊，你看看我呀！"

听到女儿撕心裂肺的哭喊，刘兰女情绪失控。她抹了把眼泪竟抱着儿子扑到棺材上，一边拍打棺木一边哭喊："我也不活了！不让我看她爹最后一眼，就把我也一起埋了吧！"

令康万聚担心的一幕终于出现了。尽管他反复解释这是部队的命令，但现场一片混乱，家属坚持不打开棺材不让下葬。

村长崔顺通把康万聚拽到一边，悄声说道："首长，我看要不然还是打开棺材吧，就让她们孤儿寡母再看一眼。还有呀，可能你不知道，这个吴兆林家的情况比较特殊，他没有兄弟姐妹，家里就他这一根独苗，现在才20多岁，人就没了，你说他家里人能受得了吗？"

"不能开棺，部队有令，尽快埋了吧！"康万聚脸色铁青地说。

霎时间，人群中的哭号声更大了。有多个壮汉开始推搡护卫棺材的战士，甚至有一个人拿着木杠过来要打康万聚，被村长一把拦腰抱住了。

村长一边规劝冲动的乡亲，一边焦急地冲康万聚喊道："算我求求你们了，就打开棺材，让我们再看他一眼吧！兆林他为了打鬼子把命都搭上了，他是我们付各庄村的英雄啊，就让我们再看他一眼，再送他一程吧！"

听到崔村长语气强烈的恳求，看着眼前剑拔弩张的场面，政委康万聚心如刀绞。万般无奈之下，他咬了咬牙，给战士们下达了命令："开棺！"说完，他扭过脸去，早已抑制不住的泪水夺眶而出。

当棺木打开的一瞬，周围的人群死一样寂静，挤在最前面的刘兰女只看了一眼，就晕倒在地！

棺材内哪有吴兆林的尸体，只有一身军装，里面裹的竟是几块土坯！

原来吴兆林是身上捆着手榴弹与敌人同归于尽的，当场血肉炸飞，尸骨无存。为了让烈士魂归故里，入土为安，战士们含悲忍痛在他牺牲的地方找了几块土坯，以衣冠代替了烈士放入棺木……

吴家有祖传的做鞭炮和火药的手艺，家中还有 20 多亩地，生活一直不错。吴兆林是家中唯一的男孩，深得父母宠爱。7 岁时，就上了安平县最有名的学校——北牛具小学。完小毕业后，吴兆林开始跟着父亲学做鞭炮。跟他搭伙儿一块做鞭炮的还有堂哥吴新春。他们在一起干了 6 年，后来，吴新春的父亲当了游击大队的区小队长，吴新春经常和吴兆林讲起八路军打鬼子的故事。

1938 年，冀中军区在安平县成立，付各庄经常有冀中军区领导往来居住。吴兆林向往军营生活，多次恳求父母去当兵，特别是 1939 年，贺龙的一二〇师进驻安平后，王震旅长就住在与吴家相邻的人家，吴兆林亲眼见到八路军官兵平等、对百姓亲如一家时，他当八路军的心更加坚定了。父母自然不同意，后来吴兆林让堂兄吴老创（党员）说服父母。吴老创对他们说："天下兴亡，匹夫有责，就让孩子去当兵吧，家里的事，我帮你们！"但父母还是不同意，理由是，家里就这么一个男孩儿，鞭炮厂还指望他接班掌管呢。

为了拴住吴兆林，在他 17 岁那年，父母做主，给他定了亲，找的临村高左村的一个大家闺秀刘兰女。

没想到的是，这个刘兰女全家都是地下党员。吴兆林和刘兰女结婚后还没有度完蜜月，刘兰女和母亲就说服吴兆林的父母，送吴兆林参军了。

吴兆林 1939 年参军后，冀中军区领导知道他有做炸药的技术，并有一帮做炮的师兄弟，就让他动员 4 名有做炮药技术的村民一起参了军，成立了冀中军区爆炸组，吴兆林任组长兼负责碾药技术。爆炸小组有 14 个人，这些人当中，有挑担串村补锅的小炉匠，有做擀面杖的手旋工，有做鞭炮的碾药工。吴兆林将他们分编为翻砂（铸手榴弹）、制柄（制手榴弹把）、碾药、总装 4 个小组，并任命了小组长。生产车间就在县城的冀中军区修械厂（冀中军区兵工厂的前身）。

开始的几个月，他们只生产手榴弹，技术力量薄弱、物资材料没有，但大伙齐心协力克服了一个又一个难题。吴兆林经常组织技术训练，并跟大家一起探讨实验方法。吴兆林以木炭、硫黄、硝做原料碾成的黑色炸药，爆炸效果不小，就是生产工艺烦琐，而且危险。手榴弹总装工具、操作都是土办法，比较落后。生产顺序是先把炸药装满弹壳，再把弹柄装有引信的一端插入弹壳，然后再用木榔头砸牢，拧上螺丝钉，盖上防水帽，蘸上防潮白蜡，这就完成了整个生产过程。有一次，当总装的人正在用木榔头砸手榴弹柄的时候，只听"轰"的一声，手榴弹爆炸了，是引信受到震动而引发的。虽事先有一些简易防范措施，但总装同志的左手还是被炸伤了。

为解决这个问题，他们找了一口水井，在井沿上埋设一块儿石板做防护墙。操作的同志面向井口坐在石板的外侧，两臂横抱石板，左手拿一颗尚未加固的手榴弹，右手持木榔头砸弹柄，遇有引信因震动而爆炸时，顺手往井里一丢，叫它在井里爆炸。自从采取这措施以后，生产就安全了，手榴弹一批一批地出厂供给部队，每次都圆满完成生产任务。

吴兆林担任冀中军区爆炸组组长，不仅生产爆炸武器，亲自验证手榴弹、地雷、炸药包等爆炸威力，还多次参战。有一次，他带爆破队炸日本鬼子的军车，一下就炸死了十几个鬼子。

吴兆林不满足于用祖传配药和爆炸技术，他善于学习，不断探索新技术。为了做雷管、烈性炸药等，他多次向专家请教，还利用日军的化肥硫铵和根据地人民自制的火硝来制硝氨炸药。他使用的制造硫酸的"设备"就是当地老百姓的陶瓷大缸和他自制的玻璃管。用玻璃管把大缸一个个连接起来，代替了耐腐蚀的金属材料设备，生产出的硫酸比用合金钢设备生产出来的产品纯度还高。

1945年3月17日，在安国西伏落村的八路军炸药厂遭到400多名日伪军的夜袭，当时冀中七支队的一个班为炸药厂警卫，还有十几个爆炸组的技术工人。发现敌情后，吴兆林让班长带领战士和工人马上转移，他自己留下阻击敌人，但班长和战友都不走，要和他一起战斗。吴兆林焦急地说："我熟悉炸药的情况，能发挥更大的作用，情况危急，你们快走！"

正当班长带着战友们开始撤离时，敌人扑了过来。为了阻击敌人，吴兆林在路口和两个门前设了连环雷，又在自己的腰上捆了20颗手榴弹，待敌人冲进院时，他毫不犹豫地拉响了手榴弹，与几十个日军同归于尽！

烈士吴兆林的儿子吴拴桩12岁那年，爷爷就让他在油子乡的梆子剧团学戏。因为学习刻苦，进步很快，吴拴桩在剧团加入了共青团，两年后又加入共产党。后来村里组织了村俱乐部，他应邀回村排演样板戏。每部戏他都是主角，《红灯记》中他就是李玉和，《智取威虎山》中他就是杨子荣，《沙家浜》中他就是郭建光……回村后他先后担任过村团支部书记，民兵连副连长、连长，村党支部副书记。因为工作认真，不怕吃苦，得到了群众的广泛赞誉。

如今，已经77岁的吴拴桩依然是村里的文艺骨干，仍然活跃在舞台上，敲大鼓、舞狮子，唱歌演戏，无所不能。

吴拴桩说，他真想为父亲和他的战友们写一部书，排一出戏，让付各庄的子孙后代永远记住他们的英名。

程子英

安平县北苏村程家以卖卷子为主要营生，靠扁担挑卖到了沧州、肃宁、定州等地，攒下了70多亩地，成为村里有名的富户。程子英1922年3月出生，1938年10月参加革命。他是程家接触进步思想、加入抗日救亡大军较早的一个。1938年，他在读北牛具完小时接受了进步思想教育，表现积极，加入了中国共产党。毕业后在北牛具区公所（安平县第二区）的区小队开展地下工作，积极发动群众抗战，后被冀中军区调任博野县大队政委兼博野第五区区长。

程子英在农村广泛宣传全民抗日的思想，团结越来越多的人参与到抗战中来。在他的带动下，抗战期间程家程长府、程树亭、程兰英等8人先后参军或参加地下对敌斗争，程家成了八路军抗日的堡垒户。程家具有得天独厚的优势，它位于北苏村村西，房后有一条小河是滹沱河的分支，成为北面阻敌的天然屏障；西边是一望无际的青纱帐，随时可以打游击战；南面是村主干道，出入方便。为了便于斗争，程家每排房子都开设了后门或者直达房顶的天窗，家族经营的手工卷子房和8亩自家菜园子为八路军战士提供了有力补给。

1942年冀中五一大"扫荡"期间，冀中军区警卫连在北苏村辗转战斗，住在程家。被汉奸告发后，程家老小掩护八路军迅速撤离。由于家里的主要劳动力都参了军或者成为地下党，撤退后家里就只剩程长府和他的一个兄弟留守。日军来搜查，放火烧了房子，把两人吊在树上用火烤，逼问八路军的下落，但他们咬紧牙关硬是不说。结果，程长府身受重伤，他兄弟不幸牺牲。

1943年4月，400多个日本兵从三面围攻博野县五区区公所所在地程委村，几十名党的地下工作者面临险境。程子英作为区长带领战士们艰难突围后，发现王林、张旭等4名同志还没有出来。程子英转身往回跑，以身犯险把敌人引开，4名同志才得以脱身，程子英却腿部中枪昏了过去，被敌人抓住，逼问他八路军行踪。虽遭到严刑拷打，受尽折磨，但他宁死不屈，不说一个字。日军无计可施，一怒之下把他的头砍下来，挂在保定的城楼上示众。

新中国成立后，程家子弟又有 3 人参军。自抗日战争以来，程家共有 11 个人参战或参军，可以说是名副其实的满门忠勇。

李中里

"再长久的一生，不也就只是，只是回首时，那短短的一瞬！"

她是个没有文化的农村妇女，不会吟诵诗句，但她用自己坎坷悲壮的一生，在故乡的土地上书写了比诗词更深沉、更浪漫、更催人泪下的篇章，感天动地，荡气回肠。

百年漫漫人生路，八十年执着守望，多少风霜雨雪，多少冷月孤独。当忠贞凝成血泪，思念化作碑文，她知道，那盼望一生的相聚时刻，终将到来……

2019 年，安平县中佐村 104 岁的张建芳老人在弥留之际，还在念着丈夫的名字："中里，中里……"

当年，她刚诞下儿子时，也是这样望眼欲穿，心心念念。她好悔！

"要是当时让他多看一眼儿子就好了。"最初的时候，她像祥林嫂一样不断埋怨着自己，往昔的一帧帧画面，如扎在她心头上的刺，令她疼痛难忍；后来，她放任这根刺在心里扎根、发芽，天长日久，竟绽放出鲜红的花朵，比血更红，比花更艳。那是她坚守的意义，是她爱情的印章。

张建芳出生于 1915 年 1 月，16 岁时，遵父母之命和大豆口村的李中里结婚。虽是包办婚姻，但婚后夫妻俩情投意合，非常恩爱。1935 年，20 岁的张建芳生下女儿，为这个虽贫困却温馨的家庭增添了很多欢乐。

1937 年七七事变后，日军侵入华北大地。安平县沦陷后，共产党带领广大人民群众奋起反击，组建了地方抗日武装。热血青年李中里目睹日伪的暴行，义愤填膺，在妻子张建芳的支持下，他报名参加了区小队。当时区小队刚刚建立，条件比较艰苦，武器装备也较差。一个冬日，李中里急匆匆赶回家，让妻子给他找件干净的衣服，再找双棉鞋。天气太冷，他的脚都冻了。张建芳赶紧找出衣服和棉鞋，然后将丈夫身上脱下的脏衣服拿去洗。可是，她刚把洗净的衣服晒上，外面就传来部队集合的口令，李中里抓起衣服就往外跑。

张建芳进屋后发现丈夫只拿了衣服，忘了棉鞋，急忙拿着棉鞋去追。可是她一个小脚女人根本跑不快，等她追到村口，李中里已经跟随部队走远了。

想到丈夫的脚还得继续挨冻，她着急又心疼，眼泪扑簌簌掉下来。

她不知道，更严峻的考验还在后面。

八路军部队进驻安平后，张建芳虽然有孕在身，但还是同意李中里报名参军。从此，李中里跟随部队转战华北平原，出生入死，英勇作战，很少回家。

1939年农历十一月初四，张建芳诞下一男婴。6天后，正巧李中里他们部队刚打完仗，到大豆口村休整。一位乡亲看见队伍中有李中里，就冲他喊道："你媳妇儿生了个大胖小子，你还不回家看看去！"李中里闻听高兴地蹦起来，立刻跟领导请了假，一溜儿小跑地回到家。

母亲看到儿子归来又惊又喜，可是，他刚迈进自家的大门，就接到部队的通知，部队马上开拔。

看到丈夫刚回来就要走，上一秒还激动又兴奋的张建芳一下子就傻了。她急忙包裹好孩子追出去，等掀开门帘，看到一身戎装的李中里已经大步流星地走出了院子。

她万万没想到，丈夫这一走，就再也没有回来！

每每想起那天的情景，张建芳就懊悔不已，心痛万分。

"要是早知道那是最后一面，说啥也要拽住他，让他抱抱孩子，给孩子起个名儿再走！"

从此，张建芳开始了漫长的等待。

一年过去了，杳无音信；两年过去了，音信全无。村里陆续接到一些外出当兵的书信电报，有平安无事的，有立功受奖的，有壮烈牺牲的……唯独李中里，如石沉大海，别说是人，就是一个字、一句话也没捎回来。

有人劝张建芳，别等了，兵荒马乱的，没准儿人已经不在了。她苦笑着摇摇头。

安平解放了，全国解放了，人们敲锣打鼓地上街迎接战斗英雄。看着村里一个个身着戎装的小伙子戴着大红花凯旋，她在人群中巴巴地寻找，依然没有丈夫的身影。

转眼12年过去了！1951年，她终于等来了丈夫的消息。那天，村干部陪同一位乡干部来到张建芳家，送来一本烈士证和180元的抚恤金。来人告诉他们李中里已经阵亡的消息，并安慰她说，今后家里按烈属对待，有什么困难随时可以向政府反映。

见到烈士证，张建芳浑身颤抖，泪流满面。那晚，她哭了一夜。后来她打听到了丈夫安葬的地方，想去却始终没能如愿。青山处处埋忠骨，在血雨腥风的战争年代，牺牲后难回故里，甚至尸骨无存的烈士何止万千！

村里为烈士李中里建了衣冠冢，竖起了墓碑。

张建芳在晚年得到党和政府的关怀照顾，过着儿孙满堂、衣食无忧的生活。

2019年，张建芳走过104年的风雨坎坷，带着对丈夫的思念离开人世。她终于可以不用等待，永远与爱人长相厮守了。

崔庆云

"崔庆云"这个名字，小歪并不陌生。在付各庄村的烈士亭内，有座庄严肃穆的黑色大理石碑，上面刻着39位烈士的名字，最上面那行右数第三个，就是"崔庆云"。

上学时，每逢清明节学校都组织到烈士亭扫墓，所以碑上的名字，他从小就熟悉。

30多年前的一天，他独自来到碑前，凝神看着这三个字，若有所思。

"小歪！别在外闲逛荡了，你娘叫你吃饭呢，赶快回家吧！"有人冲他喊道。

他却仿佛没听见一样，继续歪着脖子，眯着眼睛，盯着碑上这个熟悉又陌生的名字。

冀中平原的冬天空旷寂寥，只有狂风呼啸着翻卷起枯枝残叶。滹沱河水失去了往日的浩荡，只剩下一片凛冽肃杀的冰床。

"你是谁？我又是谁？"他站在风里自言自语。

小歪是他的小名，张小歪是他的大名，因为从小脖子就歪，左眼也有毛病，所以在人们眼中，他显得有点儿怪异，脑子仿佛也不太灵光，一直到30多岁了，还没有说上媳妇。其实他一点儿都不傻，心里啥都知道。

就在那天，小歪从村里几位老人的闲聊中，意外地得知他每天口口声声叫爹的人，不是自己的亲爹，自己也不姓张，而姓崔。

2020年1月22日，又是一个寒风凛冽的冬日，已经75岁的小歪再次来到烈士亭内。他指着墓碑上"崔庆云"三个字，大声说："这就是我爹！我娘临死前才告诉我！"说完，一行老泪夺眶而出。

在暮色苍茫的天宇下，这个老实木讷的农民情绪有点儿激动。这是他心底的一个结，虽然过去很多年了，他也早就理解了母亲的良苦用心，但是提起来，依然难以释怀。

小歪的爷爷、奶奶都是安平县早期的共产党员，他们有4个儿子、1个女儿（崔庆安、崔庆平、崔庆华、崔庆云、崔保竹），其中3个儿子都去当兵打鬼子了。

崔庆云是家中最小的儿子，有文化，被组织派往晋察冀边区银行工作，他的媳妇杨小弄是村妇救会主任，也是党员。女儿两岁时，杨小弄又怀上了。

1944年中秋节那天，崔庆云在执行任务之余，顺便回了趟家。

那是个清风朗月、连空气都弥漫着醉人花香的夜晚，女儿已经进入梦乡，夫妻俩在窗前相视而坐。

"这次在家多待几天吧？"杨小弄试探着问。

"不行，明天天不亮就得走。"崔庆云语气坚定地说。

这原本是一句不出意外的回答，却让一向开朗大方、做事风风火火的杨小弄突然心事重重起来。沉默了一会儿，她的眼角泛起泪光："真不愿意让你走，爹妈身体都不好，两个兄弟都在外边打仗，我这身子又一天天重了，你可千万不能出事啊！"

"放心吧，为了爹娘，为了你和咱闺女、儿子，我也得活着回来！"

"儿子？你咋知道这次就是个儿子？"杨小弄伏在丈夫宽厚的胸前，借着窗外的月光，仰头凝视着他清澈俊朗的双眸。

"我猜的，肯定是。怎么，你不喜欢儿子？"崔庆云抚摩着妻子的头发，开玩笑地说。

杨小弄用手轻轻捶了丈夫一下，说："我也希望是个儿子呀，长得像你，人高马大的，到时候你不在家，家里的重活儿累活儿我也有个依靠。"

"是啊，我常年不在家，你又照顾老人，又照看孩子，还操持着妇救会的一大摊子工作，真是太辛苦你了！真盼着能早点儿打败小鬼子，我就能回来了，你就不用这么操心受累，也能好好享享清福了！"崔庆云一脸憧憬地说着，仿佛那阖家团圆、欢乐无忧的好日子就在眼前。

夜深了，这对年轻的夫妻还在促膝长谈，殷殷叮咛，万般不舍……

在后来的很多个日月里，尤其是每年的八月十五，杨小弄总会想起那个夜晚。那是她和丈夫最温馨幸福的夜晚，也是他们的最后一夜。

晋察冀边区银行是抗日战争时期共产党领导的敌后抗日根据地建立的第一家红色银行，晋察冀边区银行及其发行的钞票，是中国人民艰苦抗战的重要佐证。边区银行在成立后的10年里，历经血与火、生与死的残酷考验，胜利完成了"筹集军费、打击杂钞、保护经济"的特殊使命。这些钞票的印制和发行，不仅有力地支持了抗日战争，也为后来推翻国民党反动政权做出了重大贡献。为了保卫这座红色银行，很多爱国志士、共产党人献出了自己宝贵的生命，其中就包括小歪的生父崔庆云。

1938年1月，晋察冀边区政府成立。当时没有统一的货币，市面流通的是银圆、铜圆和纸币。纸币分为两类：中央银行、中国银行、交通银行发行的钞票为法币；县镇商号钱庄发行的钞票为地方杂币。当时，货币混杂，没有经济保障。1938年3月20日，晋察冀边区银行在山西省五台县石嘴镇宣告成立。总行设营业科、会计科、发行科、出纳科和总务股、文印室。另设警卫队和驮骡队。

钞票的印刷由设在安国的印刷厂（后改为印刷局）承担，银行负责检验和发行。银行分支机构的钞票由总行配送，运输工具系骡子，行员负责交接，警卫负责护送。为了避开敌人封锁，一般绕山间小路而行。往冀中则是由军队护驾，人背着钞票穿越铁路送。

银行总行对外称号是晋察冀边区第二大队，通行证的签发、驻地的称呼均用此名。由于局势紧张，日军侵袭频繁，边区银行不断搬迁，居无定所，随边区政府在阜平、灵寿、平山三县回旋。日军一直幻想摧毁边区首脑机关，多次突袭，银行都是紧急撤离、火速行军，且常常是昼伏夜行、冒雨涉水、握骡尾而行，吃不饱更睡不好。

在1945年1月的一次突围中，护送晋察冀边币的崔庆云被敌人的流弹击中头部，壮烈牺牲。

消息传来时，杨小弄正挺着大肚子统计妇女们做的军鞋。这个晴天霹雳一下子将她打蒙，她不敢相信这是真的，手扶着墙壁，浑身颤抖着，突然感到腹内一阵绞痛，就在那天夜里，杨小弄早产生下了一个男婴。

捧着这个先天不足、羸弱瘦小的婴儿，想到这个可怜的孩子一出生就没有了父亲，杨小弄心如刀绞，泪如雨下。

尽管刚刚经历了丧夫之痛，产后身体又虚弱，但身为共产党员、村妇救会主任的杨小弄一刻也有忘记自己的职责和使命。刚坐完月子，她就很快投入筹备军粮、掩护伤员等紧张而秘密的工作中，经常从早忙到晚。

有一天，杨小弄突然发现孩子有点儿异样，脑袋总是往一边歪。因为婴儿的脖子本身就很柔软，所以她没怎么在意。等快一岁时发现孩子的头歪得越来越厉害，她才担心起来，找村里懂点儿医术的人过来诊治，人家说可能是婴儿躺得时间太长，脑袋总是往一个方向偏造成的。本来这孩子就先天不足，后天又没得到周到细致的照顾，耽误了。闻听此言，杨小弄痛悔不已。

"小歪"的名字就是这么得来的，从小叫到大。

杨小弄在自责、懊悔中艰难度日。与此同时，整个崔家也是一片愁云惨雾。就在这一年，崔家一下子死了5口人，除了崔庆云，还有小歪的爷爷奶奶。他们身体本来就不好，加之3个儿子（崔庆平、崔庆华、崔庆云）参加八路的消息被日军知道了，在威逼恐吓下，二老双双丧命。小歪二伯父的两个儿子也因病相继夭折，一个10岁，一个8岁。

1945年8月，中国人民迎来了抗日战争的伟大胜利。包括崔庆云在内的数千名安平子弟却长眠地下，他们为中华民族的自由和解放流尽了最后一滴鲜血，成为人民心中的不朽丰碑。

后来，杨小弄带着一儿一女改嫁同村的张姓农民，继续风里来雨里去地为党做事。

按照当地的习俗，两个孩子都随了继父的姓，改姓张。后来杨小弄又生了两个儿子、一个女儿。为了不让一家人心生嫌隙，尤其为了让小歪不受委屈，杨小弄对孩子们隐瞒了同母异父的真相，所以小歪从小到大一直以为自己就是张家人。

直到有一天，他偶然听到村里有人说起"崔庆云"这个名字，还说到了自己和娘。

他跑回家问娘："崔庆云是谁？"

娘愣了一下，却啥也没说。后来，几乎所有人都知道了小歪的身世，甚至当营长的三伯专门到村里找他，并坚持要把张小歪的名字改成崔小歪。娘或者沉默不语，或者低头垂泪，不肯多说一句。也许是她一直内疚于自己的疏忽造成小歪的残疾，也许是为当年生活所迫改嫁他人，对不起死去的先烈？小歪难以揣测娘的心情，也就不再追问。加之继父也是个老实厚道的人，对他一直视如己出，他也就不再提这个话题惹娘伤心了。

娘临走前，眼角淌下一滴泪。

"你爹是崔庆云……"娘说完，就闭上了眼睛。

在搜集崔庆云烈士的生平事迹以及牺牲经过时，我们没有找到任何文字资料。除了《安平县志》上的烈士名录和烈士碑上的名字，再有就是小歪和乡亲们的讲述，在网上更是完全查不到这个名字。倒是媒体上的一则旧闻引发了我们的联想：

"2014 年，河北省的收藏爱好者孙某收购数十捆、面值达百万元的晋察冀边区纸币。纸币面额以 500 元为主，虽然大部分边缘已经炭化，但正面'晋察冀边区银行'等字样仍十分清晰完整。据介绍，这些纸币是在一个滑雪场项目施工过程中，发现于山间一地下崖缝，装纸币的箱子已经腐坏。这些纸币是当时谁存放的、什么原因藏在这里等问题，还有待进一步研究。"

这是否就是当年崔庆云他们护送的那批晋察冀边币，谁也不知道。岁月久远，已经没人能说得清了。只是，这些在收藏家眼中不断升值的稀缺旧币，在小歪等老区人民的心中，却是另一番滋味、另一种心情。因为那上面浸染着烈士的热血，见证了一段用青春和生命谱就的铁血悲歌！

李中仓

李中仓是安平县北关村人，出生于1913年。家中有地20多亩，祖上有张马尾罗的技术，县城里有卖罗底、罗圈和马尾的永兴号商铺，家境比较殷实。1925年李中仓在北关上高小时，经老师介绍入党。在北关高小毕业后，长辈们都希望他去保定上中学，可他执意不去。后来家人才知道，1929年他就参与了村党支部的工作，协助北关村第一任党支部书记李中秋发展党员，开展活动。

1937年七七事变后，他动员青壮年参加游击队，还动员北关村李树东、李锡恩、刘万根等9名青年参加了八路军。

1939年2月，日军侵入安平县城，把北关圣姑庙作为指挥部。这期间，李中仓秘密组织开展抗日宣传活动。他家在圣姑庙日军指挥部南临街的四合院，冲西的大门旁有两块上马石。妻子经常坐在上马石上干针线活儿，帮着李中仓观察敌情，在临街的商铺上也能看到街上的动静。每当安平的"一六"大集，李中仓家就成了组织抗日的秘密场所，有时他和几名老师在集上演讲，有时发放传单，张贴标语，宣传动员人们抗日。因地理位置优势，李中仓家还是共产党游击队观察日军的一个哨所，日军一出动，他们就能及时看到，及时告诉给县游击队。在圣姑庙内，日军的炊事员李进、王广发和勤务员刘万根都是李中仓安排的内线，几次日军抓共产党和游击队员都扑了空。

一天，叛徒付永顺对敌人告密说："圣姑庙南100米的李中仓家就是共产党的一个窝点，现在他们正在那儿开会！"炊事员李进听说叛徒领着日军奔李中仓家，心急如焚，赶紧跑着去给报信，但还是晚了一步。日军把李中仓抓到逯家坟，其他共产党员混在了群众当中，被赶到了北关逯家坟的一片空地。

日军把李中仓捆在一个长板凳上，威逼他说出谁是共产党。李中仓一口咬定："不知道，没见过！"

凶残的日军开始用烧红的烙铁烙，用木杠子压，但李中仓宁死不屈，拒不透露机密。后来日军放开了他，又开始好话劝说，在软硬兼施都没用后，把一把大刀架在李中仓脖子上。李中仓面无惧色，昂首高呼："共产党万岁！"

气急败坏的日军猛挥战刀，朝李中仓的脖子砍去！围观的群众纷纷落泪。日本撤离刑场后，乡亲们为李中仓买来棺材，把遗体和头颅放入棺材，抬回北关村的李家坟埋葬。

日本投降后的1946年，北关村给李中仓立了一个碑，碑文为："英烈李中仓，中国共产党党员。"新中国成立后，安平县烈士陵园立的烈士碑中第一个名字就是"李中仓"。

闫满造

闫满造牺牲前任安平县七区区委组织委员、代理书记。当时，上一任区委书记在一次战斗中牺牲了，所以上级命闫满造任代理书记。1943年农历十月初六夜里，闫满造在南庙头村发展完党员，又到敌人岗楼附近的大同新村继续联系工作，被汉奸发现并告密。当时，日本宪兵、汉奸60多人包围了闫满造隐藏的村子。危急时刻，为了保护战友和乡亲们，他把有发展党员名字的小字条吞到肚子里，一个人拿着盒子枪冲了出去。敌人的子弹打伤了他的右手食指，无法使枪，他就拿起铁锹，与敌人肉搏，终因寡不敌众，被敌人的刺刀刺穿胸膛，壮烈牺牲。

李素英

王林在1960年2月10日的日记中，说到自己在写作《抗日小英雄》一文时，回忆起张文法父子向他讲述当时日本兵在杨各庄犯下的滔天罪行。日记中这样写道：

> 日伪军到杨各庄先包围了恩寿家，只有老奶奶一人在家。放火烧了房子，敌又回兵到东头包围了素英家。当时也将恩

寿捉住了。有一伪军（可能是做敌工的人员）见恩寿的良民证，"还带这个干甚！"立刻扯碎打发走。恩寿也蹿房逃。

敌绑走素英后，直奔崔岭敌据点。敌开大会屠杀李素英烈士。李当时还抱着她的次女（长女叫贵如）。敌人首先割掉李的奶头，问她："你叫出小翻译（张恩淼）干什么去啦？跟八路怎么规定的？"李坚决不承认。敌人将她大切八块。敌又要杀她怀中的幼女（顶多一周生日），群众要求说："孩子没有罪！"这才留下一命（此女回家后不久即夭亡）。

此次敌人包围杨各庄，尚杀死李庆祥（游击大队队员，回家遇敌，夺枪被挑死）、邢小乐（往外跑，被打死）、张小红（摆渡船上的，带抉枪被发现，挑死），被扔进井里用烟烧死张贤兄弟二人，马老门、马小多兄弟二人，填进井的更多。

王林日记中这位宁死不屈的革命烈士李素英（李国英），当年曾在弓仲韬办的台城女子小学上过学，与严镜波是同学。因为从小深受弓仲韬革命思想的影响，她积极投身革命工作，很早就加入了中国共产党。而王林日记中提到的小英雄张恩淼，在《滹沱河畔的战火——冀中七分区人民抗日斗争史资料选编》中，及张根生的《滹沱河风云》及《王林文集》等很多书刊资料中都有记载。张恩淼因为聪明伶俐，又会点日语，被安排进日军的炮楼做内应，与游击队里应外合，一举端了角邱炮楼。遗憾的是，后来张恩淼也壮烈牺牲了。

刘秋本

1942年，冀中五一大"扫荡"后，日军在台城村的邻村黄城东西头，修建了两个据点岗楼，岗楼里住着日军一个小队和两个伪军中队。日伪军将台城村看作眼中钉、肉中刺，经常对台城村进行"扫荡"，搜捕共产党员和八路军。在县游击大队担任班长的刘秋本，几次找县游击大队领导，说他是台城村人，对这个岗楼比较了解，可以出面拿掉黄城岗楼。

1944年秋，冀中抗日军民频频出击，沉重打击了日伪军的嚣张气焰。敌人在安平县修筑的27个岗楼，已有5个被攻克，21个岗楼的敌人吓得逃进安平城里龟缩起来，城外只剩下孤零零的黄城岗楼。

黄城岗楼临近台城，离安平县城5公里，岗楼紧靠通往县城的公路，驻有伪军一个小队，队长姓丁。因其平日为非作歹，血债累累，民愤极大，群众都管他叫"丁棍"。因抗日时局的变化，他预感到末日即将来临，但他仍不思悔改，选择继续与人民为敌。为表示对日军的效忠，他口出狂言道："我姓丁，就像钉子一样钉在这里，八路军也不能把我怎么样，不信就来试试。"

然而终究是做贼心虚，他平日里躲在岗楼里，深居简出，行动非常谨慎小心。

为了打击敌人的嚣张气焰，拔掉黄城岗楼，彻底孤立县城之敌，县大队制订了一个巧妙拔掉炮楼的计划。

这天正是黄城大集，县大队的刘秋本和几个侦察员吃过早饭，都扮作农民，扛着锄头在封锁沟边锄地，监视着岗楼里的动静。8点多钟，有两个队员锄到岗楼前的路边时，停下锄头，相视一笑，假装为地界的争议大声地吵了起来。因各不相让，两人就扭打在一起，而且边打边吵。附近的几个队员见机开始行动，都扔下锄头跑过来拉架。路上赶集的行人也被二人的打斗吸引过来，时间不长就围了很多人。

楼里的敌人听到吵闹声，大都跑到吊桥边看热闹。为了把敌人引出来，又有几个队员加入了战团，展开了混战，拉架的大声喊叫，围观的跟着起哄，一时呼声喊声响成一片。这时，内线王新永乘机鼓动岗楼看热闹的伪军："打得真热闹，过去看看。"边说边放下吊桥，伪军们呼地拥了出来。这时，另一内线蔡福更背着大枪上了楼顶，和哨兵边说边向下观看。走出岗楼赶来看打架的伪军们冲开人群，挤到当中，把拉架的推开，让几个人继续混战，他们站在前面观看。在他们的后面立刻又围上一批看热闹的人，把伪军圈在当中。

这时，围观的人群中有一大汉挥舞起衣服，岗楼顶的蔡福更见到行动的信号，将手中的香烟突然向楼下扔去，接着又向前一探身似乎是看掉下去的香烟，身体挡住了哨兵的视线，猛地把枪口对准了回头的哨兵。"叭！"一枪正中哨兵的额头，死尸栽倒在地上。幸灾乐祸的伪军们听到枪声回头向楼顶望去，没等他们看明白，身后便传来一声大喝："都举起手来，谁动就打死谁！"闻声转身的伪军被眼前的情景搞蒙了。只见打架的几个人手里握着短枪，这其中有台城村游击队班长，人群中也伸出了不少大枪，枪口一齐对准了他们。伪军们吓得个个目瞪口呆。王新永走前几步回头对伪军说："弟兄们，八路军已占领了岗楼，赶快投降吧！"伪军们这才明白过来，一个个把双手高高地举起。

站在二楼窗口看热闹的丁棍，听到枪声先是一愣，接着见十几个人提枪向岗楼冲来，才明白是游击队来了，急忙奔到床头取手枪，向游击队开火。被阻在吊桥边的十几个战士，就地卧倒，组织火力，射向二楼的窗口。在强大火力压迫下，丁棍不敢接近窗口，只是胡乱向外打枪。过了一会儿，枪声稀落下来，他才趋近窗口向外观看，吊桥边已没了人影。他急忙从屋中冲出，跑到楼梯口，枪口对准了楼下。

楼顶的蔡福更见看热闹的伪军全部投降，便从楼顶机警地下到二楼。他探头向楼道内观看，见丁棍身体靠在墙边，不时向楼下打枪。蔡福更取出一颗手榴弹，拉下弹弦，等快要爆炸时才向丁棍身后丢去。"轰"的一声，手榴弹正好在丁棍脚下响了，丁棍手枪脱了手，满身是血，蔡福更飞快地冲上去，拾起地上的手枪。这时，楼下的队员也相继冲了上来。有一个队员对丁棍说："丁棍，你不是说我们拿不了你的岗楼吗？今天你这颗'钉子'不也被我们拔掉了吗？"气急败坏的丁棍猛地伸出双手去夺大枪，这个队员就势把枪向前一送，枪口顶在丁棍的心口上，扣动了扳机，丁棍抽搐了两下，当即就玩儿完了。

　　在群众的夹道欢送中，刘秋本等游击队员押着俘虏和战利品穿过沸腾的集市向前走去，身后的黄城岗楼，浓烟滚滚，烈焰腾空……

　　刘秋本拿掉岗楼后，编入了冀中军区正规部队，担任晋察冀野战军三纵八旅排长，1948 年牺牲在北京密云区古北口村。

何荣耀、李福来、张建华

　　1943 年 12 月 18 日，安平县民政科长何荣耀、二区区委书记李福来（化名刘英）、二区青救会主任张建华三名年轻的共产党员，正在二区组织反"清剿"工作。

　　一天，他们来到南苏村，和村里的党员、干部及群众一起研究坚壁清野事宜，帮助群众总结挖地道及凭借地道同敌人周旋的斗争经验，和大家一起研究藏粮食和各种物资的方法。这三位同志都是在战火中锻炼成长起来的年轻干部、优秀的共产党员。在五一反"扫荡"后，在残酷的对敌斗争中，表现得坚决勇敢，不怕困难，不畏艰险，做出了出色的成绩，在群众中有很高的威信。

　　这天，三位同志一直忙到深夜，才来到村东南的堡垒户苏玉田家睡下。然而在他们的身后，像幽灵一样飘着一条黑影。这是被敌人收买后，派到他们身边的坐探。翌日拂晓，敌人出动安平、付各庄、辛营等据点的 300 多人，把南苏村团团围住，并用精锐力量，悄悄地围住了苏玉田家。

　　"哐！哐！哐！"三位同志被粗暴的砸门声惊醒了，一骨碌爬起身来，紧握手枪，听着外面的动静。"哐！哐！哐！"粗暴的砸门声越来越紧，越来越凶。李福来又屏息听了一会儿，他浓眉一蹙，机警地说："暗号不对，这是敌人！"李福来的话音刚落，门外就大声说："我们是县游击大队的来找李政委（指李福来）来了。"这句话令敌人的马脚全露出来了，门外肯定是敌人无疑。

　　何荣耀肯定地说："糟了，一定是出了叛徒，快带好文件钻地道！"就在这时，"哗啦"一声，大门被砸开，几个伪军端着上了刺刀的枪拥进了院里，并叫嚣："早知道你们住在这里，快出来投降吧！你们已经被包围了，就别想跑了！"

在这紧急关头，三名共产党员争着把安全让给别的同志，把危险留给自己。何荣耀急促地喊："老李、老张怎么还不快钻地道？"李福来把手一挥，忙说："别说了，我是二区的区委书记，你们快钻地道，我来掩护！"说着，他把手枪一挥，冲出屋外，朝院里的敌人"叭！叭！"就是两枪，几个伪军连滚带爬地退了回去。

李福来敏捷地返回屋内，钻进地道。敌人紧紧尾随跟进屋内，包围了地道口，并大呼小叫地威胁道："你们快出来投降吧，再不出来，就往洞里灌水啦，让你们当淹死鬼！"

情况十分危急，三位同志在地道里简单地商议了一下，把文件烧掉，向地道的另一个出口——苏玉田家东邻陈英俊家南屋的炕洞里钻了出来。房顶上响着咕咚咕咚的脚步声，这所房子也被敌人包围了，全村都被敌人包围了，形势十分严重。这时，何荣耀开口了："同志们，我们都是共产党员，誓死不能向敌人屈服，党考验我们的时刻到了！"几句平常话，掷地有声，铿锵作响，概括了"共产党员"4个字的全部意义。时间紧迫，刻不容缓，李福来把手枪一挥，说："冲出去！"飞身跃出门外，举枪向房上的敌人猛烈开火。张建华也紧紧跟了出去。这时，房顶上、大门外、墙头上、院子里的敌人从四面八方疯狂地向他二人射击。李福来、张建华两同志在弹雨中都身中数弹。李福来拖着重伤的身体，踉踉跄跄地向院外冲锋，还没有冲到大门口，又被几颗罪恶的子弹射中，英勇牺牲了。张建华一冲出屋来，就滚到了敌人的跟前，一梭子扫过去，几个敌人应声倒地。当他要继续往前冲的时候，也不幸中弹牺牲了。何荣耀看到两个战友壮烈殉国，心中十分悲痛，更激起了他对敌人的刻骨仇恨。他清楚地意识到，自己陷入敌人的重围之中，突围出去已不可能，便趁敌人朝两位战友的遗体射击的时候，飞身跃入北屋，变换作战的位置和射击角度，向对面房上、墙上的敌人猛射。猝不及防的敌人从房上、墙上纷纷滚落。

敌人重新组织火力，向何荣耀据守的北屋发起猛烈的攻击。何荣耀沉着镇定，机智勇敢地抗击着敌人。他特别注意节省子弹，力求弹无虚发。几个敌人冲进院内，妄图生擒何荣耀。何荣耀沉着瞄准，一枪一个，全都撂倒，敌人再也不敢往院子里冲了。

密集的枪声停止了，院子里一声枪响也没有。南屋的房顶上传过一个很熟悉的声音："何荣耀，你跑不了啦，快把枪交出来吧。"何荣耀听出是五一大"扫荡"后投敌的叛徒马文献的沙哑嗓音，不由得怒火中烧。

马文献扯着破锣嗓子又嚷开了："姓何的，你不要太死心眼了，只要你放下武器，向皇军投降，我保你活命，你也可以和我一样，当个特务队长，要什么有什么。"

何荣耀应声答道："好吧，等我们商量商量。"

马文献探出脑袋问："你都剩一个人了，还跟谁商量？"

"叭！"一颗子弹向马文献的脑袋上射去。

"我跟这枪商量商量！"何荣耀冷笑一声说道。子弹擦着马文献的头皮飞过，马文献吓得"哎哟"一声栽倒在屋顶上。趁叛徒滚落房顶，院落重归沉寂的时刻，何荣耀厉声怒斥叛徒：

"马文献，你这个无耻的叛徒，认贼作父，领着鬼子到处抓人，残害群众，绝没有好下场！"并警告伪军官兵要认清形势，不要执迷不悟，再帮敌人干坏事了，日本鬼子已经是秋后的蚂蚱，蹦不了几天。全体伪军官兵应该早做决断，弃暗投明，立功赎罪才是唯一的出路！如果不及早回心转意，继续死心塌地为敌人卖命，到头来一定要受到人民和历史的审判！

何荣耀英勇无畏、凛然正气的教育，使不少伪军低下头来，自动停止了射击。带队的日军小队长小谷野和叛徒马文献，急得团团乱转。小谷野拔出指挥刀，像疯狗一样狂呼乱叫，指挥着伪军再次发起冲锋。

几个伪军战战兢兢被逼进院内。

何荣耀在屋内大喝一声："不怕死的过来！"一梭子打出去，伪军们抱着脑袋连滚带爬地退出了院子。叛徒马文献声嘶力竭地狂吠："告诉你，姓何的，皇军说了，再给你三分钟，不出来就放火烧死你！"何荣耀坚定地回答："怕死不革命，革命不怕死，今天你们烧死我一个，明天抗日的熊熊烈火就会烧死你们这伙强盗！"天黑了，敌人怕强攻引诱都不能制服的共产党人趁天黑突围出去，开始放火烧房。敌人一面组织火力向屋里猛射，一面派伪军上房刨开屋顶，把秫秸泼上煤油点着，扔进屋内。不多时，屋里的木器家具燃烧起来，浓烟滚滚，火光冲天。何荣耀一边向敌人射击，一边用水缸里的水灭火。火势越来越猛，缸里的水全泼完了，子弹也打光了，何荣耀从容地拆碎手枪，把零件投入烈火，振臂高呼："打倒日本帝国主义！打倒汉奸卖国贼！中华民族解放万岁！中国共产党万岁！毛主席万岁！"随后跳入熊熊的烈焰之中！孤胆英雄何荣耀，在两位战友牺牲以后，一个人同300多敌人血战了整整一个白天，用青春的热血，在军民抗战史上谱写了光辉的一页！

三位烈士牺牲以后，开明士绅、张建华烈士的父亲说："我儿子为抗战牺牲，虽死犹生。"紧接着又送自己的另一个儿子参加了八路军。1945年12月，安平县各界群众为永远缅怀三位烈士，为三位烈士竖了纪念碑。著名作家孙犁同志，满怀激情地为三位烈士撰写了碑文，热情地讴歌了三位烈士不朽的功绩。

孙犁撰写的碑文如下：

> 李福来安平二区政委，又名刘英，何荣耀安平县民政科长，张建华安平二区抗联青校会主任。三烈士事略：三位烈士皆为青年优秀共产党员。在"五一"后残酷环境中对敌斗争坚决勇致，工作上有许多建树，深入底层不避艰险，是为

群众拥戴，敌伪震慑，奸徒嫉忌。1942年12月敌人在二区抢粮清剿，三同志即深入该区一小区工作，往返各村与敌斗争。十八日晚三同志进入苏村，夜宿堡垒户，为伪侦悉，拂晓时敌突将苏村包围，并将主力布置于三同志所在地。当敌人进入院中时，李政委掩护何张二同志先下堡垒，并发枪阻击进入室内之伪军。李政委入洞后，洞被敌人发觉，三同志乃作最后牺牲之准备，将所带文件烧毁，相继向外突围，并对敌伪喊话至二门。张同志重伤倒地被敌挑杀，李政委与敌搏击连毙二敌后壮烈牺牲，何同志被敌人围困室内坚持不屈。汉奸马文献等三次劝降，均遭斩钉截铁的拒绝。何同志一面拒抗，一面教育伪军，血热词刚，唇锋舌利，汉奸等心死技穷，乃唆使伪军向房内射击。何同志沉着抗击，敌不得近乃登房向内纵火，烟火扑及身发，何同志射出最后一粒子弹，抱枪投身火内高呼共产党万岁而死！呜呼，当其在室内以只身抗敌伪，坚贞不屈向敌伪汉奸叫骂时，声闻数里，风惨云变，附近人民奔走呼号，求引救助，犹如义兄之遇危难。当我部队收葬三烈士尸体时，所有干部战士，无不如狂如病，血指发有如手足之永诀别，每一言及三烈士殉难事，则远近村庄啼泣相闻，指骂奸伪，誓为复仇。盖之烈士生前与群众战友结合为一，而其临难，不屈为共产党员之光荣称号，奋斗至死感人动人之深所致也。至于万分危急之时能事先将文件焚毁，利用战场生死空隙向敌人进行宣传，最后身体与武器俱碎，使敌人无所收获，尤可垂教后来，诵赞百代。古来碑塔纪念之迹多矣，而燕赵萧萧英烈故事载于典册者亦繁矣，然如此八年间共产党八路军领导我冀中人民，解放国土拒抗敌顽其环境之复杂残酷，其斗争之热情悲壮，风云兴会。我冀中英雄儿女之丰功伟绩，则必先掩前史而辉耀未来者矣！

今搜集三烈士事迹大略刻于石上，意在使烈士之光辉永续，后进同志有所追寻，家属有所凭吊，因不止壮观形式亦今后革命事业之一种动力也，可感叹哉，可永念矣！

一九四五年十二月孙犁手撰

弓深造

弓深造是安平县台城村人，出生于 1919 年。1927 年，在弓仲韬的动员下，弓深造上了台城小学。1938 年冬，他在临村黄城参加了吕正操领导的八路军第三纵队，因机智勇敢，深得部队领导赏识，开始给吕正操司令员喂马，后来担任冀中军区司令部的排长。1942 年日军五一大"扫荡"期间，他在掩护冀中军区机关撤退时，壮烈牺牲。他的弟弟弓二锅在 1939 年跑到大子文乡，报名加入了贺龙领导的一二〇师三五八旅，之后跟着部队东拼西杀，很快当上了副连长。新中国成立前夕，在青海剿匪的一次战斗中，弓二锅腿负重伤，转业时是二等伤残。

附：台城村烈士名单

弓臣来、弓文周、刘秋本、弓明标、弓保林、赵占均、弓国柱、毕忠岑、孟堪柱、弓景林、弓春来、弓造领、弓深造、弓根啟、弓元德、乔横川、弓威水、弓元志、弓贺廷、白忠义、弓增柱、弓志勋、弓运成、弓深啟、刘子恒、弓子登、翟洛安、弓辰来、弓耀恒、弓占琛、弓润成、翟化南、弓大显、弓二刁、弓国柱、毕三、弓宝林、弓乃標、毕奎元、弓振晴、毕立山、弓乃纯、陈书堂、弓辰卿、崔文造、弓汉南、毕秋来、李星耀、弓佬武

第七章　人民靠山坚如铁

毛泽东在《论持久战》中提出了著名论断："战争的伟力之最深厚的根源，存在于民众之中。"

曾任八路军第三纵队兼冀中军区司令员吕正操在回忆录中提到，1942 年冀中地区，冀中敌后人民开展五一反"扫荡"时，为了保护干部，青年妇女往往把干部、八路军战士、游击队员认作自己的丈夫、兄弟、姐妹，老大娘宁愿牺牲自己的儿子来保护干部和八路军战士。

抗战时期，中日双方力量的对比不仅仅是军力和经济实力的对比，更是人力和人心的对比。

一、徐光耀：没有老百姓的掩护，我活不到今天

在徐光耀的文章中，经常提到抗战中的堡垒户，他说："没有老百姓的掩护，我活不到今天。"

徐光耀当年参军时，才十三四岁，是受一个安平籍的小八路王发启的影响。因为目睹了共产党八路军真心对老百姓好，徐光耀才意志坚定地非要参军。结果刚到部队不久，他就病了。

谈到那段往事，徐光耀至今记忆犹新。

当时，敌人对冀中进行了五路围攻，部队不停地转移。在转移途中，徐光耀患了重感冒，开始发高烧。

那天早上，战友们都出操去了，只有他一人躺在土炕上。这时，房东大娘走了进来，用手摸他的额头，发现滚烫，大娘就急了，非让徐光耀上她那屋去，说那屋炕热，窗户也糊得严实。见徐光耀不去，

大娘竟哽咽了："你这么小的孩子就出来打仗，又生了病，没人照顾怎么行！"说着，大娘拿来两床棉被盖在他身上，抱来柴火给他烧炕，打来热水让他泡脚，还煮了山药粥端到他面前，她们全家人得知后也都过来嘘寒问暖……

此情此景，令徐光耀感动得落下泪来。

大娘看他哭了，以为他是病中想家，更加心疼，一边安慰他，一边陪着他落泪。

"那个画面，我一辈子也忘不了。"徐光耀动情地说。

抗战中的军民鱼水情给徐光耀留下了极为深刻的印象，而他的一生，都在用清白做人的实践和质朴真诚的文字去书写这份大爱深情，他的代表作《小兵张嘎》成为几代人的珍贵记忆。徐光耀在接受采访时曾说过这样一段话：

"我是幸存者，是先烈们用生命搭桥铺路，让我活了下来；是人民群众对子弟兵的鱼水深情，保护我一次次脱险。他们是我创作《小兵张嘎》的灵感源泉，我今天所有的荣光都是分享的他们的荣光。我经常会想起他们，想起那些刚刚还生龙活虎、转瞬间就血肉横飞的战友；想起陪着我流泪、像母亲般关怀照顾我的房东大娘；想起在鬼子的刺刀前喊我'老二'的机智勇敢的乡亲……"

二、"冀中子弟兵的母亲"李杏阁

在冀中平原上，曾经流传着这样一首歌谣：

冀中抗日战鼓响，
报子营出了个李大娘。
李大娘，热心肠，
爱护八路声名扬。
她对伤员胜亲人，

伤员把她当亲娘。

养好伤，返战场，

冲锋杀敌添力量。

歌中唱的这个李大娘，就是安平县报子营村的李杏阁。

抗战时期，李杏阁救护了73名八路军伤病员，轻者在她家住三四十天，重者住400多个昼夜。不管伤势轻重，李杏阁都细心照顾到他们痊愈才让离开。李杏阁为抗日战争做出了卓越贡献，被授予"冀中子弟兵的母亲"光荣称号。

抗战期间，冀中军区司令部和冀中行署机关多次住在报子营村，军区首长和行署领导经常到李杏阁家问寒问暖，帮助她家解决生活上的困难。

1938年，李杏阁参加了妇救会，并被推选为妇救会抗日组长。1942年冬的一个深夜，一阵急促而轻微的敲门声把李杏阁从睡梦中惊醒。她细听外面的叫门声，原来是村长来了。李杏阁想，村长是抗日干部，半夜叫门一定是有重要情况。她急忙开门，只见一个满身是血的伤员被人用担架抬了进来。李杏阁和其他人一起把伤员抬到炕上，她赶紧用被单遮住窗户上的亮光，以防被敌人发现。然后端起油灯，凑到伤员身旁，从头到脚看到了5处伤口，人已经奄奄一息了。

李杏阁双膝跪在伤员身边，小心帮他脱去血衣，又把盖在儿子身上的棉被撤下给伤员盖上，然后用棉花蘸着温水轻轻地擦拭血迹。村长说："这伤员叫刘建国，是五区小队战士，在西侯疃村与敌人战斗中负了重伤……"李杏阁听着，眼泪夺眶而出，她说："交给我吧，有我就有他！"

村长走后，李杏阁怕伤员冷，赶忙生起一盆炭火。她坐在伤员身旁，一会儿听听呼吸，一会儿摸摸胸口，一夜无眠。

不知不觉天都大亮了，刘建国终于睁开眼睛。李杏阁高兴地说：

"你可醒过来了，孩子，想吃饭吗？"刘建国张张嘴，说不出话来。李杏阁赶紧端过碗粥，用小勺喂。刘建国刚吃了一口，就艰难地摇头，原来刘建国脑后有镰刀般大的伤口，不但说不了话，还吃不了东西，只要一张嘴就疼得浑身打战。这可咋办呢？李杏阁发愁了，她想着想着，说了一句"俺有办法了"，就走到外面，找来一根苇子，让刘建国当吸管嘬着喝粥。

刘建国大小便不能自理，李杏阁就用自己的白铁簸箕，扎成一个圆盘，边上用棉花和布包起来，伤员大便时她就去接。在李杏阁的精心照顾下，刘建国的伤慢慢好了起来。

反"扫荡"斗争在继续，伤员越来越多。村党支部帮着李杏阁挖了两个地洞，供抗日干部和伤员养伤隐蔽。

几天后，冀中六分区的魏正甫、李德山、李德相负伤后也相继被送来，住进李杏阁家的地洞。她家的伤员连续不断，今天来两个，明天来三个。据史料记载，李杏阁亲自掩护和护理的伤员就有73个。这期间，七分区卫生所的军医张树凯、于春辉，卫生院刘秦花、杨秀娟等也常到这里，给重伤员诊治，并带来了部分医疗器械和药品。就这样，李杏阁家变成了八路军的一所地下医院。

随着伤员的增多，原来的地洞不够用了，李杏阁在乡亲们的帮助下，在屋里、猪圈里、菜窖里又挖了几个地洞。为减轻伤员长期卧床的痛苦，李杏阁让儿子到邻居家就宿，娘儿仨合盖一个被，把被子腾出来给伤员盖。这样还不够，她把多年积攒下来的棉絮也拿来垫到伤员身子下边。

李杏阁为了给伤员增加营养，用自己节省下来的粮食换来鸡蛋，给伤员做汤喝。后来粮食也不够了，她索性把自己仅有的两只老母鸡杀掉，炖了给伤员吃。

遇到敌情缓和时，李杏阁就把伤员背出来透透气。伤员们有的住上几个星期，有的几个月，有的甚至一年多。李杏阁日夜操劳，悉心照料，从不嫌脏，从不怕累。

李杏阁的女儿刘敬彩回忆，她小的时候经常有八路军伤员在她家养伤。母亲把家中仅有的白面都做成面条，让伤员吃的是白面条、小米粥，给孩子吃的是高粱面粥、榆树皮面加野菜或者高粱面的疙瘩汤。当年家里挖了两个洞，一个在院内，一个在院外，每天弟弟在房顶放哨，她偷着到院外给伤员送饭。家里菜窖里有个洞口，送饭时弟弟在上边往下送，她在下面接。下菜窖的梯子是用一个大粗木桩子绑了几根小木棍做成的，她每天上下爬三次。伤员们大小便以后，她用小桶接了让弟弟用绳拉上来。有一次装得太满，弟弟不注意，洒了她一头。

李杏阁曾说："八路军战士就是我的亲人，我就是豁出这条命也要保护他们。"

有一次，两个鬼子闯进院子，叽里呱啦乱叫，进屋乱翻。鬼子可能闻到有药味，便拽着李杏阁逼问："八路的有？"

李杏阁摇摇头说："没有。"两个鬼子开始疯狂地用枪托打李杏阁，边打边问，但李杏阁坚持说没有。鬼子拔出刺刀朝李杏阁的胸口直刺过来！李杏阁身子一歪，刺刀刺到了肩上。李杏阁忍着剧痛，依然坚决说"没有"。正在这时，鬼子发出了集合信号，他们匆忙离去，李杏阁才幸免于难。

李杏阁还把自己18岁和16岁的两个儿子送到部队，后参加了安平县农民保家独立团。哥儿俩跟随部队南征北战，作战英勇，都立过战功。

1944年11月，冀中区党委和冀中军区在报子营村为李杏阁召开了表彰大会，授予她"冀中子弟兵的母亲"光荣称号。冀中区党委书记兼冀中军区政委林铁和冀中军区副政委李志民亲手为她戴上光荣花，扶她骑上枣红马。

1945年1月，李杏阁在阜平参加了晋察冀边区群英会，认识了晋察冀边区"子弟兵的母亲"戎冠秀。5年后，她们又在北京相逢，一起参加了全国群英会，一起游览了北京城。李杏阁还是全国劳动模范，曾两次受到毛泽东主席和周恩来总理的接见。

1964年11月，"冀中子弟兵的母亲"李杏阁因癌症去世。

三、"冀民"名字的由来

程子华女儿出生后，就寄养在安平县堡垒户陈复兴家中。程子华为纪念堡垒户陈复兴，给女儿取名冀民。

安平县民政局保存的烈士资料记载：烈士陈复兴，1944年，在送程冀民的路上，由于叛徒告密，敌人跟踪追捕。他为保护程冀民，引开了敌人，英勇牺牲。

1952年，程子华专程到安平县，祭奠烈士陈复兴，并看望慰问了陈复兴的家人，临走留下了100元钱，让他们修补老房子。在20世纪60年代的困难时期，程子华又给陈复兴家200元钱以渡过难关。

陈复兴外孙梁国印讲述了这段鱼水深情的感人故事。

陈复兴是安平县南苏村的一个普通农民，与妻子陈李氏育有4子3女，以种地打鱼为生。1937年七七事变后，堡垒户陈复兴、陈李氏夫妇先后送两个儿子参加八路军。大儿子陈大平参加共产党领导的县大队，二儿子陈忠和1939年参军时年仅12岁，跟着贺龙的一二〇师去了晋西北抗日前线，新中国成立后才和家中通信，参军15年后的1954年才第一次回家探亲。

当年，陈复兴的家在村边上，院前有个大水塘，芦苇丛生，非常便于隐蔽，这里也是我地下党的交通站。1940年的一天，地下党组织派人找到陈复兴夫妻，商量着把一个两三个月大的女婴寄养在陈家，这个孩子陈家称她为"小妮儿"。组织上主要考虑陈家是地下党的抗日堡垒户，出入交通方便。正巧当时陈家大女儿陈淑贞因第一个孩子夭折，正住娘家休养。陈复兴夫妻也不问孩子来历，毅然收留下来。

两三个月的孩子留下来了，用什么喂养孩子成了第一大难题。陈淑贞虽然是在哺乳期，但孩子夭折对她心理打击很大，又处在战乱时期，哪有足够的奶水喂养孩子？陈家想尽办法，先是到养羊乡亲家挤人家的羊奶补充，还不能说出实情，后来干脆花高价买来奶羊和羊羔，还找老中医为陈淑贞抓药催奶。

为照顾这孩子，陈淑贞长时间不回婆家，但时间长了也瞒不住啊。都知道孩子夭折了，怎么又带了个孩子，真实的情况又不能说出，为此受到婆家的误解。好在丈夫深明大义，了解和信任自己的媳妇。后来，她丈夫也成了共产党员。

日子久了，陈家收养孩子的事被汉奸知道，汉奸到付各庄炮楼报告给了鬼子。那两年，鬼子伪军多次到陈家搜查，都被陈家机警躲过。有一次，鬼子伪军又来搜查，都能看到鬼子刺刀的亮光了，陈复兴赶紧让老婆陈李氏和大女儿陈淑贞抱起两个孩子（当时陈淑贞大儿子已出生），冲出家门躲起来，自己留下应付鬼子伪军。

母女二人抱着两个孩子一口气跑到 15 里外的博野县凤凰堡村，在陈复兴二女儿陈俊家躲了好几天。陈俊是个坚强而命运多舛的八路军军属，结婚三个月丈夫就参加了八路军，又过三个月传来丈夫阵亡的消息，留下一个遗腹子；第二任丈夫也参加了八路军，战时受伤，新中国成立后成了荣退军人。

话说 1944 年，一天，中共地下党组织派人来找到陈复兴，说："首长想孩子了，想看看孩子，我们要把孩子带走。"陈复兴不放心，就多问了问情况，才知道这个孩子是当时冀中军区政委程子华的孩子（后来取名程冀民）。陈复兴迟疑了一下提出，为了孩子的安全，能不能我们一家人像走亲戚一样去护送孩子。经请示，党组织同意陈复兴的方案，由党组织开出信函，陈复兴将信函藏于帽中，陈家将孩子护送到离南苏村 100 多里外的肃宁县某村，当时冀中军区司令部就在那儿。陈复兴套上大车，由陈复兴、陈李氏、陈淑贞、陈复兴小儿子（当时 9 岁）、陈淑贞大儿子（当时 1 周岁）带着约 4 岁的程冀民赶着大车前往肃宁。到达目的地就遇到鬼子"扫荡"，冀中军区已经转移，敌人的枪声已在耳边响起。陈复兴立即让妻子抱起孩子在当地民兵带领下钻进地道，他却套上那头骡子，向相反的方向奔去。敌人的子弹飞射过来，击中他的后心，鲜血喷涌而出。为了保护八路军的孩子，年仅41岁的陈复兴英勇牺牲。

安葬了丈夫陈复兴，陈李氏、陈淑贞继续带着程冀民生活，直至1945年日本鬼子投降，程冀民才离开南苏村。

令人感动的是，关于陈复兴牺牲的细节，陈李氏和陈淑贞并没有告诉程子华。她们觉得亲人牺牲多年，人死已不能复生，现在生活稳定了，有党和政府关心，已经很好了。陈复兴的儿女本着不给政府添麻烦的心思，也未向安平县人民政府提出追认陈复兴为革命烈士。

改革开放以后，安平县南苏村也和全国广大农村一样，发生了翻天覆地的变化，同时也进行着农村干部的新老交替。之前，陈复兴的孙辈参军、入党政审时，都在祖父栏内注明"为护送革命干部子女被日本鬼子枪杀"。村干部交替后，了解事情经过的老人越来越少，后任村干部也没有亲身经历，只是听说，因为没有档案记载，也就不再注明那句话。

1981年，身为革命军人的陈复兴二儿子陈忠和为还原历史，向"文革"后复出、时任民政部部长的程子华写信，说明父亲牺牲的经过。经各级民政部门历时两年的走访、调查，安平县人民政府于1983年4月10日追认陈复兴为革命烈士，补发烈士证书。

四、王林在安平有个"娘"

抗战作家王林曾在多篇文章中提到过"在老区安平有个干娘"，他说的干娘，指的就是安平县台城村的堡垒户弓寿德。

据弓寿德的孙女张珍回忆，自她记事起奶奶就是家里说一不二的老主事，深得全家人敬重，这与她不平凡的经历有关。奶奶曾多次跟她讲过在抗战时期掩护八路军干部王林的故事。

1937年七七事变后，中华大地燃起熊熊战火。当时担任村长的张文法（张珍父亲）突然带一个陌生人到家里，此人就是八路军干部王林。

王林个子不高，方脸，长得白净又精神。张珍母亲杨淑慧见来了客人就忙着倒水、做饭，招待客人。温柔、善良的母亲从来不多事，也不问父亲带回的是谁，到这儿来做什么，她只是客气地笑笑打了招呼，就不再说什么。不一会儿，晚饭做好了，母亲端上饭菜招呼客人吃饭。王林是个很直爽的人，坐下吃完饭，也没有要走的意思。这时，父亲开始向王林介绍家里的每一个成员。接下来，王林就在张家住了下来。

王林是个开朗幽默的人，每次回来总是谈笑风生，逗奶奶开心，哄姐姐们玩儿。那时张珍的大姐张纯也才七八岁，他就教她唱歌。有一次，部队来了好多人，晚上在村里表演节目。趁着这个机会，王林还让张纯上台当了一回小演员，唱的就是王林教给的那首《松花江上》。当唱到高潮时的那句"爹娘啊，什么时候，才能欢聚一堂——"，下面哭成一片。从此，王林和张珍一家人的关系更近了。

过了段时间，台城姥姥家的表姐弓彤轩突然来张珍家串门。按照常理来说，她过来串亲戚看她老姑很正常，但在表姐的举动中，弓寿德心里明白，她和王林是同路人，可当时弓彤轩还是个十几岁的小姑娘，弓寿德替她担心起来，说：

"三儿，你这么小的姑娘，怎么胆子这么大，现在世道这么乱就别过来了啊，我不放心。"

弓彤轩只是笑了笑说：

"没事儿。"

过些日子，弓彤轩又过来了，当时她是负责给王林送信的。后来，弓彤轩与王林和张珍父亲谈完事情，连夜走了。

弓寿德心里虽然担心着自家人的安全，但也明事理，就将张珍父亲叫到身边说：

"文法，人家（王林）离家这么远，到了咱这儿咱可得想尽一切办法把人家保护好啊！"张文法听母亲这样一说，就放开思想谈了自己的想法：一定要做好后盾，坚决保护好党员和八路军！

接下来，张文法招呼全家人开会，给大家都分了工。其他人挖地洞，张文法的妻子杨淑慧和母亲弓寿德在家。因为弓寿德有文化，负责帮助王林编写材料；杨淑慧则负责王林的衣、食和安全。

为了让王林出入方便，杨淑慧专门给他做了粗布衣裳和布鞋，让他看起来像一个当地农民。

对于挖洞，大家先制订好方案，确定时间、地点和实施人员。

经商议研究，洞的地点就选在了前头院的厕所。在厕所内挖一个长方形的坑，用砖垫好，中间垒一个口子，上面盖一个能活动的木板，再往木板上撒上好多灰以作掩盖。接下来全家总动员，晚上开挖，一边挖一边往外背土。

洞终于挖好后，王林提出了一个要求，就是如果有特殊情况，洞口必须由张珍母亲杨淑慧负责盖，不能让过多的人知道。因为她细心能干又不多说话，所以王林很放心，大家也一致通过。

听说日本鬼子要进村，杨淑慧急忙把王林叫出来，让他向洞口跑去，将王林隐藏在洞里。她把木板盖好，上面撒上些脏东西和灰，确定看不出破绽后，才迅速离去，在院里装得像没事儿人似的。不一会儿，日本鬼子真进院儿了，大家的心都提到了嗓子眼儿，生怕鬼子四处搜，结果这次鬼子只是在院里转了转就出去。杨淑慧出来看看外边真的没动静了，才把洞口打开把王林叫出来。

为了更安全，全家人又有了挖第二个洞的打算。这次选定的地点是在后院瓦房后的棚子里。棚子里农具、柴火等乱七八糟的东西很多，洞口选在了柴火垛下边。这回这个洞比上次那个要大，是专供八路军同志来碰头开会时用的。

挖好第二个洞以后，为了遇有紧急情况能快速隐藏，所有来人都在后院的瓦房那儿吃饭、开会，而为他们准备饮食和放哨的任务全由杨淑慧打理。

有一天，外边又来人开会了。杨淑慧把刚学会爬的小儿子放在前院东房下的阴凉里，就去后院为大家忙活、放哨了。由于当时院子又大又深，而且前、后院都有门，谁也不知道一旦发生危险，鬼子会先进到哪个院儿，杨淑慧就一直没离开后院，一直到给大家做好午饭，把饭菜端上桌，才想起了前院的孩子。当她跑去看的时候，孩子一动不动趴着，脸贴着地。她赶紧抱起小儿，发现孩子已经没了呼吸！

杨淑慧哆嗦着把孩子放回屋里，流着泪跟弓寿德说："娘，出事儿了！孩子……孩子死了……"

弓寿德闻听噩耗，眼泪也下来了。她接过孩子看了看，含悲忍痛地说：

"别啼哭了，快给孩子拾掇好，把他'送走'吧！今天家里有人，什么也别说，快去吧！"

泪流满面的母亲回到前院，把孩子包好，悄悄"送走"了。回到家，她把痛苦埋在心里，继续为八路军工作。

当时，王林是火线剧社的社长，经常写文章，有时也会和弓寿德商量，征求她的意见。在杨各庄村南曾发生过一场战斗，八路军被鬼子包围，死了上百人，场面非常惨烈。战斗到最后，一个叫崔国昌的机枪手被鬼子层层包围，他边退边向鬼子扫射，一直退到滹沱河里，抱着机枪投河，壮烈牺牲。王林听说后，不顾危险去附近调查走访，将英雄事迹记录下来，并写成文章，激励和感动了很多人。来弓寿德家的八路军干部除了谈工作，有时也印材料。那时候，弓寿德、张文法、张文法大哥张文祥等负责在北屋印材料。杨淑慧就在院子里的大门洞那儿来回转，给他们站岗放哨，大家经常一整宿都不睡觉。

后来，张珍曾问奶奶弓寿德："上咱家来过多少八路军啊？"奶奶说："来的人可不少，起码不下五六十人吧，我印象最深的就是吕正操、黄敬，一点儿官架子没有，跟咱老百姓特亲！"

王林曾在日记中这样写道：

> 在崔章，太阳已经出了老高，我到邻家吃早饭，忽然街上有人大呼跑呢！我便往西跑（住处封锁了），敌伪八九人也从西北迂回过来。放了一枪，我见村人还跳水入河而过，我便也跳水过去了。
>
> 到了杨各庄，村西见到小宿，他即喜欢得不得了。他说文法（张文法，时任杨各庄抗日村长，弓寿德的二儿子）那天（十四日）在分区吃亏，他们以为有我，还去尸首里认去了。其实我以为他们不入穴，又听说老百姓死得不少，我还为他们担心不小呢。他们还给我留着过年的肉。老太太（弓寿德老人）从那天起即伏在床上不起，见我来，真是全家喜欢。老太太竟然起来了，说是我来了，给我包饺子，她亲手包。

在这篇日记里，我们不难看出：杨各庄的乡亲们，是如何牵挂着身在险境中的王林安危的。尤其是弓寿德老人，更像是母亲牵挂着自己的亲生儿子，这是多么感人的鱼水深情！

五、台城村的参军潮

抗战期间，曾在安平战斗过的作家魏巍在《安平县志》序中写道：战争年代里，安平县人民一手拿镐，一手拿枪，同日寇侵略者及反动势力进行了英勇卓绝的斗争，2800名烈士的鲜血抛洒在祖国大地上。

抗日烽火中的人民军队在人民群众的支持下不断发展壮大。安平县曾出现多次参军高潮。1939年贺龙、关向应率一二〇师进驻安平后，千余名有志青年纷纷报名参军参战。1940年5月，全县就有700多人参加到抗日主力部队。1941年，有600多人参军。1944年1月，为充实抗日武装，全县又有600多人参军。

台城村因为党的基础好、群众觉悟高，在党组织带领下，广大村民积极参军参战，支持抗日，前赴后继，英勇战斗，做出了巨大牺牲和重要贡献。

1937年，吕正操的人民自卫军一团刚到安平，台城村就有17人报名参加了人民自卫军。

1938年的夏天，台城村第五任党支部书记弓玉奇挑着一筐菜瓜，在村西头的老槐树下召开扩军动员会议，并做了"不当亡国奴，参军打日寇"的抗日总动员。22名热血青年当场报名参军，毅然投入了抗日队伍。

1938年6月9日，日军动用飞机轰炸安平县城。这时的冀中军区司令部已经转移到离台城村仅有两公里的东黄城村。当时的台城村支部书记弓玉奇带领党员干部两次找到冀中军区司令员吕正操，请示工作并聆听他的教诲。台城不少村民拿着鸡蛋、大枣等食品一起慰问部队战士。

在村干部的影响和带动下，村民积极参加抗日工作。穷苦农民弓文元有3个儿子，全家都投入了抗日工作。其中两个儿子弓增柱、弓增设参加了八路军，都牺牲在战场；最小的儿子弓增建抗战期间担任儿童团长，1968年担任台城村支部书记。台城村最穷的弓春台也是先后让两个儿子参军。

1939年初，日军侵占安平县城后，台城村党支部书记弓玉奇认真贯彻执行党的抗日民族统一战线的方针，向全村发出"有钱出钱、有人出人、有枪出枪"的号召，开展抗日总动员，大张旗鼓地宣传我党的"抗日救国十大纲领"，在村里实行减租减息，改善人民生活，有力地调动了农民抗日积极性，大批贫苦青壮年农民参军入伍。

抗日战争期间，台城村党支部组织了3次大的参军热潮，出现了

"母送子、妻送郎、姐妹送兄弟上战场"的感人场面。全村共参军117人，平均20人中就有一个革命军人。

1939年正月的一天，台城村农会主任杨老壮为掩护县、区干部，一家三口全被杀害。

冀中和冀西，中间隔着平汉路。在平汉路的两边，日军挖有两丈深、一丈宽的护路沟，每隔两里路设有岗楼，还有装甲车不断地来回巡逻。此外，还强迫老百姓轮班打更。日军想用所谓"铜墙铁壁"的封锁线，切断冀中和冀西根据地的联系。

1940年8月，为支援百团大战，村党支部组织了上百人的运粮队，每人背50斤粮食，穿过敌人封锁，行程千余里，为前线的部队送去急需的给养。同时，村里还组织了妇女支前突击队，织布纺线，发展手工业生产，支援前线。

1942年是冀中敌后抗战最残酷、最艰难的岁月，日军调集兵力加紧了"扫荡""蚕食""围剿"。各处碉堡林立，汉奸势力猖獗，有的人当了叛徒，形势极端恶化。县大队和区小队都化整为零，分散活动。

台城村党支部为了做好反五一大"扫荡"准备，在党员和群众中深入进行民族气节教育，具体指出：不给敌人带路、不泄露抗日机密、不给敌人送情报、不给敌人纳粮、誓死不当汉奸等。

为了支持前线作战，村妇救会成立了被服厂，为冀中军区做军服、军鞋等。

据老党员白秀君回忆：抗日战争期间，台城村广大妇女在村支部的带领下成为抗日武装和党政机关的有力助手和支前力量，当时的口号是"男子上前线，妇女后方来支援"。她们除站岗放哨、递送情报、护理伤病员、掩护地下工作者、为战士洗衣服外，还在村里建起了被服厂，为八路军做军鞋、做服装。上级把布匹送到村里，村妇救会分到每个妇女手中，定好交付时间，为晋察冀边区八路军穿衣提供了有力保障。

1942 年，26 岁的弓刁琢在区小队当战士，区委书记找他谈话，派他回台城村任支部书记开展工作。弓刁琢临危受命，毅然担起了组织领导全村抗战的重任。他和 3 名支部委员带领 10 多名党员，秘密宣传动员，使台城村全村抗日斗争高潮迭起。

为了扩军征兵，弓刁琢先后动员自己的二弟和两个侄子参军，后来二弟和一个侄子都英勇牺牲了。

日伪军多次到台城村抓捕抗日干部，烧杀抢掠。在敌人指名逮捕村干部时，广大群众冒着生命危险进行掩护。一次，日军来村里抓支部书记弓玉奇，没抓到，抓住了公安员弓秋来。弓秋来宁死不屈，坚决不肯说出弓玉奇的下落，被日军用刺刀挑死。

村妇联主任弓大闺被捕后，敌人用刺刀对着她的胸口逼问村干部的下落。她坚贞不屈，守口如瓶，一家三口惨遭杀害。

为掩护抗日军民开展斗争，台城村村民们与周边村民一起，利用夜晚时间，在村西挖成一条宽一丈、深一丈的交通沟，与邻村连接，形成了四通八达的地下掩体，县大队和区小队的抗日武装经常穿梭其间开展对日作战。

台城村的弓运城担任冀中军区的电台班长，翟化南是冀中军区司令部交通员，弓子章在新中国成立后担任解放军总参三部政委。

台城村内的烈士碑上镌刻着弓运城、弓深造、翟化南等 52 名台城儿女的名字，其中有 16 名是冀中军区战士。这些烈士或在战火纷飞的战场上英勇战斗，壮烈牺牲，或在敌人的刑场上宁死不屈，英勇就义。

六、大豆口的"抗战老酒"

今天的人们可能难以想象，在特殊年代里，白酒不仅可以用于食用，还曾代替酒精用于医疗。在广袤的冀中平原上，至今还流传着大豆口村"抗战老酒"的故事。

这种老酒叫"豆口醇"，产自河北省安平县大豆口村，过去也叫护驾口村。该村位于冀中滹沱河下游，在安平、蠡县、肃宁 3 个县的交界处，位置显越，历史上是兵家必争之地。因滹沱河水屡屡涨发，该村及周边地区以种植红高粱来对付洪灾。每到中秋，几米高的红高粱一望无际，十分壮观。

"豆口醇"以红高粱为主要原料，采用传统的陶制地缸发酵，经过装甑蒸馏、分段掐酒、分级储存等一系列酿造步骤，最终酿出醇香清雅、口感独特的好酒。

据该村原支部书记李西纯介绍，大豆口村酿酒历史悠久。曾有这样一个传说：刘秀被王莽的士兵追至酒厂，刘秀爬缸品酒，酒掌柜端三碗原浆，迎挡追兵。酒香四溢，兵醉酣睡，刘秀得以脱险。后来，汉光武帝刘秀敕名"救驾口"。清朝康熙年间，"扬正义、护良善"起义领袖窦尔敦，以酒为媒，在护驾口村拉队伍上万人。窦死后，因其酒量大，在酒厂南 40 米埋下的葬品竟是 60 大缸酒。

"抗战老酒"是当年冀中军区领导的创意。1938 年 5 月，冀中区党委、冀中行署、冀中军区在安平县诞生，军区领导曾一度住在大豆口村的酒厂，研究和指挥全区的抗日斗争。这期间，军区政委程子华发现这个村的红高粱酒不仅好喝，而且消毒效果好，决定在军区警备旅组建酿酒班，为冀中部队提供食、药两用白酒。

于是，程子华找到了时任县武委会主任的李存仁，让他从酒厂选出 10 名觉悟高、有酿酒技术的工人参加八路军。由于该村 1925 年就建立了党支部，党员团员较多，群众思想觉悟也普遍较高，当时酒厂的 24 名青壮年都报了名。政委程子华从中挑选了 17 人，加入冀中军区警卫旅，专设了酿酒班，酿造出的酒被大家称为"抗战老酒"。天气特别寒冷时，或部队打了胜仗，官兵们就喝几杯，抗寒和助兴，更重要的是解决了医用酒精缺乏问题。

当年军区酿酒班班长刘兰生回忆说："那时我们这个班不仅仅是酿酒，还有保卫冀中区领导的任务，参加过多次战斗，赵同表、李中彦、刘占山、赵子玉 4 名战友先后在抗战中牺牲。"

据介绍，因为酒厂地处沧州、保定和衡水三地交界处，又临近青纱帐，不仅是冀中区领导常住的地方，更是县区领导和县大队经常吃住的地方。

曾任县委副书记的李存仁在回忆录中写道：

> 1942 年 5 月的一天，军区领导和县委书记张亮、政委张根生正在酒厂研究反"扫荡"斗争，突然从高粱地里蹿出了四十多名日伪军，迅速包围了酒厂！我第一个冲出大门，把敌人引开。当时有两名持长枪的日本兵追到我跟前，我把他俩引至一墙角，身靠墙，两手一手攥一支敌人的长枪，大吼一声，脚一发力，一个蛇形九转连环鸳鸯脚，将两个日本兵撂倒在地。此时日军蜂拥而上包围了我，多亏县游击大队及时赶到，消灭了敌人，我才脱险。

"豆口醇"老酒在抗战时期是消毒的良药，是重要的军需物资。

北满正村许英杰在回忆录中写道："1943 年 7 月间，我带领战士在交河富庄驿一带活动时，与敌人遭遇，我右腿被炸伤，部队将我送至赞寺村一堡垒户家中养伤，卫生员给我换药时，每次都用大豆口的老酒止疼消毒。这酒我以前尝过，在当兵前，八路军的重伤员曾在我家养伤，为了给伤员换药，父亲让我到大豆口买过这老酒。当时我到酒厂买酒时，掌柜的还让我喝了一杯，酒挺好喝。"

参加过解放战争的北苏村 94 岁老党员苏金双回忆："我 18 岁就参加了共产党，在抗日战争和解放战争中，一直是村里的基干民兵，多次在战场上担任民兵担架队队长，负责战场中的伤病员护送和物资供应。先后随部队参加过保定护秋护麦、解放大清河、解放石家庄等多次战斗。最艰苦的一次任务是解放太原战役。当时我们的任务是背送炮弹和修建工事，还负责部队粮草的给养，我曾多次给部队运送过大豆口的老酒。在整个战役中，大都是白天休息晚上干活儿。在总攻时战斗十分激烈，有一颗炮弹落在我们7个人的小分队中，3个战友壮烈牺牲，我和战友马树相被炸伤。在给我们治疗时，用来消毒的就是大豆口老酒。"

1988年，大豆口村成立了酒业有限公司，扩大了酿酒规模，采用了更先进的技术，销售区域由冀中扩展到全国，昔日的"抗战老酒"正焕发出新的光彩。

七、解放战争中的六次参军高潮

抗日战争胜利后，中国人民热切希望和平、民主，建设一个新中国。但是1946年6月26日，国民党重兵围攻以鄂豫边宣化店为中心的中原解放区，挑起全面内战。其后，国民党军向其他解放区展开大规模进攻，全面内战由此爆发。

对于人民革命力量来说，战争初期的形势相当严峻。面对日益紧张的局势，安平县委带领全县干部群众，积极响应党的号召，努力做好扩军支前、参军参战的各项工作。

根据中央局和上级指示，安平县积极做好扩军支前工作，先后成立了安平县支前委员会和武装动员委员会。县区还分别建立了战士收容所，负责动员、训练、转送新兵。

从1945年8月到1949年3月，先后6次召开较大规模的全县扩兵工作会议。各区、村也召开区扩干会、区村干部联席会、党团员会、民兵会、妇女会、群众会、青壮年家属会、挑战竞赛会等一系列扩兵会议。不少区、村还结合抗日斗争史和土改运动，组织贫苦农民召开忆苦思甜会，以提高广大干部群众参军的自觉性、主动性，鼓舞人民群众报名参军。为了把参军参战运动推向高潮，胜利完成上级布置的扩军任务，县委、县政府和武装动员委员会还组织县级干部分头到各区，会同区村干部深入群众，深入家庭，做思想工作；发动党员干部分包应征对象，耐心做说服教育工作；号召干部和党团员及先进青壮年发挥模范带头作用，积极报名参军；组织开展自愿参军竞赛活动。各级干部和部门团体努力做好拥军优抗工作，同时利用大字标语、黑板报、广播、集市宣传、文艺演出、学生上街游行呼口号等形式，深入发动青年参军。广大翻身农民，从心底里感谢共产党，反对美蒋发动内战，愿意跟随共产党彻底打败国民党反动派。在参军活动中，模范村、模范户比比皆是，争先恐后要求参军者层出不穷。

解放战争时期，安平县的参军高潮有 6 次。

第一次是 1945 年 8 月 15 日中央发布迅速扩大正规军、向各大城市进军的命令后，安平县大队 350 人在彪塚村被编入八旅三十三团，奔赴了新的战场。随后县大队又重新进行了组建，由闫志学任大队长，孙博敏任副政委，各区小队战士编入县大队。

第二次是 1945 年 11 月 24 日至 1946 年 1 月中旬，全县 380 名青年踊跃报名参军开赴前线。

第三次是 1946 年 7 月至 8 月，分两批入伍 1264 名，其中 7 月入伍 316 名，8 月入伍 948 名。这批新兵大部分被分到了分区部队，小部分留在了县大队。

在扩军补军工作中，大同新村的 5 名村干部率先报名，带动 14 名青壮年一起入伍；郎仁村的全体党支部委员带头报名，带动 10 名党员联名参军；五区区干会上 30 多名青壮年干部纷纷报名参军，有的女干部替儿子、丈夫报名；西满正村一次就有 20 多名青年参军；南两合程村一名党员，有两个小孩，其妻又将生第三个小孩，但他毅然舍下妻儿，联合本村 8 名党员一同参军；香管村有一位老贫农，第一次扩兵给大儿子报名参了军，第二次扩兵又送 17 岁的二儿子上了战场。在动员新兵入伍的同时，县委、县政府还根据中央和冀中军区的指示几次召开会议动员退役、复员军人归队，并组织干部深入到村，宣传到人。

老战士们经过集中训练后，及时回归了部队。

第四次是 1946 年 12 月至 1947 年 1 月，全县 1804 人集体参军，组成安平县农民保家独立团。

第五次是 1947 年 6 月，解放军将由战略防御转入全面反攻，晋察冀军区炮兵团扩建为炮兵旅，急需青年知识分子到部队工作。王志贤等 70 多名教师响应党的号召，投笔从戎，在义里村集体入伍参加了炮兵旅。

第六次是 1948 年 4 月，县委根据冀中军区和冀中行署的指示，动员组织参军。广大青年踊跃报名入伍，80 多名复员军人又重新归队。安平县一批批参军入伍的新战士，怀着对国民党反动派的无比仇恨，带着安平人民的厚望，为保家保田、保卫胜利果实，参加了解放战争，并在张家口、新保安、清风店、石家庄、太原等战场上留下了冲锋陷阵的足迹，为解放全中国做出了重大贡献。

在 6 次参军高潮中，第四次参军人员组建的安平县农民保家独立团，闻名全国。

1946 年 12 月初，为粉碎蒋介石反动派向解放区大举进攻的阴谋，冀中区党委要求安平县在年底前扩军 500 人，成立一个独立营。为完成党交给的这一光荣任务，安平县委召开全县区、村干部大会，县委书记张根生做了动员报告，分析了当时所面临的严峻形势，并号召党员、干部要带头拿起武器，保卫胜利果实。

县里召开动员会后，台城村党支部立即召开会议，带头送去新兵 13 人，在全县是输送新兵最多的一个村。在台城等村的带头下，全县不到 20 天的工夫，就征得 1804 人，组建了安平县农民保家独立团。台城村老支部书记弓刁琢回忆："谁都知道，当兵就意味着上战场，就意味着随时会牺牲，所以当时村党支部研究决定，村干部和党员们要带头动员亲属参军，我先后动员了自己的二弟和两个侄子参军，二弟和一个侄子都在战场上牺牲了。"

当时全县掀起轰轰烈烈的参军热潮。大会现场，县武委会主任田农就第一个报名参军，紧接着 393 名区、村干部也争先报名参军；县长刘庆祥给 14 岁的儿子报了名，40 名村干部也替儿子报了名；四区区长张文宗带领全区 160 名青年参了军；县一区 43 个村青联主任全部报了名；南牛具村 4 名村干部集体入伍，该村李大娘 5 个儿子，已有 3 个在部队，这次又送来一个儿子参军；外出的一区委书记赵政民闻讯后，连夜回家参军；张舍村农会主任赶了 80 里路，把在辛集工作的儿子叫回家参军；新政村青联主任李拴柱是家里的独子，他的孩子还没出满月，在妻子、母亲和奶奶的支持下他也毅然参了军；向官屯村回家养伤的一二〇师某连连长马双贵身负 7 处伤，肺部还留有弹片，在身体尚未痊愈的情况下，他同爱人一起回了部队，在他的带动下，全县有 80 多名复员军人归队……

最后，全县实际报名入伍者高达 1804 人，其中女子 14 人。因为入伍人数的剧增，县委将独立营改为"安平县农民保家独立团"。

1946 年 12 月 26 日，县委在县城大操场举行了安平县农民保家独立团成立大会，县委书记张根生号召全团指战员发扬革命老区的优良传统，英勇杀敌，为全县人民争光。

安平县这次参军工作受到冀中区党委、冀中军区的表彰，《冀中导报》也在头版报道了安平县相关事迹，并描述道：保家独立团入伍的战士们胸戴大红花，身披红彩带，全县 2000 多人的欢迎队伍长达数公里。导报还发表了短评文章，号召冀中各县向安平县看齐。安平县农民踊跃参军的事迹，传遍了晋察冀边区。

安平县农民保家独立团成立后，全县掀起了拥军高潮。南庙头村的李建青系复员军人，因伤了胳膊，不能参军，就把自己的复员费和积蓄全部捐出，作为独立团的慰问金；全县的小学生拾柴、拾废铁变卖成钱慰问新战士；妇女们也积极行动起来为战士赶做军鞋、军衣；县城的居民将最好的房子腾出来给战士住，一位老党员把准备给儿子结婚的、糊了花顶棚的婚房让出来做了连部；各地群众纷纷将鸡蛋、红枣、花生，甚至猪肉等送到城里，慰问战士们……

　　赶车的、推车的、挑担的、背包袱的，源源不断的慰问品从四面八方输送到县城，慰问品堆得像小山一样，足够全团吃 20 多天。

　　安平县农民保家独立团在县城经过 20 天的整编训练，正式加入主力部队，编入三纵八旅，后改名为六十三军一一八师。自此，安平热血儿女便奔赴各个战场，为了国家、为了人民，抛洒热血，奉献青春和生命。

　　独立团指战员们先后参加了解放战争和抗美援朝。他们南征北战，驰骋疆场，英勇杀敌，有的牺牲在家乡的土地上，有的长眠于外地甚至是异国他乡，许多人荣立战功。

　　1947 年，中国人民解放军攻克华北重镇石家庄后，全歼敌三十二师。华北之敌为避免被各个歼灭，将其主力集结于平、津、保地区。此时，察南及漫长的平绥铁路线已呈现空虚。为此，华北野战军司令部决定发起察南战役，三纵八旅是主要参战部队之一。

八、支前模范——安平远征担架团第六连

　　为确保部队顺利迂回作战，解除后顾之忧，中共安平县委根据上级指示精神，继 1946 年组织的大规模扩军运动后，又深入发动广大翻身农民积极行动起来，参加支前工作，跟随八旅远征。在党员和各级干部的带动下，全县很快有近千人报名。经过一番准备，县里成立了以崔树欣（地区代表）、王新征（担架团团长）、李志起（担架团政委）、孙大冲等同志负责的担架团；县以下各区设连，根据实际能力有的区设一个连，有的区设两个连不等。

　　农历正月下旬，县委在马店村隆重召开欢送担架团随主力出征大会，刘庆祥县长代表县委讲话。随后，安平县远征担架团开始了长达数千里的征程。在将近 10 个月的时间里，他们发扬不怕疲劳、连续作

战的作风，克服艰苦生活条件，战胜恶劣自然环境，跟着主力部队三纵八旅挺进察南，转战冀东，参加过大小几十次战斗，始终保持旺盛的斗志。他们非凡的表现、出色的工作，多次受到各级组织的表彰，成为全冀中军区支前工作的典型。

野战军徐州部在察南前线举行隆重典礼，把"支前模范"的锦旗赠给了安平远征担架团第六连。该连共128人，这次支前涌现出了大小功臣51名，70天来没有一个掉队和逃亡的。

第六连执行任务坚决勇敢，在化稍营战斗中，12副担架在弹烟迷蒙里冲上前线。通过大渡桥时，3架飞机轰炸封锁，机枪炮弹在桥的左右纷纷降落，但每个担架队员都是先将伤员放在沟里隐蔽好后，自己才去躲藏，并瞅飞机的空子，一气儿冲过桥的对岸。就这样将53个伤员从火线上安全地转移下来。

滹沱店战役时，天阴得暗黑，伸手不见掌，刮着大风，下着大雨，沙子雨点儿一起砸得眼睛睁不开，担架员们背着炸药，抬着云梯，和战士们一块儿爬着，虽然天气冷，路不好走，但没耽误抬伤员。从滹沱店到邓家台连抬两站，往返130里地，路上情况紧急，他们便用缴获的武器组成大枪班，掩护前进。

第六连也是执行群众纪律和战场纪律的模范，在战斗和行军间隙，他们积极帮助群众生产。仅据北成寺、三台两村的统计，就帮助群众锄草1000斤，背粪150担，捣粪160担，劈木柴900多斤，编盖天30个，起猪圈3个，打土坯2650个，抹房3间。由于积极帮助群众生产，所以军民关系很好。在群众纪律上，做到了"借物返还，损物赔偿"。在迷托安村，担架员和振冰等4人赔群众针4个，刘双印给房东丢了一个锤子，照价给予了赔偿。每逢出发时，纪律检查小组都要挨户向群众问一遍有无违纪事件。

当年的《冀中导报》报道了安平县远征担架团的事迹，文中说：他们纪律严明，攻进化稍营、桃花堡时，街上堆满了国民党兵遗留下

的衣服、鞋子、被褥，虽然大家的衣服、鞋子都很破了，但没有一个
人去拿。

第六连把在战场上缴获的大枪 5 支、战马 5 匹、子弹 1500 发全部
交了出来，无论战时平时该连都给友邻担架队做出了榜样。第六连由
区干部贾端良领导。该连之所以能做到这样，主要是因为干部作风深
入，以身作则，带动群众。如连干部行军给队员们背东西；部队发给
的白面连干部都舍不得吃，给病号留着；及时了解民兵思想情况，有
事召开功臣英模会议进行讨论。

九、70 余名教师投笔从戎

早在抗日战争时期，为了反对日本人的奴化教育，抵制日伪政权
印发的奴化教育课本，安平县很多教员就在暗中开展抗日工作。

杨各庄小学是十里八村有名的学校，建筑风格独特，环境优美，
师资力量最强，儿童团组织最活跃。共产党员张鸿飞负责学校的全面
工作。张鸿飞老师身材高大，身体健壮，头戴一顶帽盔，身穿长衫大
褂，他知识渊博，语文、数学、文艺、体育样样精通，深受学生们敬
重。张鸿飞在教学中坚持爱国主义、中华民族传统文化教育，采用共
产党抗日政府印制的教材，还经常教导学生们："不读日本书，不学日
本话，不给日本人做事。"同时还嘱咐学生们："要学会在表面上应付
鬼子，他们到学校检查时，大家都要把他们发的课本拿出来，摆在桌
面上朗读，鬼子汉奸走后，我们再继续学习共产党八路军的课本。"除
做好教学工作外，他还组织"儿童团""青抗先"站岗放哨，募捐支援
前线。

安平县人民还保卫抗日中学，护送学生安全到达路西。安平县西
李庄的李树昌、安国县南楼地村宋志学、南马村的马喜威等同志，在
抗日中学时曾在杨各庄村北头（街）堡垒户家驻防。安平县报子营村
苦大仇深的少年刘振海，被送往太行山、延安学习的途中，第一站由

报子营地下党护送到杨各庄，村长李中正派地下党员护送到第二站深泽县枣营村，再由枣营村一站一站地送到定州过铁路，进入太行山区，之后送延安学习，培养成才后，在中央机要局工作。

这些同志，经过党的培养，经历了抗日战争、解放战争的锻炼，都成了文武双全的优秀人才，新中国成立后都是机关、企事业单位德才兼备的领导干部。

当我们翻开《华北炮兵战史资料汇编》第一辑，有这样一段文字："1947 年 6 月，河北省安平县王志贤等七十余名教师投笔从戎，为提高炮兵的文化素质做出了贡献。"

那是 1947 年 6 月，全国规模的内战已进行了将近一年，国民党军队对解放区的全面进攻已被粉碎，其重点进攻也即将失败，人民解放军就要转入战略进攻阶段。在此情况下，加强解放军的炮兵建设成了当务之急。

就在这个时候，驻在安平县义里村的晋察冀军区炮兵团扩建为炮兵旅，急需青年知识分子来队工作。因为战士多是翻身农民，识字不多，他们多年来使用简陋的农具在田间劳动，对枪械都感到陌生，对榴弹炮、山炮、战防炮都是见所未见，对操作大炮所需的几何、三角知识就更是闻所未闻了。因此，提高炮兵的文化素质就成了提高部队战斗力的关键。

于是，炮兵旅旅长高存信对安平县委书记张根生说："现在大炮有了，人也有了，都是从各部队挑选的优秀战士、干部，政治素质很好，但是文化水平太低，没有数学知识无法测算距离，很难掌握大炮技术。请县委允许帮助我们动员一部分青年教师入伍，当文化教员。"

安平县委深深懂得科学文化知识在战斗中的作用，认真研究了炮兵旅的要求，一致认为：为提高炮兵战斗力，早日粉碎国民党反动派的军事进攻，号召部分教师参军是义不容辞的责任，即使本县教育暂时受些影响，也是值得的。于是决定：号召青年教师发扬安平县农民保家独立团的精神，为粉碎国民党反动派的军事进攻，为保家保田，投笔从戎。定于6月6日庆祝教师节时由各区分头发出这一号召。

当时全县共有教师300人左右，他们的父母大都是翻身农民，在土改中分了房子和土地，他们由衷地感谢共产党、毛主席，有粉碎国民党军事进攻的强烈愿望，有跟着共产党走的政治觉悟。第七完小校长王志贤，思想进步，工作积极，处处以身作则，教学质量好，是县里的模范教师。在会上，他首先报名。他说："天下兴亡，匹夫有责，我们当教师的应该为青年、为学生做榜样。大敌当前，作为共产党员，我必须带头！作为校长，我更应走在前头！"在他的带动下，全校男教师除一名年龄大的外全部参了军。

庄窝头小学教师赵振川是北赵町村人，经过土改，家里分得了土地，翻了身，他打心眼里热爱共产党，热爱人民解放军。他注重对学生进行思想教育，多次带领学生，带着鸡蛋去义里村慰问炮兵伤病员，参观缴获的国民党大炮。在四区的动员大会上，他说："我们常教育学生翻身不忘共产党，幸福不忘毛主席，我们为人师表，更应说到做到。现在炮兵旅需要文化教员，我坚决响应县委号召，教会战士数学知识，多打胜仗。从敌人手里夺来的大炮，决不能让敌人再夺回去！"他说服父母，毅然参军。

共产党员、县教育科科员刘恩（现名刘金）土改时曾动员自家献出110亩土地，分给贫下中农，在全县传为佳话。这次又坚决要求参军，他说："我虽然不是贫下中农出身，但经过党多年培养教育，经过抗日战争的洗礼，从新旧社会的对比中，看到了自己应该走的道路。作为一名共产党员，为了革命，我不但可以舍弃财产，必要时，也可以献出生命。"大家报以热烈的掌声。

当时正值麦假，一部分教师没有得到开会通知，未能报名参军，得到消息后纷纷赶到县里要求参军。

北赵町小学教师刘占鳌6日晚上听到消息，他思绪万千，怎么也睡不着觉：1937年日军发动七七事变后，国民党五十三军在北赵町村南、庄窝头村北，驱使当地老百姓挖了深1丈多、宽3丈多、长数华里的战壕，说是要"与国土共存亡""拼死抗战"，可是还没听到日本人的枪声就逃之夭夭了。是共产党领导人民开展敌后游击战争，经过浴血奋战，同全国各族人民一起，取得了抗日战争的最后胜利。共产党又领导人民实行土地改革，使广大贫苦农民翻了身。可是蒋介石却发动了全国规模的内战，企图摧毁解放区，夺走人民分得的土地。在此情况下，我绝不能犹豫，我要响应县委号召，保卫胜利果实。

鸡刚叫头遍他就向25里外的县城奔去，天不亮就赶到了县教育科。科长同他开玩笑说："你来晚了，名额已满了。"

他央求说："看在乡亲的分上，无论如何补上我一个，谁让你事先不通知我开会呢！"就这样，他欢天喜地地同首批33名教师参加了炮兵旅。

6月17日，县委和县政府联合召开欢送大会，县委书记张根生讲话，他勉励大家入伍后英勇杀敌，为提高部队的文化素质尽心尽力，为全县17万父老乡亲增光，并授予参军教师"投笔从戎"锦旗一面，赠送每人草帽一顶。

县委领导同大家合影留念，参军的教师和留下的教师相互勉励，气氛十分热烈。有位教师送给王志贤一张照片，背面写了"爱民如玉，杀敌如虎"8个字，集中体现了大家对参军教师的期望。这批优秀教师在刘继恩的带领下，高举着"投笔从戎"的大旗，来到炮兵旅旅部驻地义里村。

炮兵旅召开了隆重的欢迎大会。义里村及附近群众自发地手执小旗，像赶庙会似的从四面八方拥来，各村的秧歌队、高跷队也赶来助兴。旅长高存信、政委王英高、政治部主任陈靖出席欢迎仪式，陈靖同志代表炮兵旅首长讲了话。他对安平县委选派这样多的优秀教师参军表示衷心感谢，对教师们加入炮兵旅表示热烈欢迎，并勉励大家安心工作，不断进步。

刘继恩代表全体参军教师表了决心，他说："为了保卫胜利果实，我们决不辜负县委、县政府和全县 17 万人民的重托，决不辜负炮兵旅首长对我们的信任，入伍后一定英勇杀敌，多打胜仗，请首长和战友们看我们的实际行动吧！"

他的话赢得了大家的阵阵掌声，这掌声表达了家乡父老对人民子弟兵、对教师们的一片深情。

这批教师参军后县委发了通报，表扬了他们的模范行动，号召青年教师以他们为榜样，继续参加炮兵旅。接着又有 40 多名优秀教师参加了炮兵旅。这样，先后两批教师共 70 多人参军，占全县教师总数的四分之一。

他们参军后，受到首长和战士们的热烈欢迎，被称为"文化兵"。为了充分发挥他们的特长，他们多数被安排当了文化教员、文书等，对提高部队的文化素质和战斗力起了积极作用。

他们当中有的人当了政工干部，充实了部队的政工队伍，推动了部队的政治思想建设。张军参军前是深受学生爱戴的好教师，参军后怀着"打倒蒋介石，建立新中国"的强烈愿望，想方设法积极做好部队的思想政治工作，多次出色地完成了任务，受到领导和战士们的赞扬。

经过多年的战争锻炼，他们大都成了炮兵部队思想政治工作的骨干力量，在离开部队前，多数人是团级干部，甚至还有师级及军级干部。

安平县教师集体参军是继安平县农民保家独立团之后，在安平县引起巨大反响的又一重要参军事件，推动了安平县的各项工作，尤其是参军支前工作的开展。教师参军也在学生心里树立了光辉榜样，学生们自动给军属拾柴、扫院子，节约零用钱买鸡蛋慰问伤病员。参军参战、拥军优属蔚然成风。

这些投笔从戎的同志，在解放战争中南征北战，走遍了华北的山山水水，在清风店、石家庄、新保安、张家口、平津、太原等战场上都留下了他们冲锋陷阵的足迹，几乎每个人都立过功、受过奖。新中国成立后，炮兵旅改编为华北军区特种兵部队，在这个新组建的部队中，亦有这些教师的身影。朝鲜战争爆发后，他们又渡过鸭绿江与朝鲜人民军并肩作战。

安平县小学教师投笔从戎，是安平县革命斗争史上光辉的一页。这是 70 多名入伍者的光荣，是全县教师队伍的光荣，更是全县人民的光荣。一直到今天，都是激励和鼓舞老区人民的精神力量。

十、北上南下支援新解放区

1945 年安平全县解放后，县委根据中共中央关于从老解放区抽调大批干部到东北开辟新解放区的决定，于 8 月至 9 月间，先后抽调三批县区干部共 69 人，由张锡銮、赵奇等带队，去东北工作。

1947 年夏季，解放战争已由战略防御转入战略进攻。解放区不断扩大，需要大批优秀干部到新解放区开展工作。中共中央决定从各解放区抽调大批优秀干部，跟随刘邓大军南下。

冀中区党委、九地委根据中共中央的指示，对抽调干部南下进行了具体部署。要求选派干部要领导干部和一般干部相结合，调出与充实同时考虑。为此，安平县委进行了周密安排：

1. 县区党政机关均增设副职，扩大各级党委会人数。

2. 大胆提拔一些村干部、党员参加区级领导工作。

3. 加强轮训，提高干部素质，积极输送县区干部到上一级党校学习培训，县举办训练班，对区、村党员干部进行轮训。

4. 有计划地慎重地选拔一些在乡知识分子和中学、师范的师生进行重点培养，以扩大干部来源。在抽调干部的方法上，采取了在全县党员干部范围内，个人自愿报名、组织审查批准的办法。为确保抽调干部质量，要求年龄限制在 40 岁以下，有一定文化基础，身体好，能坚持长途行军。不准带家属、小孩，夫妇都是干部的可以一同被抽调，但也不准带小孩。

由于思想工作到位，工作扎实，广大党员干部顾全大局，服从革命需要，积极响应党的号召，纷纷自愿报名随军南下。

解放战争时期，全县共抽调北上南下干部 170 多人，调外地工作的党员不计其数，仅 1948 年就有 778 人。一批又一批的北上南下干部临行前，县委、县政府都要召开欢送大会，给他们披红戴花，并合影留念。县委、县政府主要领导代表全县人民对抽调干部进行鼓励和嘱托，被抽调干部代表也在会上表态发言。欢送大会上，大家情绪高涨，气氛十分热烈。

这些在抗日战争和解放战争中锻炼出来的北上南下干部，到新解放区后，不畏艰险，不怕牺牲，为那里的革命和建设做出了卓越贡献，阎群昌、刘玉楷、王奔等人壮烈牺牲。

第八章 继往开来谱新曲

在社会主义革命和建设时期，革命老区安平县的广大党员干部和人民群众在党的坚强领导下，敢为人先，勇于奉献，不断开拓创新、积极进取，创造了一个又一个新的奇迹。

弓仲韬走了，台城的后人跟了上来。

新中国成立后的 1951 年，毕铁榜担任台城村支部书记。他积极响应党的号召，率先把自己家的地、车、牲口贡献出来，动员 10 户农民成立了全县第一批、全乡最早的互助组。1952 年，他又成立了全县第一批积极生产合作社，将农民们组织起来走共同富裕道路。

1955 年，安平县南王庄村的王玉坤、王小其、王小庞三户贫农在"散社风"和缺牲口、少农具的情况下坚持办社，得到毛泽东主席的充分肯定，誉之为"五亿农民的方向"。

20 世纪 60 年代后，南王庄村又成为全县发展生产、为国家多做贡献的一面旗帜。

1962 年，台城村开始大面积平整土地。村支部书记毕铁榜把自己的自行车卖掉，动员全村干部群众集资，打了全乡第一眼机井，这在全县也是最早的。此后，台城村耕地由旱田全部变成了水浇地。台城村一改原来贫穷面貌，粮食、棉花连年喜获丰收。

历史上，安平县境内滹沱河屡屡泛滥成灾，台城村临近滹沱河，又叫"河沟北"。1963 年根治海河之前，河水每年都从村中过，是安平县洪涝重灾区。1956 年 7 月底至 8 月初，暴雨连降，洪峰从上游窜村而过，全村倒塌房屋 1276 间，农田全部被淹没。村党支部率领广大党员群众不畏危险、英勇搏斗，谱写了一曲又一曲英雄乐章。年过七旬的村支书见大水冲淹了全村，4 名村民已被洪水冲走，近百人被水淹没。村支书立即带领村干部下水救人，第一个跳进水中。有人说："这么大水要注意！"他说："死得先死咱干部。"4 名村民被救脱险。全县 7 个重灾村在这次洪灾中共有 22 人遇难，29 人重伤。台城村在村党支部的领导下，没有出现一人伤亡。

台城村党支部积极带领群众发展生产，一直是建设新家园的坚强堡垒。在当地生产、生活条件非常艰苦的情况下，每年向国家交纳粮食数额在全县名列前茅。

1952 年，台城村发生严重旱灾、虫灾、雹灾，受灾面积达 70%。村党支部带领大家开展了加施肥料、拍打灭虫等多种形式的"抗灾增收"活动，硬是在灾年里拼出了好收成。1963 年，在遭受特大洪水灾害的情况下，村党支部带领大家抢修道路、恢复生产，村民生活没受太大损失。

1975 年，为了便于发展生产，台城村的 8 个小队分成了 15 个小生产队，村支部挑选优秀党员担任生产队队长（当年生产队的指导员一般是党员）。23 岁的青年党员弓会民担任生产队长后，本来在农业种植方面是外行，但他好学、肯钻研，通过从报纸、刊物、书本上学，自己摸索，总结了一套粮棉种植技术，硬是成了农业生产的行家里手，使台城村在全县成了"旗帜队"。他说，别的生产队拿公粮一万斤，咱们拿两万斤。因此，多次受到县和公社的表彰。

农村家庭联产承包责任制实行以后，台城村同全国其他农村一样，迅速解放了生产力，一部分人很快发家致富。然而，这捷足先登的毕竟是少数，多数农户因无技术或无资金，致富无门。很快，村党支部率领村干部为乡亲在共同富裕之间做起了"红媒"，要让台城村在 20 世纪 80 年代的中国农村重振雄风。

村里建起了农业服务公司，为群众提供耕、种、灌等全方位服务，解决了群众农业生产中的一切困难。到 1985 年，台城村农业生产跨上了一个新台阶，粮食获得了大丰收。

引导村民个人搞织网、上拔丝机。村干部带领村民到县拔丝厂、织网厂参观学习，并帮助购买设备搞安装。新上了变压器，解决用电不足的问题。鼓励村民外出经商，村党支部为村民搜集提供外出经商的信息，党员带头外出找市场。到 1990 年，全村外出经营户达到 87 户，全村外出村民经商收入共计 1000 万元。

改革开放特别是实行家庭联产承包责任制以来，台城村党支部充分发挥党员的先锋模范作用，带领全村群众把土地承包到户，实行分户独立经营，并提出"交足国家的，留够集体的，剩下全是自己的"口号，进而大力推进农村产业结构调整、农村社会化服务、发展规模化经营等项工作，使家庭联产承包责任制不断得到巩固、完善和发展。该村农业开始由粮食单一经营向多种经营转变，由传统农业向现代农业转变，由农业经济向工副业经济转变，先后创出"台城丝网"品牌、"台城生猪基地"等多元式经济发展模式，促进了全村经济社会的发展。

村党支部针对村里党员生产和生活状况，着力理顺党建工作机制，抓好村党小组的建设，协调各党小组依照每名党员的实际情况，取长补短，整合资源，共同发展。各党小组每月向党支部汇报一次日常工作进展，以及党员干部群众思想动向，党支部根据汇报，了解整体情况，制定解决方案。每逢重大事项，村党支部首先召开党小组长会议，先了解情况，再召开党员会、村民代表会。比如：为解决村内丝网经营户恶性竞争问题，村党支部组织 5 名懂丝网经营的党小组长研究制定了《台城牌丝网章程》，统一技术指标和价格，规范丝网的生产、加工和销售，保证了全村加工户的效益。

在党员管理方面，不断提高新党员的致富、带富能力，推动全村经济发展。

一是实行双重管理。党支部坚持加强全体党员的宗旨教育和传统革命作风教育，提高党性修养。下属各党小组从实际出发，突出各自特点搞好党员管理。

二是开展双向培养（就是把党员培养成致富带头人、把致富带头人中的先进分子培养成党员）。村党支部组织开展青年农民党建理论培训，举办专业技术培训。党员弓会民参加学习培训后很快成为苹果种植能手，并带领两户群众承包了 200 亩果园。

三是强化双带互动（就是党员带领群众共同发展、党组织带领致富带头人不断进步）。村党支部抽调 4 名致富党员，多方跑办，引进了新型生物燃料项目，2012 年投产后，年消耗秸秆 5000 吨，人均可增收两百多元。

四是推行设岗定责。采取自我认岗、支部定岗、公示明岗、引导履岗、考核评岗的办法，使党员干部在各自岗位上体现先进性。党员赵广晕的便民服务全县闻名。1997 年，他在村里建起了第一个农资便民店，出售化肥、农药、柴油、汽油等农机部件。他是安平县第一个到农户地头送农资的人。2006 年开始他又到田间地头送农资，开了全县之先河。每逢农忙季节，他开着车跑遍全县 230 个村的田间地头，曾 3 次被评为"优秀共产党员"。

在发展党员方面，注重围绕全村的经济发展、社会稳定，好中选优，多方面培养。近年来，通过发展党员，加强党员管理，促进了村内各项工作的开展。一是扩大了党的工作覆盖面和影响力，有效破解了积极分子来源单一、党组织后继乏人等问题。二是促进了农村经济发展和农民增收。村党支部通过结对帮扶、党员带头等方法，发挥牵引作用，促进了全村经济和社会各项事业发展，成为首批新农村建设的示范村。三是维护了和谐稳定的发展环境。村党支部要求广大党员成为群众最亲近的服务队、最热心的管事人、最信赖的主心骨、最可靠的调解员，从而使党群关系进一步密切，社会风气更加和谐。

党的十八大以来，台城村党支部坚持强化党建引领，团结全体党员群众传承红色基因、赓续红色根脉，解放思想、改革创新，全面推进乡村振兴，台城村经济社会发展驶入了快车道。

产业振兴：台城村坚持走"党建引领＋红色文旅＋现代农业"发展道路，促进一、二、三产融合发展。今天的台城村，丝网产业方兴未艾，红色旅游如火如荼，特色种植成方连片，人均年收入超过两万元。

人才振兴：努力加强后备干部培养，积极组织党员群众参加政治理论和专业技能培训，不断提升整体素质。健全完善工作机制，激励各类人才充分发挥作用，大力营造吸引优秀青年回乡创业的良好氛围。

文化振兴：加强精神文明建设，建立了村秧歌队、锣鼓队、剧社和广场舞队。在2019年衡水市第三届旅游产业发展大会上，台城村志愿者服务队成为一道亮丽的风景。

生态振兴：全面做好人居环境整治工作，更新供排水管道1.67万米，改厕480户，种植景观树木8000多棵，修建大型活动广场2个。

组织振兴：按照"一核三治五提升"星级党支部创建要求，健全完善工作机制，深入开展"党员星级化"管理、"开门一件事"活动，推行"1+10"党员联系户制度，街巷全部安排党员担任街长，搭起了党群"连心桥"。

据现任村党支部书记杨新杰介绍，台城村现有村民2360人，其中党员84人。革命前辈留下的光荣传统成为激励台城村民不断开拓进取的精神力量。

2017年，中共第一个农村支部纪念馆组建宣讲队伍，开设了爱国主义专题党课。台城村以此为契机，组织村内"五老"加入宣讲队伍中来，开展"在纪念馆讲、在支部大讲堂讲、在学生课堂讲、在文化广场讲、在田间地头讲"活动。他们为游客讲、为学生讲、为村民讲，极大地提升了台城村的知名度和美誉度。

杨新杰介绍说，台城村弘扬"敢为人先、勇于奉献"的精神，实施"党员星级化"管理，积极发挥党员先锋模范作用，大力开展"基层党建质量提升年""脱贫攻坚党旗红""1+10"党员联系户、创先争优树标兵等活动，履职践诺树形象、打擂发言评先进，为群众办实事，树立了党员的光辉形象。每名党员在家门口统一悬挂"我家有党员，乡亲向我看"的标识牌，以此亮身份、做表率，将创新、创优、创业绩逐步转化为党员的自觉行动。他们还利用纪念馆组织开展招募"小小讲解员"志愿者的契机，组织动员村内中小学生加入进来，发挥"我是台城人"的优势，讲述红色故事，传承红色基因。

2019年1月，他们以村集体名义成立了河北仲韬农业旅游发展有限公司，大力发展红色旅游，积极引导村民参与景区住宿餐饮、休闲娱乐、生态采摘等项目，建设新时代红色文旅主题村落，打造"农旅融合"创新示范点。目前，星火台城红色景区一期工程已经完工。该工程以中共第一个农村支部纪念馆为核心，涵盖台城村委、台城祠堂、弓家大院等21个项目，包括餐饮点2处、体验点11处、讲解点4处、购物点4处。重点打造了冀中印象风情"一街两巷"，包括台城祠堂、第一个农村支部成立旧址、平民夜校、红色书店、旅游商店、特色小吃等，改造了沿街村庄建筑物，在村东口建设了第一个农村党支部标志物、停车场、旅游公交站，形成了集展示、服务、管理于一体的旅游服务中心。台城村文旅产业业态齐全，已经成为以中共第一个农村支部纪念馆为核心，以"红色文化＋乡村旅游"为主题，集党性教育、红色教育、爱国主义教育、红色旅游、研学体验等多功能为一体的红色旅游胜地。

2012年以来，台城村引导群众调整种植结构，大力发展园林苗木产业，既改善了人居环境，又厚实了村集体"家底"，还鼓起了群众的钱包。目前，该村有林地约1000亩，人均年收入11000余元。该村实现生态效益、经济效益和社会效益的"多赢"，先后获得"国家森林乡村""省级森林乡村"等荣誉称号，被列为安平县基层党建示范点。

按照党的二十大精神和习近平总书记关于乡村振兴的重要论述，在县党史研究中心积极推动、精心指导下，安平县"红色片区"——东黄城镇台城村作为全县乡村振兴专项行动中的亮点，在中共第一个农村支部诞辰百年之际重启"平民夜校"，于4月13日正式开班。

台城村党支部还将常态化开展夜校授课活动，通过思想微课堂、道德微课堂、家庭教育课堂、法律微课堂、农业技术微课堂等形式，有针对性地开展各类教育培训，打通党建引领乡村振兴的"最后一公里"。目前全县八个乡镇都先后开设"平民夜校"，宣传党的二十大精神，不断丰富百姓文化生活，提高群众素质，为乡村振兴注入正能量，点亮了百姓新生活。

"平民夜校"是中国共产党早期发动群众、启蒙群众的主要方式之一。一百年前的"平民夜校"曾作为中共第一个农村支部的重要组成部分，让所有的穷苦人都挺起腰杆子。一百年后的"平民夜校"将在新时代承担起服务乡村全面振兴的重要任务，以群众需求为导向，不断丰富教学内容、创新教学形式，探索将夜校开到"指尖"上——为扩大受众群众范围，把课程安排提前发到群众手机上，让群众及时掌握夜校动态。让广大群众在夜校课堂上学有所得、学有所用，努力提升群众综合素质，推进产业蓬勃发展，讲好乡村振兴"致富文章"。

在安平这块红色热土上，弓仲韬等革命先辈"敢为人先、勇于奉献"的精神影响和激励着全县人民团结一心、奋勇向前。进入新时代，中共安平县委带领全县党员干部群众，深入学习贯彻习近平新时代中国特色社会主义思想，传承红色基因，牢记初心使命，解放思想，奋发进取，扎实做好新区提级、城市更新、乡村振兴、文化夯基、优化营商环境五大专项行动，致力于打造雄衡协作区、千亿级丝网特色产业集群、国家农业现代化示范区、新型城镇化和城乡统筹示范县、滹沱河生态修复引领区、"红色安平"品牌建设六大实践场景，在建设经济强省、美丽河北的大道上阔步前行。

创新创造的蓝色之城。丝网是安平的特色产业、支柱产业，产品广泛用于交通水利、畜牧养殖、建筑装饰等工农业生产生活和航空航天、石油化工等高精尖领域，产销量、出口量均占全国 80% 以上，年产值超过 800 亿元，是全球最大的丝网产销集散地，被评为中国丝网之都、中国丝网织造名城，被列为工信部重点培育区域品牌、2022 年度中小企业特色产业集群、全国首批"小微企业质量管理体系认证提升行动"区域试点。近年来，安平县坚持创新引领、科技赋能，成立网都河北科技服务有限公司、河北省丝网产业技术研究院，发布中国丝网指数，连续成功举办 22 届国际丝网博览会，在全省 107 个县域产业集群中第一个成立省级协会——河北省丝网产业协会，率先承接省科技厅科技特派团，县域科技创新能力跃升至 A 级，到今年年底丝网产业营收可达到千亿元。

乡村振兴的典范之城。紧扣乡村振兴战略，深化农业产业结构调整，成功创建国家现代农业产业园、国家农业现代化示范区、国家农业产业融合发展示范园三个"国字号"工程创建县园区。大力发展生猪、白山药、油菜等特色农产品，精心打造了杨屯省级乡村振兴示范区、北纬 38 度生态农业隆起带，组建了乡村建设振兴开发集团有限公司，安平白山药获得国家地理标志证明商标，生猪绿色循环产业模式在全国推广，被评为全国畜牧业绿色发展示范县、全国农村创业创新典型县。着力做好"党建 + 乡村振兴"，台城红色景区、杨屯万亩花海景区被评定为国家 3A 级旅游景区，正在践行从"新中国五亿农民的方向"到"新时代五亿农民的典范"的嬗变。

宜居宜业的魅力之城。安平古称博陵，自汉高祖时置县，因"众官民安居乐业且地势平坦"而得名，迄今已有 2200 多年的历史。汉王墓、车马出行图、安平古八景见证着时代更迭、岁月沧桑，圣姑郝女君崇尚孝德的故事传承不息，唐朝诗人崔护的"人面桃花"诗句传诵至今，文学大师孙犁及其创立的"荷花淀派"在中外文坛享有盛誉。安平县深入实施城市更新行动，先后建成六馆一中心、森林公园等一批城市"后花园"，被评为省级园林城、卫生城、洁净城，顺利通过国家级园林城初检，率先实现城乡公交一体化全覆盖，被评为河北省优先发展公共交通示范城市；文旅引人入胜，连续举办六届油菜花文化旅游节，成功承办了衡水市第三届旅发大会，文旅名片越来越响亮。

充满活力的机遇之城。安平县抢抓京津冀协同发展和雄安新区规划建设重大机遇，大力推进高新区提能升级，高标准建设雄安衡水协作区安平片区，深化"234+1.5"亩均论英雄、"信用＋承诺制"改革，出台《促进经济高质量发展若干意见》《招商引资优惠政策二十条》等多项政策措施，实施重点项目建设"五个一"包联机制，为企业提供全方位"妈妈式"服务，打造区域营商环境新高地。坚持改革创新，挂牌成立了网都科技、乡村振兴、水务集团等国有企业集团，要素资源配置全面优化，为产业转型升级提供了平台支撑。大力弘扬企业家精神，开展评选优秀企业家活动，设立了企业家荣耀广场，在全社会营造了像尊重科学家一样尊重企业家的浓厚氛围。

今日之安平，得天时、居地利、兼人和，创业热潮处处涌现，商机活力时时迸发，发展前景广阔无限。安平上下坚持以习近平新时代中国特色社会主义思想为指导，正深入学习贯彻党的二十大精神，以推动高质量发展为首要任务，向着中国式现代化经济强县、美丽安平的目标阔步前进。

今日安平

第九章　中共第一个农村支部纪念馆

中共第一个农村支部纪念馆位于安平县东黄城镇台城村，距安平县城约 3.5 公里。

纪念馆首次兴建是在 2002 年，2004 年和 2008 年先后对馆内展览进行了改陈；2009 年、2017 年又分别对纪念馆进行了扩建和改造提升。2023 年，为了迎接台城特支的百年纪念活动，纪念馆再次进行了大规模的馆陈提升。纪念馆现占地面积共 6160 平方米，展览面积 901 平方米，展览区域划为"播火台城开创先河""燃亮安平辐射周边""发动群众燎原冀中""浴血奋战夺取胜利""艰苦奋斗改革创新""奋进新征程建功新时代"六个展区。

纪念馆序厅正中是李大钊和弓仲韬的汉白玉雕像。

背景浮雕以安平革命史为主线，主要展示台城特支成立、安平县委成立、冀中军区成立、安平解放、安平农民保家独立团、远征担架团、五亿农民方向等重点事件和场景。

大门外，是"天下网都"的盛世繁华，春风桃李的烟火人家；大门内，却是风雨如磐的幽深岁月、敢为人先的铁血壮歌。那些抛家舍业、九死一生而信仰坚定的革命先驱，那些淹没在岁月长河中的英雄壮举，在这里一一展现。

中共第一个农村支部纪念馆大力传承和弘扬"敢为人先、勇于奉献"的革命精神，组织开展丰富多样的宣传教育活动，全力为公众提供优质的陈列展览、参观讲解和红色教育等服务。目前，已累计接待党员干部、青少年学生和社会各界学习参观者 150 万余人次，已成为衡水市规模最大、规格最高、功能最全的红色文化教育基地、党员干部教育培训基地和未成年人思想道德教育基地。曾获得全国基层理论宣讲先进集体、中国华侨国际文化交流基地、省级爱国主义教育基地、河北省中共党史教育基地、国防教育基地、中小学研学教育实践基地等荣誉称号。

纪念馆经过多次改造提升，文物由少到多，影响力也越来越大，尤其是 2023 年的这次提升，作为台城特支成立百年系列纪念活动的重要工作，受到河北省委以及衡水市委、安平县委的高度重视。

2022 年 8 月 5 日，河北省委书记倪岳峰到中共第一个农村支部纪念馆进行调研，并做了具体指示，提了 12 个问题。安平县委高度重视，立即召开县委常委会议，就贯彻落实倪岳峰书记调研指示精神和衡水市委书记吴晓华部署要求进行研究，提出要把中共第一个农村支部纪念馆展陈升级作为宣传贯彻党的二十大精神的具体行动，作为"台城特支"成立百年纪念活动的重要举措。之后，又多次召开专题会议进行研究。在省委党史研究室的指导下，在市委相关领导的指挥调度下，纪念馆展陈升级工作顺利进行。

首先迅速成立了省、市、县三级领导及权威党史专家与专业展陈机构共同参与的工作专班，专班办公室积极对外联系，先后到中国共产党历史展览馆、西柏坡纪念馆、河北省博物馆参观学习。聘请了业内专家撰写展陈大纲。安平县迅速成立了展陈升级工作专班，配足配强人员力量，设置了综合协调组、文字材料组、史料搜集组、意见反馈组、工程推进组和宣传报道组，明确分工，落实责任。

为加快推进展陈大纲撰写进度和质量，2022 年 8 月 20 日，组织撰写大纲人员同 10 余名市、县党史专家在石家庄集中办公，25 日展陈大纲初稿完成。之后，又组织省、市、县党史专家和历任县级、科局级老领导召开座谈会、研讨会、论证会 5 次，对展陈内容及框架进行了研讨。同时，还通过微信、电话等形式，征求了郭华、刘苏芳等参与过当时建馆的老领导和市党史专家意见，安排专人对意见建议进行梳理归纳，逐条与大纲撰写人员进行交流，并将采用情况及时反馈给提出意见人员。经过反复打磨，于2022年9月14日完成展陈大纲第六稿，特别对倪岳峰书记提出的12个问题，通过内容调整一一进行了研究落实。本稿大纲展陈框架由原来的5个单元调整为6个单元，增设了"奋进新征程建功新时代"单元，调整了展陈比例，其中序厅、中共台城特支、中共安平县委成立部分的展陈面积占总面积的66.2%，其他部分占33.8%。

为进一步丰富纪念馆展陈资料，专班办公室选派熟知纪念馆历史的骨干、专家，兵分三路，分别到石家庄、保定、北京、唐山、哈尔滨、吉林、天津等地及周边市县全面搜集整理李子逊、弓润、安淑静、弓凤洲、李子寿、陆治国、黄桦、严镜波、弓乃如等相关史料、文物。县委组织部、党史办、档案馆、纪念馆等部门也同步搜集整理。同时，市委宣传部更是全力支持，选派相关人员到高阳、蠡县、博野及周边等地搜集史料，进一步丰富展览内容。在广泛搜集、严格论证的基础上，进一步充实了展陈史料和展品。展陈照片由原来的144张调整充实到203张，展品由原来的126件调整充实到162件，图表由原来的7处调整充实到31处。

为进一步加快工作进展和提高工作效率，从2022年9月21日开始，设计团队、大纲撰写人员、市县党史专家及相关工作人员在安平进行集中办公，对展陈大纲的结构、内容、照片的选用、文字的表述逐条进行了研究、讨论、资料核准论证，确定各单元展陈内容，明确专人分头对接方案设计人员，逐项进行修改完善，对发现的问题随时沟通、随时处理。经历了近一个月不分昼夜的连续奋战，10月19日，展陈大纲和设计方案分别征求了省委组织部、省委宣传部和省委党史研究室意见，并按照反馈意见建议再次进行修改完善后，形成了展陈大纲和展陈设计方案呈报稿，上报省委相关领导。设计过程中，根据展陈需要，增加了展陈面积，将纪念馆原办公区改造拓宽为展览区域，展陈面积由原来的 607 平方米扩充到 900 平方米，展线长度由原来的 210 米增加到 267 米。展陈方式也在保持整体风格简洁朴实的前提下，增加壁式景观、立体造型、幻影成像、新媒体等结构语言和圆雕、浮雕等艺术呈现形式。

　　2022 年 11 月 1 日，安平县委在收到省委书记倪岳峰，省委副书记廉毅敏，省委常委、组织部长柯俊和省委常委、宣传部长张政对中共衡水市委《关于呈请审定中共第一个农村支部纪念馆展览大纲和展览陈列设计方案的报告》批复后，高度重视，立即对下一步工作进行了安排部署。中共第一个农村支部纪念馆展览大纲、设计方案报省委党史研究室审阅。

　　纪念馆展陈升级工作时间紧、任务重，为了确保又快又好地完成，版式图和效果图的绘画、艺术设计、场景持续深化，即出即审。2022 年 12 月 20 日左右完成评审后开始招投标，中标单位立即签合同进场施工。

　　经过上下一心的努力，2023 年 2 月，中共第一个农村支部纪念馆终于完成展陈升级。

纪念馆组照

第十章　口述实录

忆我的姥爷弓仲韬、母亲弓乃如

田晓虹

　　我姥爷叫弓仲韬，是中共第一个农村支部台城特支的创建者。1923 年，他由李大钊介绍加入中国共产党后，奉命回到家乡发展党组织，开始革命活动。为了革命事业他倾家荡产，历尽苦难，却意志坚定，初心不改。我母亲弓乃如也是一名早期党员，她 1916 年 12 月 20 日出生于河北省安平县台城村，1925 年 3 月，年仅 9 岁的她就随父（我姥爷弓仲韬）参加革命，加入少共青年团，后转为中国共产党党员。1930 年她曾任安平县立女子师范学生党支部书记，野营村小学教员、党支部书记，在白色恐怖时期她冒着生命危险坚持地下工作，为发展党的事业做出重要贡献。1937 年，因为一直遭到反动派的追捕，加之与上级党组织失去联系，母亲跟随姥爷姥姥一起去延安寻找党组织。可是到了西安，因为姥姥病重，姥爷留在了西安，让我母亲先去了延安。

　　1938 年我母亲在陕北公学学习期间，认识了我父亲田澍。我父亲是 1937 年从东北黑龙江富锦县走到延安参加革命的进步学生，他长得特别英俊，有文化，沉稳内向。我母亲个儿不高，也就 1.55 米，充满青春朝气和革命热情。在陕北公学期间，父亲和母亲相识相爱，结为革命伴侣。1947 年他们回到我父亲的老家富锦县，我父亲担任第一任县长。后他还担任黑龙江省农村工作部副部长。

我 1950 年出生于哈尔滨市。我第一次见到姥爷弓仲韬是在 1956 年。在我童年的记忆中，那是我家中的一件"大事"。那年，我母亲弓乃如回到安平县台城村，将姥爷弓仲韬和照顾他的一位"胡阿姨"接到家中，看到眼窝深陷、双目失明的姥爷，我和弟弟吓得直哭。听了母亲讲姥爷的革命经历，知道他是那么伟大无私的一位老党员，我心中充满敬意。

姥爷个子不高，身材微胖——据说他从西安回到老家安平时很瘦，因为颠沛流离，身体虚弱，甚至不能走路。后来到我家后，得到我父母的悉心照顾，身体好多了，总之我印象中的姥爷虽然眼睛看不见了，行动不便，但他积极乐观，是个慈祥和善的老人，经常给我们讲故事，很快就和我们全家人融到了一起。

当时我们家孩子多，亲戚多，自从我爷爷去世后，我奶奶就搬到了我家。我姑姑、姑父因公被派往外国工作，他们的三个孩子也是陆续在我家长大的。我还有三个哥哥，一个弟弟（老大田小平，1941 年 12 月生人，老二田小庆，1946 年 2 月生人，老三田卫平，1947 年 11 月生人，老四田晓虹，1950 年 4 月生人，老五田小刚，1951 年 12 月生人），加上我姥爷，这么庞大的一个家庭，需要操心的事太多了，按说矛盾是不可避免的，但在我印象中，我们家特别和谐，从没有争吵过，是个令人羡慕的幸福家庭。之所以如此，一个重要原因是我有一位好母亲。我母亲当时是黑龙江省委统战部干部处处长，她在工作上兢兢业业，一丝不苟，在生活中是一位非常善良、贤惠、能干的好女人，对孩子们温和，有耐心，遇到问题总是循循善诱，很少发火。

母亲每天给我奶奶梳头，家里人口多，开销大，怎么支配收入，日常的大事小情，她都尊重我奶奶的意见。她对老人特别孝顺，街坊邻居没有一个不夸的。有一次我姥爷的背上长满了类似疥疮的小疙瘩，母亲就按照医嘱，每天帮姥爷上药，挤脓水，擦洗。

父母一生光明磊落，他们都是国家干部，却从没干过一件假公济私的事情。记得爷爷去世那年，按照当地的习俗，村里长辈主张大办葬礼，但一向特别孝顺的父亲却坚决反对，为了在农村推广移风易俗新风尚，他以身作则，坚持丧事从简，不大操大办。

母亲是一个特别好的人，在我印象中，她唯一一次对我特别严厉是因为一把钉子。小时候我淘气，看到街上有个修鞋的小摊，地上放着一些钉鞋掌的钉子，就顺手抓起几个钉子玩儿，又随手放回盒子里了，那修鞋的老头可能没看清，非得说我拿了他的钉子，拽着我不让我走。母亲闻讯赶来，严厉地问我："是不是你拿的？如果是你拿了，一定要勇于承认。"

我哇哇大哭，委屈地说："我怎么会偷几个钉子？"

母亲问清楚后，一边哄我，一边耐心解释："不在东西大小，是否值钱，如果你真拿了，那就是品质问题，所以妈妈才担心生气。"

这件事让我印象特别深刻，到今天想起来还历历在目，我父母和我姥爷一样，都是特别正直的人。

我记得姥爷生前的工资级别是19级。母亲都给他保存着，从不用这笔钱。姥爷临终前，让我母亲把他攒下的钱都交了党费。我记得有1000多吧。1964年姥爷在我家（哈尔滨市阿什河街39号）去世了，在妈妈的操持下，烈士陵园给姥爷修了个不错的墓，水泥砌的。父母每年都带我们去扫墓。

1991年4月18日，我母亲弓乃如在哈尔滨去世。终年75岁。

我永远怀念他们！

我和伯父弓仲韬的一段往事

弓文杰

我是安平县台城村人，今年88岁，曾在乡中学当过校长，现退休在家。弓仲韬是我的堂伯父。记得在1943年，他回到台城村，住在我家前院。由于他双目失明，独自一人生活不方便，父母便安排我与他老人家住在一起，以便照顾。

那时，他经常让我搀扶着到安平县城的一处深宅大院。由于年纪小，不知道老人去的是什么地方，去干什么。到了晚上，在家没事时，他就给我讲故事，教我认字，教育我不仅要好好学习，还要多关心国家大事。后来，在他老人家的教育指导下，我顺利考入安平县师范学校。在假期回家期间，我仍与伯父住在一起，那时我才知道当年伯父常去的深宅大院就是原来的安平县委。他还跟我讲了一些弓家大院过去的样子，以及他回乡办夜校和女子小学，建立台城特别支部的往事，这些都给我留下了深刻的印象。

据伯父讲，他在私塾读书时，就关心国事，提倡妇女放足、男人剪辫子，并经常进行反封建活动。他结识了李大钊先生，开始走上革命道路。1923年8月，伯父回村创建了中共安平县台城特别支部。至于为什么叫"特别支部"，据伯父讲，因为当时地方上县委、地委甚至连省委都还没有建立，这个支部直接受中共北京区执行委员会领导，所以叫"台城特别支部"。后来我们才知道，台城特支在中共是最早的农村支部，安平县委是全省最早的县委。县委建立后，台城村和全县的党团组织发展很快，1926年台城又相继建立了团支部和妇女党支部，分别由伯父的次女弓乃如和长女弓浦担任支部书记。伯父常说的一句话，我印象特别深刻，那就是："作为一名共产党员，就要舍得出家财，豁得出性命。"在他的影响下，伯父全家都走上了革命的道路，有的还献出了生命。

伯父一生历经磨难，但初心不改，对党赤胆忠心。多年来，我一直为有这样一位好伯父而感到骄傲和自豪，我也从小就对党有着崇高的敬意和无比的向往。1986年，53岁的我终于光荣加入了中国共产党。现在，我虽已是耄耋之人，但我会发挥余热，把前辈的光荣传统继承好、发扬好，给后代们讲好红色故事，把弓仲韬等老一辈革命家的精神代代传承下去。

怀念姥爷弓凤洲

梁临霞

　　姥爷弓凤洲是 1923 年 7 月由中国共产党第一个农村支部创建人弓仲韬介绍加入中国共产党的。他的一生无愧于党的培养和信任，他是我永远的骄傲！由于母亲身体原因，我从出生时起就跟在姥爷弓凤洲和姥姥郭卓谋身边，跟随他们在天津、保定、安平，最后定居台城村，直到 1972 年姥爷弓凤洲在台城村病逝。

　　姥爷弓凤洲加入共产党时，年仅 18 岁，他开始跟随弓仲韬组织当地农民活动，同时担任与上级党组织的联络员。因为台城支部成立早，开始的上级组织远在北京，往返一次几百公里，而且主要靠双腿。为了在最短的时间内完成联络任务，姥爷弓凤洲连吃东西都是尽量走着路解决。这样走下来，双腿肿胀。尤其是当停下再站起时，疼痛难忍。有一次走夜路，他误入一片坟地，天亮后才发现一整夜都是在这片坟地里打转。姥爷提到这次经历是因为他对自己白白耽误了一夜的时间而懊恼。

　　在革命工作中，姥爷与姥姥郭卓谋相识并结合。姥姥 1937 年加入中国共产党，他们因为工作分工不同，在 1945 年日本投降之前一直聚少离多。姥姥以乡村教员为掩护，白天是小学老师，晚上外出开展妇女运动。有时把只有几岁的女儿、我的母亲弓宣宇带在身边做掩护，有时也让母亲送信或站岗放哨。为了保证敌后工作顺利进行，姥姥决定生下舅舅后将其寄养在老乡家。母亲说，她记得那天下着大雨，姥姥拖着虚弱的身体牵着母亲趁夜离开了台城，蹚过滹沱河水，回到辛集继续教书和进行妇女活动。姥爷第一次见到舅舅弓震宇已经是大

约 10 个月后了。姥爷、姥姥全身心投入工作，没有照顾儿子，在后来
到了能上学的年纪，才从老乡家里接出来，送到成立不久的河北小学上
学。到了学校，才意识到已经不记得舅舅的出生日期了。当时河北小学
校长灵机一动，建议以河北小学的成立日 5 月 13 日作为舅舅的生日。
就这样，舅舅的生日就一直用的河北小学的建立日。舅舅虽然是秘密
寄养在台城村，但仍然被敌人注意到了，曾经有一次险些被毒害。那
时舅舅 4 岁左右，村里一个跳大神的妇女，说给舅舅吃饺子，把舅
舅骗到家里。在那时，饺子可是稀罕的美食，一个孩子如何能够抵抗
引诱！但由于舅舅与奶娘感情深厚，他坚持留几个回家给奶娘分享。
正是年幼舅舅的孝心救了他一命，但也因此害奶娘一同中毒。幸好
当天懂医术的奶娘弟弟来访，为他们及时解了毒，才躲过了这次毒
害。在这之后，抚养舅舅的奶娘一家就格外小心。舅舅长大后学习
比较吃力，家人每每议论起舅舅的学习成绩，总会自然而然地想起
这次历险，甚至觉得可能是这次中毒给舅舅的大脑造成了一定的伤害，
留下了后遗症。

弓凤洲（右二）与妻子郭卓谋（右一）、儿子弓振宇、
外孙女梁临霞合影

革命意味着付出和牺牲。虽然每一位党员在加入共产党时都有宣誓，但关键时刻能否经受住考验是对党是否忠诚的试金石，姥爷就是这样一位经受住考验的忠诚的共产党员。由于叛徒出卖，姥爷弓凤洲与几位同志一起被敌人抓捕。在狱中，敌人使出了各种残酷手段，关木笼，灌辣椒水，甚至用铁钩穿透姥爷的肩胛骨，妄图使姥爷屈服，供出他们所要的情报。但姥爷宁死不屈，表现了共产党人的视死如归。后来经过党组织多方活动，姥爷终于获救。母亲回忆说，被解救出来的姥爷血肉模糊，已经没有人样了，她根本认不出来是姥爷。年幼的她感到从未有过的害怕，虽然心疼，但躲在角落里不敢多看一眼。在姥爷被捕当天，因为乡亲的掩护，姥姥和母亲幸得逃脱。母亲回忆说是村里一个眼睛不太好的老奶奶把她和姥姥藏了起来，应付走了敌人，等到夜里确认敌人撤走之后，找了衣服让姥姥和母亲换了才连夜逃走。日本投降后，姥爷担任献县税务局局长职务，他尽职尽责，坚持原则，公私分明。那时，姥姥和母亲终于和姥爷团聚了。按职务，姥爷吃小灶，姥姥担任记账的工作，吃中灶。姥爷严格约束家人，从不让母亲吃小灶。税务局有时会有查获的走私物品，按规定不能存放，只好变卖。姥爷给家人定了严格规矩：一律不许参与购买。母亲说有一次处理一批糖果，一个好心的同事特意买了给母亲，被姥爷发现了。一向疼爱母亲的姥爷罕见地对母亲发了火，把母亲训了一顿。母亲说她当时不理解，委屈得哭了很久。

进入和平年代，姥爷也一直是坚持原则，不搞特殊。身为高干，从不利用职务之便牟取私利。母亲和舅舅上学，毕业分配，以及工作等，姥爷都从不干涉，也不准姥姥过问。母亲中专毕业分配到宁夏石嘴山矿务局。当时那里条件极其艰苦，母亲身体不好，上学时甚至曾经休学一年，平时也是经常生病。但姥爷坚决拒绝了把母亲留在他身边、留在河北省工业厅的建议，让母亲服从分配。只是把我一直留在身边，中间也把我的两个弟弟接来一段时间以尽可能地减轻母亲的负担。姥爷的专车也从来不让儿女乘坐。有一次，发现司机偷偷私自接送了舅舅，他大发脾气。

　　姥爷是一个爱憎分明的人，对错事毫不留情，但对待同事下属的困难请求有求必应。在困难时期，他把粮食让给家里困难的同事，自己饿了偷偷地啃枣子。有一次，他的警卫员生病不起，他整夜守在床边，直到好转。因为他的这种个性，急人所急，他的群众关系一直很好。就算他生病回到家乡台城村，也是天天有乡亲来访，或找他出出主意，或为某事听听他的意见，或找他帮忙等，他从不嫌烦。

　　在他去世后，来凭吊的乡亲络绎不绝。我记得出殡时乡亲们全体出动，人山人海。奇巧的是，姥爷去世后，院子里的一口甜水井干枯了，没有了水源。大家认为是奇事，因此我们特意将此奇事记在姥爷的墓碑碑文里。姥爷去世后，我继续和姥姥生活在一起。姥姥1979年在天津病逝，先是葬在天津烈士陵园，直到多年后才和姥爷合葬在台城村。虽然他们早就离我而去，但我从未忘记他们的教诲。

吴立人：铁肩担道义，星火再燎原

吴　淳

　　我的父亲吴立人从学生时代起就积极投身革命。1930 年 7 月，15 岁的他考入保定育德中学。1931 年 7 月由保定二师共产党员刘光宗介绍加入了中国共产主义青年团，同年转为中国共产党党员。

　　生于斯，长于斯，行于斯。新中国成立前，父亲一直在华北，在白色恐怖下先后以北平华北大学学生、《亚洲民报》记者等公开身份进行党的秘密工作，参与或领导了学运、兵运、革命暴动、恢复地方党组织等工作；曾用过吴毅民、吴一民、吴国芳、王爽秋、王韶秋、王绍秋、王韵秋、吴迪、吴悌等若干个名字做掩护，有的名字至今仍不为人所知晓。

　　1932 年 7 月，父亲随中共保属特委李之道领导的保定地区 10 多所大中学校反对国民党不抗日、"攘外必先安内"、声援保定二师的七六学潮斗争，之后父亲被校方开除。8 月，父亲作为时任共青团保属特委书记白坚的助手，参加了中共保属特委湘农、黎亚克、白坚领导的高蠡暴动，结识了李子逊、王凤斋等共产党员。抗战时期，父亲任冀中九分区地委书记兼政委时，与分区司令员王凤斋同志再次成为亲密战友，共同领导九分区党政军民抗战。

　　1933 年 4 月，父亲任保属特委巡视员，分管领导保定西南地区工作。1933 年底到 1934 年春，安平县委直属领导保属特委的巡视员范克敏叛变投敌，保属特委下属党组织遭到了严重破坏，许多共产党员被杀害，特委书记贝中选回原籍巨鹿不归，其他特委成员多数被迫出走，基层党组织几乎瘫痪。危难中，信仰坚定、有丰富斗争经验的共产党员李菁玉、陆治国、刘秀峰、侯玉田、张君、吴立人等在白色恐怖的冀中开展对农村党组织的恢复工作。父亲以陆治国的家为秘密联络站，在安平县一带宣传、组织、发动、领导民众继续开展对敌斗争。1934年初，父亲与陆治国、侯玉田商议，决定分别到北平、天津寻找党的组织。父亲于同年秋考入蔡元培创办的私立华北大学，一边读书，一边以学生身份作掩护，积极寻找党组织。

从 1921 年到 2021 年，中国共产党已走过百年历程，我的父亲也去世 42 年了。流逝的岁月尘封了多少历史，也尘封了父亲。拂去岁月的尘埃，父亲和他的一些曾经从事秘密工作的战友们显现了出来，清晰了起来。在"长夜难明赤县天，百年妖怪舞蹁跹"的旧中国，一批信仰马克思主义的中华志士于 1921 年成立了中国共产党，开启了"唤起工农千百万，同心干"，砸碎旧世界建立新中国的历程。

中国共产党的主要创始人之一李大钊在建党之初说过："如果农民能够组织起来参加革命，建立农民武装，中国国民革命的成功就不远了……"（《李大钊文集》下册，人民出版社 1984 年版，第 834 页）

1922 年，安平县李锡九经李大钊介绍入党，成为衡水地区第一名党员，并回原籍安平县宣传革命道理，开展党的工作。1923 年 4 月（应为"2 月"——编者注），李大钊又介绍弓仲韬加入了中国共产党，并派遣他回乡发展党员，建立党的农村基层组织。

1925 年，安平县委和饶阳党组织合并，弓仲韬任安饶联合县委书记；1926 年，安（平）饶（阳）深（泽）三县中心县委成立，他任三县中心县委书记。弓仲韬变卖自家的田地解决办学和办公经费，又变卖家产开办工厂解决贫困党员的生活，到 1934 年时，他的家产所剩无几。在他的影响下，全家都走上了革命的道路。弓仲韬的三个堂妹弓惠诚、弓蕴武和弓彤轩，两个女儿弓浦、弓乃如，都是中共早期党员。

国民党当局称弓仲韬是赤色分子，其家庭是赤色家庭，于 1927 年四一二反革命政变后多次命县警察局逮捕弓仲韬，弓仲韬被迫四处转移躲避。这段白色恐怖时期，弓仲韬为中国革命献出了两名亲人的生命，弓仲韬的大女儿和儿子先后被敌人杀害。

中共安平第一个农村支部建立后，革命的火种在遍布干柴的华北大地像星火成炬，渐成燎原之势，中国共产党领导农民开展各种形式的政治斗争：1930年冀中五里岗暴动就是这种开展对敌斗争的早期尝试；1932年8月中共保属特委领导的高蠡暴动，以"悲壮的五天五夜"又一次带来更加猛烈的红色风暴，席卷冀中大地；1932年11月的冀中五县42村发动的农民暴动以及"抗捐""扫盐""抢秋"等革命斗争犹如黑暗大地的炽烈火焰。

中组部原部长张全景在《百年潮》2017年第七期《冀中星火》写道：

1931年九一八事变爆发，日寇发动侵华战争，全国人民掀起抗日救国热潮，而国民党反动派却顽固坚持"攘外必先安内"的反动政策，在南方加紧围剿红色根据地，在北方进一步加大对共产党人的镇压，加上受到"左"倾路线的影响，党的活动遇到极大困难，发展党团工作一度处于停滞状态。1931年初到1932年底，中共河北省委遭到三次大破坏，在1933年的一年里，又遭到了两次大破坏。1933年秋，保属特委因叛徒出卖连续遭到5次破坏。1935年1月，吴立人与弓仲韬取得联系，并拿出20块大洋，帮助安平县委和台城村党支部开展工作。

……

特委委员陆治国（原籍安平县）和吴立人（原籍河北行唐县）转移到安平县，以陆治国的家为秘密联络站，在安平一带坚持领导民众开展对敌斗争。5月，保属特委负责人、巡视组组长左树春被捕，基层党组织遭破坏。6月，中共河北省委派刘铁牛重建保属特委，并任书记，李洪震、宋之椿、张达为特委委员，工作未满三个月，特委又遭破坏。刘铁牛、李洪震被捕并解往武汉杀害。中共河北省委又派贝仲选任保属特委书记。陆治国、范承浚为特委委员，因保定市白色恐怖严重，特委转移到安新。弓仲韬和小女儿弓乃如在吴立人直接领导下，舍生忘死，为恢复和发展安平、饶阳等县的组织和工作四处奔波。考虑到特委中的叛徒认识弓仲韬，决定让他暂时隐蔽，通过弓乃如进行联络。在此期间，国民党对共产党的镇压日益残酷，白色恐怖笼罩冀中。到 1935 年底，包括安平、深泽在内的许多县的党组织找不到上级组织，党的一些活动处于停滞。目标较大的主要负责人因被叛徒熟知，大多隐蔽起来，待机而动。许多党员不甘屈服，想方设法以各种身份为掩护坚持斗争，革命的烈火在地下涌动。

1935 年 1 月，父亲吴立人持李子逊的介绍信秘密来到安平县，冒着随时被逮捕的危险，先后与李子寿、弓仲韬、弓乃如、陆治国等共产党员取得联系，了解安平县党组织情况。父亲以陆治国家办的肥皂厂为秘密联系点，进行安平县党组织的恢复工作。据 1931 年入党担任过冀中文建会副主任、火线剧社社长的王林在日记中记载：

> 1935 年 1 月，吴立人来找仲耘成立抗日救国会，吴留下20 元钱。安排李子寿组织县内的热心青年成立了安平县反帝大同盟，为发动群众投入抗日斗争做了大量的组织和思想准备工作。

据党史资料和老同志回忆，七七事变前，吴立人在恢复饶阳县党委后，又多次秘密潜入安平，代表河北地下党组织寻找失联的弓仲韬、弓乃如等中共党员，恢复了安平台城村党支部和县党组织的工作。

《中共衡水党史资料》第十四页载："弓仲韬于1935年底受地下党吴立人领导，与女儿弓乃如恢复了安平、饶阳党的组织。"在土地革命时期，父亲与弓家建立的深厚革命友谊，被孙犁写成小小说《种谷的人》，发表在1948年的《晋察冀日报》上。文中主人公树人的原型即为我的父亲吴立人。

弓乃如回忆，当时我父亲交给她的任务是：找到失联的老党员接头，在找到村、县失联党员后立即恢复党组织，组织抗日救国会。这期间，安平台城村党支部恢复后采取秘密单线联系方式，弓乃如的活动始终处于极其秘密的状态下，对上只与我父亲单线联系。

由于叛徒告密，一天晚上，我父亲和陆治国正在肥皂厂研究工作，国民党警察包围了肥皂厂，他们险些被捕。

两个月后，父亲奉调又去了北平开展地下工作。不久，弓乃如收到了我父亲的来信，匆匆赶往北平，住在前门外的万福客店里，很快与我父亲接上了头。按照我父亲的安排，弓乃如的主要工作是为他收转上级党组织和各地的来信，公开身份是一家教会学校北方小学的国文老师。不久，弓乃如搬到了北方小学居住。每次与我父亲接头，都按照严格的规定提前约好，地点选择在公园或商店、舞厅，交付信件后就匆匆离去。一天，弓乃如按照约定与我父亲接头，等了好久也没等到人。弓乃如悄悄地赶往我父亲的住处打听消息，才知他被捕了。

弓乃如随即根据组织规定，辞去了北方小学的工作，回万福客店避风，等待我父亲的消息。

幸好国民党反动当局没有抓住什么把柄，又经过在敌人内部的地下党员的营救，三四天后，父亲获释。两个人重新联络后，父亲根据上级指示，派弓乃如返回安平，加强安平党的组织工作，继续开展革命活动。在父亲的组织领导下，7月，安平县选举产生了安贵普任书记的县委领导班子，之后党团组织得到快速发展，党支部由 1935 年的 24 个发展到 43 个，党员由 193 名发展到 288 名，团员由 124 名发展到 240 名。如此数量的党团员，在七七事变前国民党统治的北方地区实属罕见。七七事变后，当中国共产党高扬全民抗战大旗振臂一呼时，安平的人民立即响应，奋不顾身投入血与火的战斗。他们以极大的革命热情，书写了这一片土地上抗日战争和解放战争的辉煌和骄傲。

由于党的基础好，群众觉悟高，1938 年 4 月，冀中区党委、冀中行署、冀中军区等均在安平县创建，安平这方中共第一个农村支部的诞生地，这块红色的沃土又成为冀中抗日根据地的诞生地。

安平县党组织的恢复与武装斗争的发展为此后的抗日斗争打下了坚实的基础，扩大了党的影响，使我党成为当地人民抗战的领导核心；建立了人民的抗日武装、群众抗日团体、抗日民主政权，改善了民生，为抗战期间冀中军区根据地的建设和打击日寇建立了坚强的堡垒。这些党支部在抗日战争和解放战争期间被誉为"对敌斗争的模范党支部"，安平县也成为冀中平原抗日根据地长期抗战的指挥中心和军事中心。

我的曾祖父陆治国的一段往事

陆旭辉

陆治国是我的曾祖父。他生前亲笔写过自己的一段经历，真实再现了白色恐怖时期我地下党在极其残酷的环境下坚持斗争的历史。

陆治国（中）与侯玉田（左）、马金生（右）合影

他出生于 1910 年，是河北省安平县人。因为家乡党组织建得早，1925 年他就加入了中国共产党。白色恐怖时期，国民党对共产党采取"宁可错杀一千，不可放过一个"的政策，迫使我党转入地下。地下党员一旦暴露，情况就会非常严峻，或是党组织遭到破坏，或是党员同志们被追捕，坐监牢，受酷刑，乃至惨遭杀害；其间也有极少数不坚定分子，经不住考验，变节叛党。因此，为了党的生存、发展和胜利，党员，特别是担负领导职务者，往往以公开的职业身份做掩护。可是那时候寻找合适的公开职业，又谈何容易？第一，要考虑到有利于党组织和自身的安全；第二，在行动上要有自由，以便进行党的工作；

第三，还得能挣钱，除了养活自己，还要为党筹集活动经费……

自加入中国共产党后，曾祖父很少在本乡本土活动，也记不清改过多少名字了。直到新中国成立后，仍有不少老同志叫他"小徐""李老四"等化名。

1933 年至 1935 年，曾祖父担任保属特委委员时，党内出现了叛徒，就是那个"小范"范克明。他叛变后，曾祖父遭到敌人追捕，不能待在家里，只好跟侯玉田换家住。侯玉田是深县周龙华村人，本姓田，改名侯玉田，因他眼睛大，故绰号"大眼侯"。他们换家，是互以长工身份做掩护，暗中进行党的领导工作。

20 世纪 30 年代初，在白洋淀一带工作时，曾祖父曾买下一只渔船，以捕虾为掩护。夜间怕被敌人发现，他常把船开到淀中心，在船上研究布置工作，甚至在船上过夜。

在白色恐怖中，他摸索试探过很多种公开职业，力求能更好地掩护党的秘密工作。为此，他学过很多种技能，经历过很多坎坷。他学过箍桶，还当过货郎卖针线、绑腿带子。虽然行动倒是自由，可是接触的多是妇女，她们买几根针、几团线或一副绑腿带子，总是挑来选去，讨价还价，既耽误时间，又赚不了几个钱，他就不干了。剩下的货底子——几包针、几副绑腿带子至今仍被完县寨子村老党员张来顺的儿子张光保存着。

他曾选择当"搭脉先生"（中医坐堂）作为公开职业，既满足群众的需要，又方便掩护党的工作。而且在这方面，他有着得天独厚的优势：他父亲就是位老中医，经常给乡亲们看病，他从小耳濡目染，懂得一些医药常识和诊脉"望、闻、问、切"的道理，平时就留心搜集些"偏方""验方"，以及所谓的"祖传秘方"。当初只是为了自家人方便，没料到后来竟真当了坐堂先生。

1936 年，他在白洋淀一带活动时，突然接到特委调令，调他去保西（完、易、唐、满城等县一带）接替刘秀峰、侯玉田两位同志的工作。因为他们行将暴露，急需转移，党组织要求曾祖父以公开合法身份做掩护，务必站稳脚跟，以便长期开展党的工作。于是，曾祖父便开始在店内当坐堂先生，不仅使党的工作得以顺利开展，而且党的经费也有了着落。

听爷爷张根生讲过去的事情

张　勋

　　滹沱河对于安平人民来说有着一种特别的情结。河水静静地流淌，流不尽的是滹沱往事，斩不断的是家乡情长。爷爷曾著书《滹沱河风云》，每当我站在滹沱河边，总会忆起我的爷爷张根生。他对家乡的感情在风云变幻中历炼，在血与火的洗礼中成长，在胜利的欢歌里升华，在绵长的岁月里激荡。

　　爷爷在抗战时期出生入死保家卫国，在和平时期清正廉洁、俯首为民，这种纯正的思想有它的历史渊源。安平县是他的家乡，中共第一个农村支部 1923 年 8 月在安平建立，是革命老区。爷爷的父亲，也就是我的老爷爷叫张星斗，曾任保定育德中学的校长、安平县的教育科长，他是同盟会会员，并在 1938 年加入了共产党。但是爷爷不知道他是共产党员，当时有"不传六耳"的纪律，直到 1984 年爷爷才知道他也是共产党员。老奶奶弓贵珍是红色老区台城村的一位农村妇女，老爷爷积极的抗日救国思想和老奶奶简朴的抗日行动都深刻地影响着爷爷，所以爷爷 15 岁就参加了革命，加入了中国共产党。他牢记着王东沧、廉清洁等革命烈士的英雄业绩，自始至终想着的是如何让家乡变得更加美好。

　　2006 年 10 月 15 日，第一百届广交会开幕式和庆祝大会在广州琶洲展馆举行。我去参加广交会，临去前，爷爷特叮嘱我，让我给他带去茴香籽和茴香，因为他在广州特别想吃茴香馅饺子。当我把茴香籽交到爷爷手中时，爷爷非常高兴，亲自下地把茴香籽种在了小院里。因为广州阳光、雨水充足，茴香长得很快，几天就长了半尺多高，采摘后，他让阿姨送到了邻居任仲夷同志家、李长春同志家，说他们都是北方人，喜欢吃茴香。茴香这个北方普通的食材香料，在身居广州的爷爷看来，是乡愁的味道，是家的味道。爷爷的一生，也恰如小院里种下的茴香，从北方而来，在岭南扎根，回味悠长，香满珠江。

　　住在广州家里的那段时间，我发现爷爷最喜欢的事就是看那几畦绿葱葱的茴香，我知道爷爷又思念起了家乡，忆起了那段峥嵘岁月。于是，我问爷爷："抗日战争时期，您遇到过的最危险的事情是什么？"爷爷娓娓道来：1942 年 5 月 1 日，侵华日军纠集日伪军 5 万余人，由其华北驻屯军司令冈村宁次亲自指挥，对我冀中军民发动了空前残酷、空前野蛮的"铁壁合围"式的五一大"扫荡"。敌人企图从四面八方将我领导机关和主力部队压缩在深（县）、武（强）、饶（阳）、安（平）四县相接的根据地腹心地带，予以歼灭。在五一大"扫荡"中和其后的几个月内，抗日形势异常残酷，县大队被迫化整为零，转入地下。敌人凭借暂时的优势，整天"合围""清剿"，到处搜捕抗日武装和抗日干部。我偷偷地回到了张舍村。有一天傍晚，几百个鬼子伪军包围了张舍村，包围了我的堡垒户乔恒喜家，叫嚣着挖地三尺也要把王东沧和张根生找出来。我就躲在后院小仓房内，几名鬼子和伪军向我躲藏的小仓房包围过来。在我无路可退的情况下，找准时机一枪打死了迎面的鬼子，但是鬼子人多，另一个鬼子冲我扣动了扳机，但是枪没响，是臭子。我趁最近处的敌人换子弹的空隙，踢开窗户往外跑。刚跳到院子里，有个鬼子捡起砖头砸了我一砖，打到了我的头上，顿时血流满面。我忍痛翻墙时，两个鬼子抱住了我的腿，我使劲儿挣脱掉一只鞋，翻墙跑进了庄稼地，这才脱险……我听着爷爷的讲述，出了一身冷汗，当时的情况真是太危险了！

　　爷爷看了看我，继续说："还有一次，我在堡垒户深县黄疃村魏海军家，老魏两口子把我藏在秫秸垛里，用玉米秆挡着我。鬼子来了，用刺刀刺秫秸垛，我就左右躲刺刀，非常危险。这时，老魏两口子拿着一只老母鸡跟鬼子说，'孝敬太君，有鸡吃还有半筐子鸡蛋'，鬼子抢了鸡和鸡蛋，打了老魏一枪托，走了……"爷爷继续讲述着，我不禁陷入沉思，爷爷可谓九死一生，老一辈革命家那英勇斗争、坚贞不屈的革命精神不得不让人敬仰。

后来，爷爷身居异乡，但依然心系安平的父老乡亲。爷爷说："1963年，安平滹沱河发大水，全县人民生活困难，没有吃的，安平县政府田真（是我县大队的战友）、张焕章、段有信到广州向我求援。我时任广东省委副书记，看到革命老区家乡受灾，就批条子给了安平5000万斤的大米渣和木薯干。当时粮食车到深县火车站，深县扣了一火车。饿得，都没吃的，后来县里又给我打电话，我跟河北省的负责同志打了电话，才给放回到安平，帮助全县度过了灾荒年。"

时光慢慢地流淌，爷爷说："1972年我恢复了工作，任广东省委常委、广州市革委会副主任，负责广交会的工作。那一年，是新中国成立之后，中美贸易中断20多年来第一次邀请美国代表团参加广交会。从美国来了42人，这是美商首次参加广交会，采购中国的特色产品，美国的市场还是大呀！我大力支持广交会的发展，广交会也使广州名扬世界，我想，安平丝网也要多参加广交会，把丝网卖向全世界，多出口创汇，我让秘书找组委会帮助家乡企业在广交会申请摊位。1984年，安平县修党史，我回到安平，时任县委书记杨志勇、县长王建章、副书记边庭林同志，让我支持安平的经济发展。当时安平丝网是在大集上摆摊，卖不出去，价格也不好，交通不方便，没有运输工具。我当时任吉林省省长，当年县大队老战友刘志勇同志任饶阳县武装部政委，杨志勇同志也是从饶阳县调到安平的，就成立了"饶安春经贸公司"，办公地点设在安平县招待所。当时是计划经济时代，买东西凭票供应，我协调长春第一汽车制造厂，由安平、饶阳用面粉合价每辆2.7万元，换了100辆解放牌卡车，安平、饶阳各50辆，发展了县域经济，支援了家乡老区建设。咱们老家'丝网之乡'的题字，也是我找杨尚昆同志写的，对安平发展丝网特色产业有帮助，哈哈哈。"爷爷的笑声里有成功的喜悦。

那次第一百届广交会庆祝大会，省委安排爷爷上主席台，爷爷坐在了温家宝同志身后。温家宝同志非常尊敬他，聊天时说爷爷提的关于农业农村的建议他们收到了，提得非常好，特意安排农业部门负责落实。陈锡文同志也来了电话，说他们全力支持爷爷的倡议。

时至今日，广交会已经举办到了第一百三十三届，成为中国对外贸易的第一大展会。中国安平国际丝网博览会也举行22届了，丝网产业也从当年在大集上摆摊，卖不出去的窘境，逐渐发展到现在以每年约600亿的产值成为全县的支柱产业。经济的飞速发展离不开一代又一代共产党人的呕心沥血，也离不开弓仲韬、王东沧等革命前辈、英烈用鲜血换来的和平稳定的发展环境，他们的英名定会被载入史册，永远受到人民的缅怀。我更应该以他们的革命精神做指引，开拓创新，撸起袖子加油干，为实现中国梦尽自己的绵薄之力。

漫漫征程路，切切故乡情。记得那天，不知不觉中，爷爷已经讲了好久，我也听得入了迷。家中小院里茴香的香气，也沁润着南国的风和雨，摇曳着飘回北方的故乡……爷爷的故事时时萦绕在我心头，催我奋进，历久弥香。

我的父亲——双枪游击队长赵清晨

赵敬兰

霹雳一声春雷响，平原上谁不晓工农的儿子赵永刚？战
斗的足迹踏遍了太行山上，抗日的声威震撼着铁路两旁，你
找他苍茫大地无踪影，他打你神兵天降难提防，鱼在水鸟在
林自由来往，哪里有人民哪里就有赵勇刚！

每当听到电影《平原作战》中这段赵勇刚的唱段，母亲就感叹道：
"你爹当年就跟赵永刚一样，长得也这么精神，大高个儿，挎着双枪，
作战勇猛，小鬼子对他又怕又恨！"

母亲的话我信，实际上，当年拍电影时，确实有人来过我们村寻
找素材，询问我父亲赵清晨和牺牲的王东沧队长打鬼子的故事。

我父亲赵清晨是安平县付各庄人，母亲王秀起是博野县北二和村
人。抗日战争时期，父亲曾任安平县八路军游击队大队长，母亲任八路
军游击队联络员。我是他们的小女儿，是河北经贸大学的退休教师。

我父亲很早就参加革命，是地下党员，是"刀尖上行走"的人。
我们村有个烈士碑，碑上有张供有、赵东奎的名字。张供有是父亲的
入党介绍人，赵东奎是父亲的二哥，即我的二伯。父亲的大哥抗日战
争时期也参加了八路军，牺牲在战场上。我爷爷有 3 个儿子，老大老
二都牺牲了，我父亲是最小的一个。县大队长王东沧牺牲后，我父亲
开始接替他担任县大队长。其间，正是日本鬼子大"扫荡"最残酷的
阶段，我父亲和战友们白天都睡在田野中间的坟圈子里，藏在坟头的
棺材洞里，一个八路军一个洞。自己进去后，用镰刀把蒺藜秧拉近洞

口。父亲的洞口，只有警卫员知道。

晚上八路军游击队员们集合，时不时地夜袭安平城里的日本鬼子。先上城楼，杀死城楼上站岗的，换成八路军队员，五十米一个。然后去枪弹库房，取回枪支弹药，武装我们的队伍，拿不完的，就引爆，摧毁敌人的装备力量。父亲智勇双全，武艺超群，胆气过人。日本鬼子为复仇，贴公告悬赏 800 大洋捉拿他。因叛徒出卖，敌人没抓住父亲，把爷爷抓住了，百般折磨，把爷爷打死后扔出岗楼。父亲得知后，眼含泪水对我母亲说，半夜里你替我去尽孝。夜里，母亲找人用旧席子把爷爷的尸体裹起来，抬到村南挖坑埋了。我父亲架着机枪在滹沱河南岸等着，如果敌人追过来就射击。我母亲悲痛非常，但为了完成组织上交给的任务，只能忍痛利用掩埋老人的机会，引诱鬼子走出岗楼，进而消灭。敌人也很狡猾，半夜里他们龟缩在岗楼上没敢下来。当家子的几个老人和我母亲把爷爷埋好后，听到岗楼上有枪响声，我母亲扔下打的白幡撒腿就往河边跑，那里有游击队员接应她。鬼子骑马追到河边，埋伏在此的我父亲和游击队员们一起向鬼子扫射，打得鬼子丢盔弃甲，仓皇而逃。

我母亲是八路军联络员，也是红色堡垒户。我父亲任县八路军游击队大队长时，需要把一区的文件送到二区，这个工作就交给了我母亲。半夜里母亲会把信件放到几公里以外的南牛具村坟地里的一棵大树树根的洞里，她把信件放到里面后，用砖头压好，再用土埋好，还用杂草盖一下。母亲说每次在半夜去坟地时，都非常害怕，但为了支持父亲的工作，完成组织上交给的艰巨任务，她克服恐惧，一次次挺过来了。接信的是二区的地下共产党员——我的姨姥姥的丈夫。母亲以这种方式送了很多年情报。因为常年为革命奔波，她无法精心照料自己的孩子。说起来挺悲惨的，我有 4 个哥哥，都是四五岁时因发热夭折了。那时没有药，医生也很少，我家里又穷，孩子病了只能是听天由命。

母亲思想很进步，在妇联工作过。抗战时期粮食紧张，她组织妇女带头去地里给八路军拔野菜、做粗柳饼，往高粱地里给八路军送饭，平时还为八路军做军衣军鞋。

县大队政委张根生的母亲曾在我家住了4年，因为张根生家离安平县城近，日本鬼子经常在附近"扫荡"，为了安全，张根生的母亲就到我家长期居住。我母亲是个非常善良、特别能干、能吃苦的妇女，她宁肯自己吃不饱，也要让老人吃好、吃饱。一直到安平解放后，张根生母亲才回自己家。20世纪70年代末，张根生为了感谢我母亲，专程从北京来我家探望。我母亲非常感动，这真是生死之交啊！

我大哥出生在刘町村一堡垒户家的地洞里，由于叛徒出卖，3天后日本鬼子就包围了这个村子，叫嚣着活捉赵清晨一家。所幸父亲通过内线情报，提前得知了日军行动，连夜把刚出生的大哥裹在怀里，拉上我母亲渡过了滹沱河。上了北岸后，他们的湿衣服下边都冻成了冰棍，走路时浑身吱吱作响，人更是冻得瑟瑟发抖。他们不敢走大路，而是在田野里深一脚浅一脚地一直往北走。走了大约10公里，来到秦王庄我姑姑家。我父亲想办法跳过墙头去，在窗台下小声叫："姐姐，我是你弟，快开门！"我姑说："弟呀，你快走吧，白天伪村长说过，不能收留你们，否则我们全家都活不成了。"

父亲继续说："你弟妹刚生了孩子，鬼子包围村子了，我们是蹚河跑出来的，你拿两件棉衣从窗户里扔出来，我们换了就走，不连累你们。"

姑姑没开门，扔出来几件干棉服，父亲和母亲换上后，连夜上南二合我姑姥姥家了。我母亲生下来9个月就没了娘，她是跟着我姑姥姥长大的，感情深，所以姑姥姥让她住在了她家的地洞里。我父亲安排好我母亲后，马上返回队伍，组织对付日本鬼子的作战计划。接下来的战斗中，他们缴获大量枪支弹药。父亲的枪法好，会使双枪，令敌人闻风丧胆。

我是父母最小的孩子，从小接受他们的思想教育，骨血中流淌着红色基因。多年来，我任高校辅导员工作，既教书，又育人，深受学生们的欢迎，荣获"2008 全国高校辅导员年度人物""2009 年全国高校优秀辅导员""2009 年全国优秀教育工作者"称号。由于工作业绩突出，学校又返聘我十年。今年我彻底退休了，把精力放在了传播和弘扬红色文化上。我在网上唱红歌，也教别人唱，还应邀到各学校讲红色故事。父母虽然已经离世，但他们的精神会代代相传。

忆只抱过我一次的父亲程子英

程丙辉

我的父亲程子英祖上以卖卷子为生，因家境较好，祖父一直供父亲读书。父亲是当地是为数不多的知识分子，也是最早接触先进思想的年轻人。1938年10月，面对日军的暴行，父亲毅然弃笔从戎，历任博野县敌工科科长、县大队副政委兼博野第五区区长。对于父亲的参军，爷爷是极其不舍的。父亲是他唯一的孩子，但是他老人家也深知国难当头，匹夫有责，有国才有家的道理。

父亲是在1943年10月在博野县与日军作战中牺牲的，本来已经突围的他发现还有战友没有出来，随即带领警卫员苏志学返回营救战友。父亲成功将敌人引开，战友脱险了，但父亲被宪兵队长刘福祥用马枪打伤腿，被警卫员背着撤退时，遇一老乡赶着送粪的牛车经过。父亲让苏志学把他放到车上，把枪递给苏志学然后命令他掩护群众撤离，他自己只留了一把撸子。眼看敌人渐渐逼近，父亲叫老乡把他放到村中一石碾子旁，他用手中的撸子射击敌人，子弹打光后壮烈牺牲。凶狠的日本鬼子将父亲的头颅砍下，悬挂于保定城楼上。那年父亲21岁，我3岁，我对父亲唯一的记忆是父亲回家时抱着我叫他摸了摸他的小手枪。后来县大队派人将父亲的棺木送回家中，并再三嘱咐家人说父亲死得很惨，不要让老人看遗体了。到晚上堂伯、堂叔偷偷打开棺木查看，只见父亲全身红肿，用白布缠着，无头。其惨状一直没敢和爷爷奶奶说。父亲牺牲后全家人处于悲愤当中，堂伯程孟英和堂姑程平先后参军，走上抗日前线。堂伯程孟英先在冀中独立旅，后进十八团，在保卫延安战斗中，为阻击敌人，连续七天七夜作战，累坏了眼睛。堂姑程平随大军南下直到广州解放，曾任广州二轻局局长兼针织厂党委书记。家中年轻人都去前线保家卫国，年迈的爷爷为保护革命干部和八路军伤员在自家挖地下室，时间最长的一位伤员一待就是几年，新中国成立后曾被保护的高无际在任河北省文化厅厅长时曾到家中看望过爷爷一次。

新中国成立后，党和政府一直资助我到大学毕业。为了报效祖国，我响应号召，大学毕业后主动要求到广东红工矿务局参加挖煤大战。其间曾出席广东省职代会，因在煤矿中腿受伤，不适合继续在井下作业，1973年调回中石化衡水石油公司，参加了衡水油库的建设。

父亲宋对恩和远征担架团的故事

宋恒山

我的父亲宋对恩在抗日战争时期就当过民兵，为八路军运军粮、送情报，解放战争时期他参加了著名的安平县远征担架团。

1948年3月2日，还没有出正月，父亲就报名参加了担架团，时任县长刘庆祥做了动员讲话。

据父亲生前回忆，他们在长途行军中，要进行"三大纪律八项注意"教育，还要进行抬担架实战训练。起初大家对如何抬担架不以为然，认为抬起来就走呗，这有什么好学的！其实抬担架并不简单，门道挺多的。比如上坡时，前边的要弯腰，后边的要挺身；下坡时，前边的要挺身，后边的要弯腰。更重要的是伤员受伤的部位不同，所以抬时要十分小心谨慎，根据情况采取不同的措施才能防止伤员二次受伤。

经过长途跋涉，他们在察哈尔南部追上了解放军部队。部队首长把他们以连为单位分配到各团。他们在行军中除带担架外，还有个人行李、3天的粮食，以及抬攻城用的大梯子。父亲回忆说，解放军同志常常帮他们背东西，吃饭时也让担架团的民工先吃，宿营时也是将炕让给民工，他们打地铺。

为保证安全，团卫生队担架排在第一线抢救伤员，送到团前沿包扎所，经过初步处理后再由民工运到后方医院。在蔚县花哨营战斗中，父亲宋对恩和北苏村的苏金双冒着炮火上第一线抢救伤员，抬着伤员过桑干河大桥时，正遇上3架敌机轮番轰炸，他们将担架放在隐蔽处，自己趴在伤员身上……在一天多的战斗中，担架团的同志们先后 6 次冲过大桥抢救伤员，没顾上吃一口饭、喝一口水。在抬伤员去医院途中，重伤员吃不下干粮，他们就花自己的钱给伤员买鸡蛋和挂面吃。

安平县远征担架团途经河北、察哈尔、热河三省，历时 10 个月，出色完成了抢运伤员、押送俘虏、运送弹药和给养任务。包括父亲在内的 204 人立了战功，还有 14 人献出了宝贵的生命，但 900 多人没有一个掉队、逃亡的，被誉为英雄的担架团，多次受到党组织和部队的表彰，成为冀中军区支前工作的典范。担架团完成任务离开部队时，部队赠给"支前模范，人民功臣"锦旗一面，还以《安平县担架团的丰功伟绩》为题发专刊进行表彰。

10 个月后，父亲回到家乡时，正值寒冬腊月，又经过长途跋涉，人已经都冻伤了，但他无怨无悔，而且心中充满了自豪，因为圆满完成了党交给的任务。

2020 年，父亲宋对恩去世。按照老人的遗嘱，将他攒下的 25 万元捐给了村集体，为乡亲们打了一眼 500 米深的水井。

骨灰里的弹片

邢更须

　　我的大伯邢春萌是安平县邢庄村人，2004 年走完 87 岁传奇人生。在大伯邢春萌遗体火化后，人们惊讶地发现骨灰里有两块铁片。这是当年在抗美援朝战场上敌人轰炸时的弹片，这两块见证着残酷战争的弹片，在大伯邢春萌的身体里存留了 53 年！

　　大伯邢春萌生于 1918 年，高小文化。1937 年，全面抗战爆发，新婚不久的大伯邢春萌加入了中国共产党。当时党支书记是邢国栋（解放后曾任安平县委组织部长、扶余县委书记），大伯邢春萌任党支部宣传委员，负责村抗日自救会工作。他们秘密领导着邢庄村民进行艰苦卓绝的抗日斗争。1942 年抗日战争最艰难时期，邢庄村党员干部身份暴露，为了保存力量，党组织安排大伯邢春萌撤离邢庄，到天津一制墨作坊当学徒。

　　1943 年 2 月 18 日，农历正月十四，八路军武工队准备在邢庄村南边公路上伏击义门村鬼子岗楼到傅各庄岗楼的一股日伪军，因消息走漏，日军纠集了南宅岗楼、中佐岗楼等地的日伪军向邢庄扑来。考虑到敌众我寡难以取胜，武工队取消了行动计划撤出村子，村里的年轻人也随着撤出。晚上，日伪军包围了邢庄村，没有找到武工队，枪杀了邢振华的母亲和妻子，用刺刀挑死了出来察看敌情的村干部共产党员邢忙度，村干部共产党员邢镜容在潜出村子时被日军射杀。另外，还有两位村民被鬼子杀害。这就是著名的邢庄村"正月十四惨案"。两名党员干部牺牲后，为了加强党组织的领导力量，大伯邢春萌奉命回到家乡，继续领导邢庄村民的抗日斗争。

　　抗日战争胜利后，国民党反动派又向我解放区发动了大举进攻。

为保卫胜利果实，安平县广大青年积极报名参军。1946年12月，县委决定扩军1200人，其中村干部300名，共产党员300名，成立安平县保家独立营。全县有353名村干部先后报名参军。邢庄党支部委员大伯邢春萌带领邢庄村部分青年报名参军，其中有邢春生、邢福聚、邢际臣、邢子靖、邢小顺、邢振芳、何德祥。大伯邢春萌的胞弟邢长正也一同报名参军。那时全县到处是"妻子送郎上战场，父母教儿打老蒋，兄弟争先把兵当"的感人画面。据《晋察冀日报》载："从12月15日起，成百翻身农民每日在锣鼓喧天、人山人海的欢迎下向保家独立营涌进，其规模之大，为抗日战争八年及自卫战争以来所罕见。"由于参军人数剧增，县委决定将保家独立营改为保家独立团。大伯邢春萌带领邢庄青年到县里集训时，上级领导得知大伯邢春萌带亲弟弟同时参军，考虑到家庭的实际情况，强令邢长正回了村里。安平县保家独立团经过20天集训，编入主力——晋察冀军区三纵队八旅。转入正规军后，大伯邢春萌和同乡战友们随部队南征北战，出生入死，先后参加了解放石家庄、解放太原、解放大西北等重大战役，历经无数次战斗，为新中国的解放事业立下了不朽功绩。在解放石家庄战役中，大伯邢春萌所在八旅二十二团担任主攻。在激烈的战斗中，同乡战友邢小顺不幸中弹牺牲，作为指挥员的大伯邢春萌和战友们化悲痛为力量，勇敢冲锋，奋力搏杀，终于取得胜利。战斗结束后，大伯邢春萌和同乡战友们说："我们不能把小顺留在这里，咱们去找他。"战友们沿途找到邢小顺牺牲的地方，支前的民工们和打扫战场的部队已经把牺牲的指战员的遗体装棺入敛。大伯邢春萌与同乡战友们打开了几十口棺材，很遗憾没有找到邢小顺的遗体。由于这个原因，1948年邢庄在立烈士碑时，邢小顺的母亲一直说儿子没有死，她相信儿子一定会回来的，坚持不让把邢小顺的名字刻在烈士碑上。这样，邢庄烈士碑上至今还留着一块空白。

虽然没有把名字刻在碑上，但邢庄人民不会忘记，国家不会忘记，邢小顺的名字已经载入《安平县志》。1948年10月，解放太原的战役开始。太原地势险要，易守难攻，再加上阎锡山多年的苦心经营，我军6个月也没能拿下太原。

1949年4月，彭德怀调集十八、十九、二十兵团会攻太原。经过4天激战，终于拿下太原城。攻打太原，是解放战争中最惨烈的城市攻坚战。十九兵团一八八师五六三团一营一连第一个把红旗插上了太原城。大伯邢春萌时任一八八师五六三团一营一连指导员。

1950年6月25日，朝鲜战争爆发，大伯邢春萌所在部队——六十三军一八八师五六三团多次担任主攻，战功显赫。翻开历史，可以看到这样的描述：1951年5月，铁原阻击战，"彭德怀要用六十三军阻击换来的时间，建立三道防线，并调集兵力，再进行大规模反击"。惊天动地的伟大战役，整整打了13天，六十三军一八八师五六三团入朝时兵员为2700人，打完铁原后只剩266人。说到极其惨烈的铁原阻击战，人们都会想起英雄连长郭恩志的战斗故事。郭恩志，河北任丘人，1926年生，与大伯邢春萌同为河北老乡，两人交往甚密，多次并肩战斗。郭恩志时任一八八师五六三团三营八连连长，大伯邢春萌时任一八八师五六三团一营副教导员。在铁原阻击战中，郭恩志带领全连战士奋战四昼夜，打退敌人15次进攻，伤亡16人，毙敌800余，被授于一级战斗英雄。大伯邢春萌在惨烈的战斗中两次负伤，两片美国鬼子的弹片打进了左侧大腿，大伯邢春萌坚持战斗直到胜利。战后有立功喜报通过政府送到邢庄："邢春萌在朝鲜战场立功了。"这消息很快传遍全村，乡亲们纷纷来到大街上，敲锣打鼓把立功喜报送到大伯邢春萌的老父亲邢佩鸣的手里。老人一直珍藏着，直到去世前才交给后人。

1953年8月，大伯邢春萌随志愿军部队回到祖国。六十三军一八八师在邯郸驻扎，大伯邢春萌先后担任一八八师五六四团政治处副主任、一八八师政治部人民群众工作科科长。他在战场上出生入死，不怕牺牲，在工作上兢兢业业，淡泊名利，是一名真正的共产党员，我们永远怀念他！

忆父亲李英儒、母亲张淑文

李小龙

1938 年 1 月，父亲参军后，当编辑、做记者，主编过《火星报》，他一边打仗，一边笔耕不辍。1941 年，冀中区军民开展了声势浩大的"冀中一日"写作运动，成为敌后抗日根据地文学活动的突出热潮。滹沱河沿岸，曾经是《冀中一日》编辑工作的根据地。

《冀中一日》的编选工作，在当时是一个很了不起的举动，仅冀中区就集中了 40 多个宣传、文教干部，用了八九个月的时间，才初选定稿。前三辑由王林、孙犁、陈乔等编辑审定，第四辑由我父亲李英儒负责，并在此卷中写了两篇文章，一篇用的本名，一篇用的笔名。第四辑的内容是"战斗的人民"，反映群众在党领导下的英勇斗争。《冀中一日》的诞生地是安平县的彭家营。如今，《冀中一日》已经出版 80 多年了，大家依然还在看，还喜欢看，而且还有一批学者在研究，这本身就说明了这部书的历史价值，我为我父亲曾参与其中感到骄傲和自豪。

1942 年，敌人对冀中区实行五一大"扫荡"后，我们的抗日武装力量受到重创，独立团也伤亡惨重。正是抗日最艰苦的年代，父亲被晋察冀军区党委派遣打入保定开展地下工作。他让妻子即我的母亲张淑文也参加了送情报的工作，并将家里设置成了交通站。在极其危险的环境里，父亲完成了建立地下交通线的任务，又把重点转移到对伪军的争取教育和瓦解上。他以教书职业为掩护，与保定城里各个层次的人交朋友，通过他们做敌人的工作。

其实父亲奉命出发时手中并没有"合法"证件，他是冒了生命危险入城的。之所以如此仓促，是因为他身负一项刻不容缓的紧急任务：

开辟一条由冀中通往山区根据地的安全交通线。那时驻保定的日军对平汉线封锁得极严，已有不少同志在穿过平汉线时被捕、牺牲。父亲为了早日进城开展工作，也顾不得凶险了。父亲潜入保定之后，辗转托人，由伪省政府的经理科长给安插了一个差事。在此环境中，他目睹了汉奸省长一伙人的卑劣行径，因此《野火春风斗古城》中才能对伪省政府上上下下的各色汉奸有翔实的刻画。

在敌人心脏落脚是非常困难的，特别是没有"合法"身份和经济来源的情况下。当年地下工作的活动经费是非常少的，更不能用在个人的生活上。进城后，父亲住在淮军公所南门的房间里。来的时候党组织同他是这样说的："抗战初期你是我们八路军第三团的团长，有战争经验，有文化，你对保定特别熟悉，在这里上过学，有群众基础，又是本地人，你有胆识，又有一定的人际关系，相信你能随机应变，险中求胜。"果然，父亲进城后找到了内线关系人，接上了头，还发展了一批自己人，扩大了地下组织。当时有两个地下工作小组，在此基础上成立了保定地下工作站，父亲担任保定地下工作站站长和党总支书记。从此，一条党的地下交通线在敌人的眼皮底下建立起来了。紧接着上级指示他把内线工作的重点转移到对敌伪军的瓦解和争取工作中来，配合党的军事斗争。

父亲的地下工作开始伸展到敌军内部。直到保定解放后，参加起义的一位国民党司令还经常到我家来，说："你父亲特别能做我们的工作，策反投诚伪军官兵起义前，他敢只身进到我们的营地，他经常讲得人伤心落泪。"

是龙要掰一只角，是虎要敲一颗牙！对敌斗争中，父亲从未放弃的是创造性思维。

父亲策反了一个在日本人据点里工作的伙夫，让他把日本人内部的情报送出来。这是我军第一次将情报工作做到日本人内部。委派父亲进城的敌工部负责人史立德在许多年后对我说："是你爸爸开创了全国第一例将内线安置到日军内部的先例。我们火速将这个事例向党中央汇报，才有了后来的南方敌工部的效仿之举。你爸爸开辟了好几个"第一"呀，我们什么都想到了，就是没想到他还能在新中国成立后写出一本轰动全国的地下斗争的长篇小说来。"

当年我父亲被选派进城做地下工作时，党组织最大的顾虑就是怕他脸太熟，容易暴露，毕竟保定是个小城市。此时，我的母亲张淑文发挥了重要作用。她是组织上委派和我父亲一同进城担任地下交通员的，当时她才18岁。母亲是河北省安平县人，家在抗日根据地滹沱河岸边，13岁就当上了儿童团长，16岁加入中国共产党。她本人当时正在争取到根据地去学习，却服从组织分配进城当了地下交通员。她主要负责搞到敌军的军事情报，为此她一次次随身携带情报出入有日本人站岗的城门，历经风险。母亲跟着大部队打过游击，也隐蔽到日伪占领的城市当过地下交通员，还背着孩子为党做过机要秘书工作。结婚十几年里，我父母一直是在斗争生活中颠沛流离，聚少离多。

新中国成立后，我们一家总算过上了安居乐业的日子。但我母亲觉得自己还年轻，便要求组织安排她去了华北军区速成中学。当时她已有两儿两女，可还是坚持到毕业。毕业后，母亲被分配到总后勤部管理老干部档案。

我们这个大家庭有6个人参加了抗日，冀中军区曾命名我家为"抗战家庭"。父亲最喜欢"铁马冰河入梦来"这句诗，他做梦都在想着同敌人在疆场厮杀。"文革"中父亲受到冲击，但他始终坚持理想信念，坚持笔耕不辍。1975年，父亲终于获释，恢复了自由。1980年，他调入八一电影制片厂任顾问，负责电影剧本的文学创作，他又全力以赴投入工作。写本子、改本子，又创作了一些小说。父亲生命的最后时光里，忍着病痛，和我合作，完稿了《女游击队长》的电影文学剧本。

2005年，母亲张淑文获得了中共中央、国务院、中央军委颁发的中国人民抗日战争胜利60周年纪念章。

我为有这么伟大的父亲母亲感到骄傲！

开国大典，我在天安门城楼上手摇发电机

许英奇

我是革命老区安平县马店镇北满正村人，1947年至1949年，我先后参加了解放石家庄战役、太原战役，所在部队荣立集体三等功，我荣获了攻打太原纪念章、解放石家庄纪念章和华北解放纪念章。在1949年10月1日那天，我和战友们在天安门城楼上用手摇发电机发电，保障了开国大典现场的供电。

我的父亲许鸿飞、母亲侯云华虽然没有多少文化，但他们有浓烈的爱国情怀，有中国人的骨气。他们让4个儿子——许英杰、许英奇、许英年、许英凡都参加了革命。我们许家是一个革命大家庭，抗战时期就是远近闻名的堡垒户，全家都战斗在抗日第一线。我大哥许英杰在抗战中为保护战友身负重伤，成为三等甲级残疾；我大弟弟许英年是个宁死不屈的小英雄，在13岁时为保护伤员，被敌人扔到井里，后被乡亲们打捞出来。他的事迹被《冀中导报》报道，很快传遍十里八乡。

我参加过很多战斗，获得过很多荣誉，最令我骄傲和难忘的，是我直接参与了开国大典的保障工作。

北京刚解放时，治安比较乱，华北军区指示要搞一个通信联系圈，在各个城门都要安装一部电话机（永定门、东直门、西直门、安定门、德胜门）。我们的总机设在正阳门，各处发生什么情况，由通信联络处工作人员向华北军区司令部汇报。这项工作得到北京市电话局的配合。华北军区通信联络处住址就设在北京新街口，航空署街门牌一号，通信联络处的通信科长叫杨金生。有一天我接到电话，叫我到联络处来一趟。过去后，杨科长对我说，我们接到华北军区一个重要任务，准

备交给你去完成。我问："是什么任务？"杨科长说，党中央在 10 月 1 日在天安门广场召开万人大会，让我们搞一个直流发电机，在天安门供领导使用，其他大会用电由石景山发电厂供应。

"这个任务十分重要，你明天带几个人过来，熟悉和学习手摇发电机怎么用，我相信这个重要任务你能完成好！"杨科长郑重地说。接受这个重要任务后，我回到单位，同队长商量后，挑选了 6 个人，其中 5 个是河北兵，1 个是山东兵。我至今依然记得其中两个人的名字：刘长树和彭发明。第二天，我带上这 6 个人去了联络处。经过 3 天的学习，我们熟练掌握了手摇发电机的操作过程。

1949 年 9 月 30 日，通信联络处给我们 7 人办了特别通行证。10 月 1 日早上天没亮，我们坐汽车带着发电机和简易帐篷从西华门进入天安门、午门，把发电机和帐篷抬上去，由值班人员指定在天安门城楼东北角，支起帐篷，摆好发电机，准备好电线接口……此时，天安门广场已经有大批群众和部队集合。一个值班人员过来，低声特别交代："不能走动观望，随时听从指挥。"

在天安门城楼上，当我听到毛主席宣布"中华人民共和国中央人民政府今天成立了"时，激动的心情无以言表。阅兵仪式开始后，手摇发电也开始了。飞机越过天安门上空接受检阅，我就听到指挥官喊话："高点！再高点！拉开距离！"在此期间，我们轮换用手摇着发电机，每人都累得满头大汗。直到观礼结束，我们才奉命撤离。

后来华北军区司令部派人到我们单位转达上级领导的口头表扬：任务完成得很好！

父亲王仁庆牺牲后的故事

王秀沾

是党给了我生命，是老师给了我活下去的勇气。

1948 年 3 月，埋葬了我父亲王仁庆后，母亲送我去东黄城高小读书。时任校长赵墨池老师接收了我，他看我整日少言寡语，闷闷不乐，身上总是穿一条白裤子，就把我叫到办公室，详细询问了我的家庭情况。当我讲到我父亲牺牲得特别惨烈时，我哭了，赵老师也哭了。从此，赵老师格外关注我，我真切感受到了学校大家庭的温暖。

我的班主任是香管村徐杏坤老师，在课间他拉胡琴，教我学唱歌，上课时教我读书，每一门课都安排老师给我补课，后来我逐渐就跟上班里其他同学了。1948 年 5 月 21 日，我 15 岁，赵墨池老师介绍我加入了中国共产党。时至今日我仍然清晰地记得自己当时高兴得睡不着觉。入党的第二天，是个星期日，我去找三姑（三姑是 1938 年入党的老党员），她给了我三本《支部小报》。我们学校没有这个小报，我就拿来给赵墨池老师。从此，每周的党员会，我们都把它作为学习内容。

入党以后，老师让我当学生会主席、中苏友好学会主席、青年团支部书记。学校的各种活动锻炼了我，使我产生了长大以后也当一名人民教师的愿望，也和我的老师一样，去培养教育学生。

1949 年 4 月 23 日上午，正是课间活动时间，邮递员来学校送报纸，我看到了报纸上有"解放南京"四个大字，激动地喊了起来："同学们，南京解放了！蒋介石逃跑了！"同学们也受到了我的感染，一起围着学校操场欢快地蹦啊跳啊，非常开心。这一幕我永远不会忘记！

　　1950年，抗美援朝战争开始了。老师让我以学生会的名义，组织同学们做100多个慰问袋。袋子是白洋布做的，尺寸为6寸长、4寸宽（红镶边）。袋子的正面绣着"保家卫国，抗美援朝"。我校大部分同学都是让家长帮着做的，每个慰问袋里都装着一封慰问信。我们学校两个女同学程淑英和张开京参加了抗美援朝战争。

　　1951年，我考入了安平师范学校。三年半的时间，我一直努力学习，学习成绩从下游上升到中上游。在学校里，我是党支部宣传委员。抗旱、抗虫灾时，我们编快板和小节目下乡宣传，受到群众的好评。

　　热爱祖国，热爱教育事业，这是我的终身信仰。

　　1954年7月，我毕业后，先后在耿屯小学、南大良小学、河槽村小学、高小任教。工作以后，我没有给学生误过一节课，也没有误过一次教师会。

　　1958年12月，我母亲去深县唐奉做青光眼手术，我只请了一天假。这天晚上下了一夜大雪，第二天，路上积了半尺厚的雪，我从早上4点出发，步行30里路，走到安平县城，正好赶上了开全县教师大会。我的棉鞋全都湿透了，棉裤也湿了半截，在礼堂里开会，我冻得浑身发冷。我就这样坚持了一天，晚上回到南大良宿舍里，屋子没有生火，炕也凉，我两腿蜷缩累倒床上，不知不觉就睡着了。到了第二天，我的腿都伸不直了，只能这样屈着腿去给学生上课。就这样坚持了5个月，吃了不少药。后来，天气渐渐暖和才慢慢地好了起来。

　　1959年，我调任河槽村高小工作。

　　1960年4月的一个星期日，母亲去看病没在家，我放下才出生50多天的孩子，锁上门就开会去了。散会后天也黑了，我回家开门一看孩子不见了，原来是护校的学生刘兰朵和她的几个同学，听到了孩子的哭声想办法把孩子抱回了她家照看。

　　之后的几年时间，我母亲经常得病，领导为了照顾我，调我回老家新民村任教。

1960年至1972年12年的时间，我带出了4个毕业班，升学率从开始的92%升至后来的100%。升学率占全学区第一。

1972年4月，我调任城关中学任组长、校长。除日常工作以外，我还要任一门政治课。这样更加便于掌握每个班、每个学生的情况。我们每周召开一次全体师生参加的周会，将我掌握的材料和班主任老师汇报的材料综合在一起讲给老师和学生们听。这样的会开得有声有色，收到了较好的效果。

1977年到1978年，我校初中升重点高中，成绩连续两年全县第一，我教的政治课也是全县第一。1973年5月10日，我被选举为县妇联常委。时任县委宣传部部长陈玉色同志有意留我在妇联工作，被我拒绝了。后来又有多次到机关工作的机会，我都拒绝了。

在我任职城关中学校长期间，我校被中共衡水地委行署、县文教局评为"先进集体"。县委、人大、妇联给了我很高的荣誉。这些都是人民给的，我知足了。我永远忘不了赵墨池老师对我的关爱，所以我选定了忠诚党的教育事业这条路。

我取得的一点儿成绩，有我母亲的很大贡献，她不辞劳苦，给我带大了4个孩子。4个孩子刚上班，我母亲就患癌症去世了。这是我最痛苦的，也正是我工作的动力。

（注：讲述人王秀沾老人已于2023年春节去世）

传承精神，立志为民

魏志民

抗战期间，我家是堡垒户，经常掩护八路军和地下党。我小时候就听我父亲讲过，当时有个年轻的女干部被送来时，身上多处受伤，伤口很深，有的地方已经化脓长蛆。父母看到年纪轻轻的女孩子为抗日遭这份罪，非常心疼，也顾不得脓血的气味难闻，蹲在炕前一点儿一点儿地给她清洗伤口，一条一条地挑出蛆虫，又想办法弄来中草药。为了给伤员加强营养，促进伤口好转，他们把家中仅有的粮食都给伤员做了粥饭。后来女干部痊愈离开后，我父母才从其他同志那儿得知她叫安建平，是陕西人，是米脂县最早的妇女活动积极分子。全面抗战爆发后，她扮作流亡学生，从北平经天津、济南辗转到延安。1939 年 1 月到冀中，任中共冀中区委组织部干部科科长、组织部副部长，后任中共晋察冀北方分局组织部干部股长等职。她坚持敌后游击战争，为冀中地区的干部队伍建设做了大量的工作，参加冀中反"扫荡"斗争时身负重伤。

父母敢于冒着被鬼子杀头的危险，掩护和救治共产党的干部，这份胆识、这份真情，铭刻在我成长的记忆中。从小父母就教给我一个道理，那就是跟党走，做好人。父辈的红色基因在我们这辈人的身上得到传承和发展。作为农业战线的全国人大代表，我深知把农民的所思所想反映给国家，把"三农"问题解决好是自己的责任和使命，为此我经常骑着自行车到农户家调查，和农民朋友谈心，问他们的收成和家庭生活情况。20 年来，我共提出建设议案 80 多个，尤其在农村发展、种植养殖、环保法治、食品安全、京津冀一体化发展、畜禽废弃物资源化利用方面的建议，引起农业部、国家发改委、财政部、国家工商总局、国务院食品安全委员会等部门的重视，成为国家出台相关政策的重要参考。

前辈精神引领我走上拥军路

李兰珍

1937 年，我的伯父李满仓参加了八路军，后来在沧州的一次战役中壮烈牺牲。大姑李金蕊、大姑父刘东起（安平县彭营村人）均为地下党员，为我党做了大量的工作，在日寇的五一大"扫荡"中也壮烈牺牲。我的父亲李根仓、母亲王花台积极参加支前工作，推车送粮到前线，为部队做军鞋、军服等。在杨各庄村的一次战役中，父亲冒着枪林弹雨到前线抬担架、抢救伤员。二姑李桂芳、二姑父田子坡（深泽县大兴村人）也很早就参加了革命工作。二姑父还参加了抗美援朝战争，立过战功。后来他一直在部队工作，直至离休。

大舅家的两个表哥王小生、王铁炮（深泽县大兴村人）都参加了革命队伍，后来都在战斗中牺牲，大舅是双烈属家庭。

先烈们的一言一行、一举一动，耳濡目染、潜移默化地影响着后世子孙。正是受家族红色基因的影响，我勤劳肯干，勇于创新，把一个经营面积只有 400 平方米、固定资产仅有 5 万元的小粮站发展成经营面积 10 万平方米、固定资产 1 亿 1 千万元的省级粮食储备库，累计实现利税 5000 多万元。也正是在先烈精神的感召下，我三十年如一日慰问军属送温暖，把官兵当亲人，把拥军当己任。

1985 年，我被调到只有几间房的河北省安平县粮食局二粮站当主任，面对工作条件简陋、没有库房和经营场地、女职工较多的现实，我根据自己多年的工作经验并结合二粮站实际，推出了"供货一步到位，进货薄利多销，外欠款抓紧催要，贷款不延期，汇票结算不过夜"等一整套经营管理措施，粮食少进勤销，快进快销，使资金周转天数缩短为 5 天，仅此项每年就节约利息达两万多元。为拓宽经营渠道，扩充增值范围，我打破过去"坐店待客"的被动局面，确立了"纵向延伸、横向辐射"的主动出击经营策略，组织职工下乡搞收购。

心诚引得顾客来，合同像雪片一样飞到我手中。1989 年，玉米的收购价不断上涨，要还按原价卖就得赔钱。当时有人劝我放弃或更改与对方企业签订的合同，我却坚持恪守信用，带领职工昼夜奋战，如期按合同交付了 300 万斤玉米，解了对方企业生产的燃眉之急。

1985 年夏天的一个夜晚，电闪雷鸣，暴雨倾盆，狂风把屋顶上的瓦都刮飞了，我住的屋子也漏了雨，这时我首先想到的是处在全县最低洼处的粮站。这天碰巧丈夫出差没在家，我把 5 岁的女儿独自放在家中，抄起手电筒就往外跑。当赶到粮站时，库房和轧面条房都进了水，我急忙和职工们一瓢一瓢地往外淘……经过一整夜的奋战、抢险，确保粮食安然无恙后，我才拖着疲惫的身子回了家。

我们单位特别重视对全体干部职工进行革命传统教育，每年都请光荣院的老党员、老军人为职工讲红色故事，并以此作为精神动力，激励职工们搞好社会优质服务，不断提高服务质量和服务水平。在我的倡导下，粮站多年如一日，每逢春节、端午节、八一建军节、中秋节，职工们都自觉捐款，对光荣院、军人干休所、武装部、武警中队、消防队进行慰问，赠送节日纪念品。定时给烈军属、孤寡老人送粮食，对家庭困难的实行优惠供应。每年大年三十下午 2 点集合，全体干部职工带上肉馅和精粉到光荣院和老人们一起包饺子、放鞭炮，整理院落，共度新春佳节。对无儿无女的老人，不只是送粮油上门，买煤、买菜、请医、拿药等一切家务活儿也全包干了。大家三十年如一日，始终把官兵当亲人、把拥军当己任。我带领公司员工为烈军属、伤残军人、军人干休所、光荣院义务送粮上门共计 80 多万公斤，并先后给武警中队战士们购置了三轮车、自行车、电磁炉等生活用品，累计用于拥军优属的资金达百万元。

　　我先后获得全国三八红旗手、全国劳动模范、全国双拥共建先进个人、全国巾帼建功标兵、河北省优秀共产党员、河北省十大爱国拥军优秀人物、全国五好文明家庭等荣誉称号。

心中那把"火"

张建军

2002 年我担任衡水电视台台长期间，由我撰稿的大型文学传记片《孙犁》后期制作已近尾声。在安平采访期间，涉及安平县早期中共党员李锡九和弓仲韬几个人物，追踪到 1923 年建立的安平县台城特别支部，尤其是创始人弓仲韬的故事令我久久不能释怀。

一个新闻工作者敏锐的政治嗅觉和对家乡的革命情怀，让我意识到，弓仲韬和台城特别支部应该是一个不可多得的具有深远意义的新闻素材。挖掘、整理、研究并宣传出去，对我党历史特别是地方党组织建设发展壮大不失为一件大事幸事。

我的想法得到了当时衡水市广电局局长李恒君和衡水市委副书记郭华的肯定支持，于是由我带队，我台谢云、吴霞、张雷等人组成了大型政论纪录片《火种》创作班子和摄制组。从选题、策划到采访、拍摄、后期制作，不到一年的时间里，摄制组辗转安平、保定、北京等地，重点查阅了国家档案馆、北京市委党史研究室、河北省委党史研究室、保定市档案馆、安平等有关部门的大量资料，采访了时任河北省委书记林铁夫人、中央组织部干部弓彤轩，早期老党员张志洪以及党史专家、学者和台城村知情的老党员、老干部不下百余人，同时参阅了湖南韶山支部、广东海陆丰一带早期农村党组织建设历史。通过时间比照，确定了 1923 年 8 月成立的台城特别支部和 1924 年 8 月成立的安平县委，为中共第一个农村支部和河北省第一个中共县委，后简称为"两个第一"。

这部纪录片采用大量的人物专访、同期采访和翔实的历史实物，再现了 20 世纪 20 年代那个黑云压顶、苦难深重的旧中国，以李大钊为代表的中共北方领导人创建党组织，点燃革命火种，带领劳苦大众进行艰苦卓绝的斗争，星星之火，可以燎原。作为革命火种，台城特支为发展壮大冀中农村革命斗争，建立新中国做出了一定贡献。

当时，这部纪录片在衡水电视台和河北电视台播出之后，引起很大反响。时任衡水市委宣传部部长的张增良、组织部部长曹征平同志非常关注，并推荐给河北省委组织部和中央组织部。此纪录片被中组部作为全国党员教育电视片向全国推广，后来此片荣获河北省"五个一工程"奖。

在这个基础上，我台编发了关于"两个第一"的新闻，并报送中央电视台。这个时间段应为 2003 年春天，正是非典时期，时任中央电视台新闻中心地方部陆伟昌主任看我在非常时期，不顾被传染风险几次跑中央电视台，深受感动。他认真观看了纪录片《火种》，给予了充分肯定。但在中央电视台《新闻联播》节目播发中共第一个农村支部的新闻不是一个简单的事情。于是，由中央电视台新闻中心和衡水电视台一起报送中组部进行核实和审定，时任中组部部长的张全景非常重视，并亲自组织了调研活动。大量的历史事件证明，1923 年 8 月成立的安平县台城特别支部为中共第一个农村支部，弓仲韬为第一任支部书记。

这条新闻在中央电视台《新闻联播》节目中首次播出后，安平县"两个第一"成为历史事实和历史符号载入史册。也就是在这个时段，由衡水电视台党支部与中央电视台新闻中心地方部建立了友好关系，从而加强了两台政治、业务交流联系，为后来衡水台在中央台播发稿件奠定了一定基础。紧接着中央电视台新闻中心曾两次组织编辑、记者到衡水老白干酒厂等企业和安平县台城村实地采访和参观，接受革命传统教育，同时看望了台城村的老党员，赠送了慰问金和电视机，支持村支部党员教育活动。这段新闻故事留下了一段忘不掉、抹不去的历史佳话。衡水市委、安平县委高度重视并相继做出反应，在安平

县台城村建立了纪念馆并首次举办展览，展览解说词基本上以纪录片
《火种》解说词为蓝本。时任衡水市委副书记李晓明、组织部部长曹
征平给予了人、财、物的支持。衡水市委组织部刘家科、林颜苏副部
长具体操办，当时安平县委组织部肖兰皋和常务副部长李建抓参与其
中，衡水电视台组织培训讲解员首次与参观者见面，这个时间段安平
县委书记为赵庆云同志。在组织、扩大、加强台城村"两个第一"展
览馆的后来几年，衡水市委、安平县委做了大量工作，丰富了不少馆
藏和展品。记得在一次座谈会上，时任安平县委书记的张建中把我请
了过去，在研究展览馆建设、布陈工作时，就如何突出"两个第一"
的历史地位和权威性进行了专题讨论。我当时提出了在展览馆广场重
要位置摆放李大钊与弓仲韬握手或亲密接触的雕塑，这样既再现了安
平县台城特支是中共北方党组织发展和建设的历史事件，也突出了弓
仲韬受李大钊直接派遣的关系，突出了台城特支和弓仲韬的历史地位，
这个建议得到了张建中书记和与会者的一致赞同。

　　历史匆匆，岁月如歌。记得我们当年采访的一些老人，第二年再
去重访时就已经不在了，实在令人惋惜和感叹。无论是职业生涯还是
百年党史，都是如风如云，匆匆而过。但我们毫无愧色，无愧于时代，
无愧于岁月。好在我作为这段历史的记录者和讴歌者，做了一些该做
的事情，留下了一些非常难得的影像资料，尤其是那段如火如荼的历
史，我和我的团队为党的百年生日和今天的美好生活留下了不可多得
的记忆，这些是多少金钱也买不回来的。这正是因为心中有那把火的
指引和鼓励。

我与《台城星火》的点滴往事

柏 川

2021 年是党的百年诞辰，作为一个有着近 50 年党龄的我，能尽绵薄之力为充实复原革命先驱的光辉业绩做一些拾遗补阙的工作，深感荣幸与自豪。尽管十几年时光匆匆而去，然而我的脑际仍保留着许多难以忘却的点滴往事，总觉得责无旁贷，有义务也有必要把这些美好记忆讲出来，相信此举对缅怀先驱、激励来者、弘扬红色文化，会大有裨益。

2004 年 7 月间，全国各地的红色旅游热持续升温，在韶山、井冈山、延安、上海、广州等革命圣地人头攒动的同时，一处处崭新的爱国主义教育基地犹如雨后春笋破土而出。一向以陶冶性情休闲度假为目的的山水旅游，一时间又被赋予爱国主义教育的内涵底蕴，光荣传统搭台，红色文化唱戏，令山川生辉、地域添彩，旅游经济也芝麻开花节节高，社会各界皆大欢喜。

春江水暖鸭先知。作为中共衡水市委机关报的《衡水日报》也相机而动，总编辑杨淑强调兵遣将，紧急动员要在短期内推出一批高水平的重点稿件，才能不负众望。当他将这一意见转达我时，我竟然不假思索地脱口而出："我给你搞一个中篇连载，怎么样？"总编同志有点儿惊愕，原想安排我写一两篇重点稿件，压根儿没想搞什么中篇，于是疑惑地发问："你先别吹，你真能够搞出中篇来？"我胸有成竹从容作答："请领导放心，保证圆满完成任务！"我有点儿不知天高地厚地夸海口打包票，并非一时性起，而是有着充足的底气，只因为十几天前采写《衡水日报》头版头条文章《冀中平原上的星星之火》时，曾经到台城村和纪念馆深入采访挖掘，当时我一眼就瞅准了这里是一个有待开发的"金矿"，当即就对同行的安平县委宣传部马建超说："伙计给我留着，到时候我给你搞一个中篇在报上连载！"马建超点头称许。曾记得一位哲人说：机遇偏爱有准备的人们，而时间就是伟大的作者。真让哲人说中啦！果不其然，我当初触景生情的灵光一闪，没过多久就被派上了用武之地！

　　接受任务的我，匆匆驱车赶往安平县，一头扎进了"矿洞中"开始了紧张而繁忙的发掘寻觅。安平县委宣传部领导热情慷慨，大力支持，在马建超等人的斡旋帮助下，抱来了《安平县志》《安平县党史资料汇编》以及各种能搜集到的资料图片素材，大面积地广采博取，为我所用。查阅资料，寻找线索，追踪蛛丝马迹，寻访县党史办老同志，采访台城村耄耋之年的老党员，参观安平县烈士陵园，五六天时间里日程安排得满满当当，累却快乐着。采访归来，我一门心思投入了撰写中篇纪实文学的繁重工作。闭门斗室，自绝于人，冥思苦想，开始动用大脑沟回中多年积累的才情智慧，精心构思每一个标题，搜肠刮肚撰写每一个篇章，力求体现自己的最高水准，拨开岁月的迷雾，拂去历史的风尘，使衡水这一方地域上共产党人先驱者的历史业绩发扬光大，广为人知。

　　先是确定标题，即书名，根据之前的长篇通讯大标题，我顺手牵羊就拟定了"台城星火"。此名字接地气，生动贴切，一是清晰地点明了历史事件的发生地——台城，二是概括地提炼出先驱者的历史地位和光辉业绩——"星星之火，可以燎原"。十几年来，"台城星火"一词逐步升华为中共第一个农村支部闻名遐迩的响亮名片。之后，就是为《台城星火》这一急就篇的连续刊载，撰写源源不断的后续文章了。业界人士都知道，赶气候又体现新闻时效性的急就篇，再加上一个连载，这就命中注定了我要手脑并用、忙活一阵子啦！彼时编辑部的电脑尚未普及，虽然家中已备而我的操作只有"三脚猫"功夫，所以只能一概用手写来完成任务了。况且写书就是个苦差事，免不了承受寂寞、枯燥、劳神、费劲的煎熬，皱眉锁目，抓耳挠腮，有时连抽三根烟愣是憋不出一个字，折腾得大脑神经的每一个细胞都高度紧张，几番脑汁搅拨过后，或许能碰撞出灵感的火花，从中筛选出贴切恰当的字和句，这只是为建成巍巍高楼大厦搬了一块砖，其他浩繁巨大的工程还等着你去堆砌呢！辛苦劳累终于换来了佳作成篇，五日后我交出了三篇稿件，每篇在 1500 字左右。杨总编见稿一阵欣喜，随即将稿子呈交衡水市委宣传部部长徐学清审阅，部长看罢大喜过望，连声说："想不到你报社还有这样的人才，《衡水日报》真是藏龙卧虎啊！"部长的褒奖经杨总编转达后，我受之有愧却之不恭，只因为我生于 1952 年，正是龙年啊！

随即，以《台城星火》为大标题的中篇纪实文学开始在《衡水日报》连载，时间在 2004 年 7 月 21 日，标题由《衡水日报》副总编董立国书写，编辑部现发现卖，我这里随写随发。《衡水日报》已经多年未刊登连载作品，复原和描绘 80 多年前革命先驱业绩的《台城星火》一经面世，倏然间引发了轰动效应。人们争相传阅，许多人是第一次知晓弓仲韬的名字，第一次了解到安平这一片热土上竟然蕴藏着占时代风气之先的"星星之火"！

难忘哈尔滨觅 "宝"

郭宝生

2007 年 10 月，正当台城全国第一个农村党支部纪念馆扩建和《台城星火》党员电教片筹拍的关键节点，带着安平县委安排交办的重要使命，我作为安平县委党史研究室主任，和时任县委组织部常务副部长李建抓、《衡水日报》资深记者刘子海一行三人，赴黑龙江省哈尔滨市搜集与弓仲韬和全国第一个农村党支部有关的档案资料和文物。

应该说，这是我多年前参与始创全国第一个农村党支部纪念馆、确立布展框架、提炼"两个第一"精神以来，第一次也是唯一一次走出安平，进行专题调查研究和文物搜集活动，所以至今印象深刻，难以忘怀。

之所以选择哈尔滨，是因为弓仲韬晚年一直与二女儿弓乃如生活在一起，弓乃如在中共第一个农村支部建立初期，曾任台城团支部书记，最后在黑龙江省委统战部干部处退休。她虽然于 1991 年就已经去世，但她的儿子仍然生活在哈尔滨，肯定存有母亲弓乃如和外祖父弓仲韬的东西。

我们乘火车到了哈尔滨，按计划先到了弓仲韬外孙家，又去了黑龙江省委统战部。收获大得有些出乎意料，文章、照片、物品……一篇篇，一张张，一件件，"宝贝"多达几十件！比较珍贵的有弓仲韬的字典、画像、生活照、衣物，弓乃如的档案等。我想到这些劳动成果即将充实到台城纪念馆里，让纪念馆馆藏更加丰富，教育功能更加强大，就感到我们做了一件特别有意义的大事，心中充满按捺不住的喜悦。

　　结果却没有想象的那么一帆风顺，第一个问题就始料未及。我们与弓仲韬外孙说明来意，听说是姥姥家乡的人，他表示热情欢迎，结合拿出来的档案、实物，讲了母亲当年的故事，以及母亲听外祖父讲的1923年8月建立台城特支的前前后后，风风雨雨。老人讲得动情，我们听得认真，互动十分融洽。但当我们表达了想把这些文物资料带回安平的意愿后，老人的态度瞬间变了，特别是那幅已经装裱好的弓仲韬大尺寸画像，老人明确表示不让取走。看得出来，老人在意的不是画像本身有多大经济价值，而是其中寄托的对外祖父弓仲韬深深的缅怀思念之情。不能"强取"，只好"攻心"。又是一番"放在纪念馆比放在家里价值大"的入情入理的沟通，老人终于答应了我们的请求，嘱咐我们一定要保管好，千万不能破损或丢失。这真是一份沉甸甸的责任，我们哪敢大意！我们小心仔细地包裹，并诚邀老人回台城看看。

　　为把"宝贝"平安送回去，也闹了点儿"笑话"。由于数量与尺寸的原因，想随身带走是不行了，就打算托运回去，但必须包装好，不能出一点儿闪失和纰漏。我们三人去街上找包装用品时，老天爷却不给力，风云突变，下起雨来。我们来不及找伞，也没地方躲避，于是一人举着一块包装硬皮纸，在大街上跑了起来，狼狈之相引得路人惊讶侧目。为节省开支，李建抓副部长发挥人脉广的优势，找了一个在哈尔滨做丝网生意的老乡，通过跑长途运输的安平大货车，免费将"宝贝"装运回了安平县委党史研究室。说到节省开支，还有趣事。我的舅舅在东北工作，李建抓副部长的外甥在那里做生意。我们一天当外甥，吃舅家的饭；一天当舅，吃外甥准备的饭。子海记者博识敏思，发现了这个既当外甥又当舅的"巧妙之事"，笑称是"一段佳话"。经过分类梳理，这些来之不易、不可再生的"宝贝"文物全部陈列在了中共第一个农村支部纪念馆。随着纪念馆影响力的不断扩大，这些文物发挥了重要的教育功能。

　　一段小插曲，几多党史情。岁月无痕逝，常忆哈市行。

发现"安平县农民保家独立团"

朱树长

1990年7月23日，我就职的天津师范高等专科学校组织干部到锦州参观辽沈战役纪念馆，我看到展牌上有一张"安平县农民保家独立团全体战士合影"的照片，立即想起自己上小学时唱的那首歌："安平农民大翻身，成立保家独立团……"这不是我们老家的事吗？怎么这里有他们的照片？我疑惑地问讲解员："东北地区也有安平县吗？"讲解员说她也不清楚。我不甘心，又找了展览部主任、馆长，都说不大清楚。那时还没有手机，我只好留下通信地址，请他们拍一张照片寄给我，好继续调查。

安平县农民保家独立团

不久，我收到了照片，立即寄给在县里当运输公司经理的堂弟朱树其，让他请县里的老同志辨认，结果当下就有人认出了前排从左至右的3个人：王兆民、赵政民、田农。第四人没人认得，后来我访问这张照片的摄影者袁苓时，才知这是接兵的三纵八旅二十四团副团长原星。

这令我喜出望外。趁着当时的许多当事人还健在，我下决心将家乡的这一光荣历史调查清楚，还原历史的真面目，以免以讹传讹，留下一本糊涂账。

在组织编写《安平县农民保家独立团》这本书的过程中，我们得到了相关单位领导和老同志们的大力支持和帮助。天津师范高等专科学校科研处将其立为科研项目之一，校领导从多方面给予帮助，独立团成立时的县委书记，曾任广东省委书记、吉林省省长等职的张根生同志给予多方指导。老县长田真、副县长杨国源、担架队负责人崔树欣等提供了许多珍贵的资料和线索。安平县委、县政协都给我们提供了多方面的支持和帮助，马朝阳同志还亲自参加了调研工作。这些老领导、老同志的热情支持和帮助，使我们深受感动和鼓舞，更增加了我们克服困难的勇气和力量。

在调研中，我们还从中国人民解放军画报社发现了独立团、小学教师参军和远征担架队的数十张照片。这些都是研究中国革命史、人民解放军军史、土地革命史的宝贵资料，也是对青少年进行革命传统教育的好教材，更是家乡人民踊跃参军、奋勇支前的珍贵史料。

接下来我们做了明确分工：在县里工作的堂弟朱树其侧重查阅有关档案资料；当中学教师的胞弟朱树永侧重调研小学教师参军的史料；我和杨静负责在北京、天津、太原、石家庄等地博物馆、档案馆查找史料，访问老同志。同时，邀请善于摄影的朱耀侃陪同拍照。

历时两年零七个月的奔波辛苦、取证调研，到1992年12月，终于将这本小书呈献于父老乡亲面前了。

我把这本书送给了接受过采访的独立团老战士、参军的小学教师、远征担架团成员、县里老同志及各级领导。还有六十三集团军及其一八八师（独立团编入的三纵八旅以后划归该师），以及军事博物馆、辽沈战役纪念馆等单位。

在20世纪40年代，能留下一张人物照片实属不易，公开出版的县级革命史料书更少，所以这本书受到老战士、老队员及乡亲们的热烈欢迎。

王兆民来信说:"我收到书后,至少每天看一遍,家里人也经常翻阅。我想如果有更多的人看到这本书,那会有多大的教育作用呀!"他还说:"我老伴让我对出这本书付出辛勤劳动的同志们致谢。"有的烈士家属,过去只知道亲人牺牲了,现在从书上看到他们的遗像后,百感交集。

独立团团长田农因身体欠佳,未能接受采访,但要求看看照片,听听歌颂独立团的歌曲,我们都满足了老团长的愿望。

当时,有一些乡亲提出疑问:"既然是咱安平的独立团,怎么照片上的房子不是咱这儿的模样呢?"这个问题,老摄影家袁苓给出了解答:"这是独立团加入主力部队时,我在易县西邵村拍的。"安平县农民保家独立团是我军二线兵团建设的典型,影响深远。2001年保定电视台在拍摄大型革命文献照片集锦《瞬间》(共6集)时,来天津采访我,我介绍了农民保家独立团的事迹。该片颇受重视,后来又在河北省电视台和中央电视台综合频道黄金时段播放。

为中共第一个农村支部纪念馆搜集文物

王彦芹

2006 年 7 月，我任安平县东黄城乡副乡长，兼任纪念馆（2002 年建成）馆长。当时的纪念馆规模小，展品少，条件艰苦，只有 4 间普通民房；展品也很寒酸，有一张八仙桌、两把椅子，还有点儿图片和文字材料；也没有专业的管理团队，当时的讲解员还是由学校老师兼职；展览室特别潮，一开门就能闻到一股浓重的霉味……因纪念馆的规模和展品量有限，展览形式单一，限制了纪念馆教育功能的进一步发挥。

为了充分挖掘和利用两个"第一"的宝贵红色资源，增强其教育功能，2009 年到 2010 年，安平县对纪念馆进行了扩建和提升改造，最终才有了现在的规模。2010 年 9 月份，我被正式任命为纪念馆馆长，当年 10 月份改扩建后的纪念馆开馆。

纪念馆每件文物背后都是一段历史，一段故事。我当上馆长后的第一个春节，我回老家去给大伯拜年，我大伯、二伯是参加解放战争、抗美援朝战争的老军人，我大伯虽然不在了，但大娘还在，我就跟大娘说："我大伯当年参加革命还有没有东西留下？"大娘很爽快地说："有啊，就剩这点儿了，这些年丢了不少，以前军功章就一大堆。"说着，她顺手从柜橱里拿出来一个网兜，里面有一枚军功章，还有一个老人当年用过的皮带，以及一些票证。我心里很兴奋，试探着问："这些东西能捐给纪念馆不？这对纪念馆很重要。"没想到大娘很爽快地说："你拿走吧！"这是我收集到的第一批文物。这件事对我触动很深，抢救文物工作迫在眉睫，必须马上展开，因为这些老旧物件有些人并不知道它们的重要价值，任由它们自然消耗损毁。正月开春一上班，我就在电视台打了征收文物资料的广告。2011年5月的一天，纪念馆迎来了两位特殊的客人。南王庄镇后辛庄村一位叫张士杰的老人，在村干部的陪同下来纪念馆参观。临走时，老人告诉我，他想将一把抗战时期的日军指挥刀捐给纪念馆。这件文物填补了纪念馆无抗战时期文物的空白，也让我与这位老人结缘，开启了一段创造纪念馆搜集文物史料辉煌成就的历程。

从村干部那里我了解到了捐刀背后的故事：张士杰是孤寡老人，2010年冬天，因病卧床三个月，其间一直靠邻居伺候，因为不想拖累人，他便有了轻生的念头。张士杰老人收藏着一把日军指挥刀，死前他想做件有意义的事，就是把刀捐献给国家。

拿到捐赠证书后，张士杰老人很高兴。我对他说："大爷，您捐的刀很珍贵，也非常有意义，我们一定把它保护好，以后您哪天有空了，可以随时来看看。要是有什么难处，我能帮的一定帮。"

考虑到老人是孤寡老人，生活困难，我向老人做了这样的承诺。而此后，每到春节、中秋节等重大节日，我也都买一些物品前去探望。

这样过了一年多，张士杰老人又来到纪念馆，这次他是有事相求：想住敬老院。我当即就为老人联系了安平县第二敬老院，还帮他解决了住院费问题。2011年秋天，我给他买了一身新衣服，把老人接进敬老院。此后，我便是从心底里把张士杰老人当成了自家人，经常往敬老院跑，捏了饺子、蒸了包子或炖了肉都不忘送过去，还时不时买零食、买衣服，中秋节和元旦等重要节日陪老人过……张士杰老人深受感动，早已抛弃了轻生的念头。他对我也特别信任，带我去了好多地方，拜访他的朋友，积极搜寻和提供文物线索。在老人的帮助下，纪念馆又获得了大量有价值的文物，如解放战争时期带有印花税的土地证、带号谱的军号一套（国家三级文物）、非常珍贵的《冀中导报》、弓仲韬用过的书信箱、《洪流报》等，跟张士杰有关的文物就有180件。

2017 年春天，老人安然离世。

　　为了丰富展馆藏品数量，我"淘宝"的脚步几乎没停歇过，跑石家庄、上北京、奔天津、闯东北。十几年里，我屡次拜访吕正操、李银桥、弓仲韬等革命前辈的后人，获取了大批有价值的史料和文物。

中共第一个农村支部系列新闻采写侧记

马建超

安平县台城村距离县城4公里，记忆里这个村和其他村庄一样，没有什么特殊之处。1998年初成为一名新闻宣传干部后，开始了解到该村在20世纪初曾出了一位李大钊介绍入党的老党员，特别是陪同衡水电视台《火种》摄制组到该村采访有关农村党支部建立的有关历史后，通过采访老党员弓增建、弓刁琢等人，对该村有了深入的了解，从此与该村结下了不解之缘，后来的十几年间，先后接待陪同人民日报、新华社、光明日报、中央电视台、河北日报、河北电视台、衡水日报、衡水电视台等数十家新闻媒体的多频次、多角度的采访，自己也从一个党史"小白"成长为台城党支部的记录着、传播者，并与衡水日报记者柏川合作在衡水日报刊发了连载纪实文学《台城星火》，并出版图书，还参与了电影《台城1923》的拍摄，通过各级媒体的宣传报道，扩大了台城特支的社会影响力，让更多的人了解了那段峥嵘岁月。

记得2004年6月29日，衡水市委在安平县台城村举行纪念活动，纪念全国第一个农村党支部成立81周年暨河北省第一个县委成立80周年。中组部原部长吕枫、铁道部原部长刘建章等出席纪念活动。时任河北省委副书记刘德旺出席并讲话。我作为基层工作的一名宣传干部有幸参加其中，27日、28日来自北京、石家庄、衡水的多家媒体先后来到安平台城这个小村庄，采访老支书弓刁琢、老党员弓增建和老妇联主任等老人，还采访时任党支部书记、丝网加工专业户等，分成多个小组，媒体记者可以说是轮番"轰炸"，关于中共第一个农村支部的报道纷纷见诸报端、电视、电台，安平的知名度大大提高。也就是这一年，中共第一个农村支部纪念馆落成。记得为了赶在 29 日开展，28 日晚上一夜没睡。一边培训讲解员，一边布展，一边熟悉讲解词，有的展览解说词和图片还是连夜修改。全国第一个农村党支部、河北省第一个县委，是弓仲韬等一批共产党人为了实现共产主义伟大理想，在全国特别是广大农村处于一片黑暗的状态下，点燃的星星之火，具有划时代的重要意义。我们要继承和发扬革命先辈的光荣传统，把他们创立的革命基业代代相传。

之后十来年，我始终关注台城——中共第一个农村支部的历史、历史故事、人物的宣传，采访过台城村老党员弓增建、党支部书记弓栓良等老党员。我还与新华社、中国新闻网、河北日报、衡水日报的记者多次到台城采访，在宣传台城上发挥了一个宣传干部的作用。

目前，为庆祝台城支部成立 100 周年，安平深入开展文化夯基专项行动，充分挖掘红色资源，按照省委书记倪岳峰调研指示要求对中共第一农村支部纪念馆进行了全面展陈升级，特别增加了"奋进新征程 建功新时代"展区，展示百年来全县人民在党的领导下取得的伟大成就，告慰先烈，激励后人。规划了以台城为核心的红色文化片区，以"文化＋"发展模式，通过旅游＋文化＋产业＋研学，建设了新时代红色文旅主题村落，打造了"农文旅融合"创新示范区。安平人民也凭着敢为人先、勇于奉献的精神，安平县数万名丝网创业者带着丝网产品走向了全国各地，使安平丝网产业从小到大到强，成为现在的"中国丝网之乡""中国丝网之都""中国丝网产销基地"，年产值达到860 多亿。

今后，我将继续发挥好一个宣传干部的作用，宣传好新时代的台城故事，讲好安平红色故事，让更多的人听到、看到台城，也让更多的人成为红色台城的传承者、践行者。

后　记

今年，为纪念诞生在河北省安平县台城村的中共第一个农村支部台城特支成立100周年，弘扬伟大建党精神，赓续红色血脉，我们组织编写了《台城特支——中共第一个农村支部》。

本书共十章、20万字，以翔实的史料、真实的故事、生动的语言，全景式反映了台城特支的创建、发展及深远影响，重点讲述了弓仲韬等安平县早期共产党员，在风雨如磐的暗夜播撒革命火种，倾家荡产创立党的基层组织、开拓党的事业的艰辛历程，弘扬了他们对党忠诚、不怕牺牲、敢为人先、无私奉献的崇高精神，彰显了红色基因代代传承的时代价值。

为做好编写工作，本书编写人员通过查阅档案，请教权威党史专家，采访革命前辈后人和相关事件亲历者、当事人，从早期党员回忆录中寻找线索等多种形式，搜集到大量珍贵素材，部分鲜见史料填补了这一研究领域的空白。

本书的编辑出版，得到了中央党史和文献研究院、中央档案馆、全国党建研究会、中国中共党史人物研究会、河北省档案馆等单位的指导与帮助，也受到了党史学界及弓仲韬等革命前辈后人的关注与支持。原中央文献研究室副主任陈晋、原中央党史研究室第一研究部主任黄修荣、中国中共党史人物研究会秘书长王相坤等党史专家，百忙中审阅书稿并提出修改意见。早年即关注或调研考察过台城特支的陈晋和黄修荣同志，以及任职衡水期间曾组织"台城特支是否中共第一个农村支部"考证工作的河北省政协第十一届副主席郭华同志，倾情为本书作序。台城特支主要创建人弓仲韬的外孙女田晓虹、侄子弓文杰，台城特支组织委员弓凤洲的外孙女梁临霞等同志，为本书的编写提供了许多宝贵资料并撰写了回忆文章。最令人感动的是，受安平籍小八路影响参加八路军、现已98岁高龄的著名作家、"小兵张嘎之父"徐光耀老人，听闻本书即将出版，在炎炎暑夏之日欣然为本书题写了书名。

衡水市委、安平县委相关部门，特别是坐落于安平县台城村的中共第一个农村支部纪念馆，为本书的编写提供了大量资料和工作保障支持，在此一并致谢。

需要说明的是，由于年代久远，台城特支创建时期的第一手资料极为匮乏，加之编者水平所限，如有错漏和不足，恳请读者批评指正。同时，也真诚希望党史学界专家学者及社会各界读者朋友，继续关注、支持台城特支的研究与宣传，为我们提供更多相关史料，以便我们对本书适时进行修订。

编　者
2023 年 6 月